美食の聖女様

登場人物紹介
ユージン
黒魔騎士団の副団長。
ナノハの世話を任されている。
最初は、無愛想だったが
次第にうちとけてきて——
ナノハ
食いしん坊な新社会人。
ある日、異世界にトリップしてしまい
魔物に襲われているところを
騎士団に助けられる。
この世界の食べ物が口に合わず
美味しい食べ物を探して
日々、奮闘中。

トッポ
黒魔騎士団と
懇意にしている商人。
ユーセッピ
魔物に襲われた村の
元村長。
エスキリ
ドローラズ州の
領主の弟。
マト
町で暮らす難民の
子どもたちの
リーダー的存在。
ユーセッピの息子。
クリスチャン
黒魔騎士団の団長。
ナノハを保護してくれた。

異世界から空腹

二十二歳には見えないとよく言われる童顔を引っ下げて、社会人生活一年目。

私こと御厨《みくりや》ナノハは今とてもお腹が減っている。

定時の五時半になると同時に席を立って、タイムカードを押し、私はお手洗いへ向かった。

すると、すでにドレスアップしている先輩がいる。「定時になったばかりなのに？」なんて言葉が喉元《のどもと》まで出かかったけれど、賢い私は何も言わない。

先輩は肉食系の女子で自称アラウンドサーティーの年齢不詳の美人さんだ。総務職の彼女は、役職とは関係なく、社内の女子の中でかなりの力をお持ちである。

長いものに巻かれる主義の私としては、彼女に逆らうことはできないのだ。

先輩はお手洗いに入ってきた私を見て、ほわんとした笑みを浮かべた。

「ナノハちゃんありがとねー！　ホント助かる！」

「いいんです。……ところで美味《おい》しいごはんが食べられるってホントですか？」

「もっちろん！　ナノハちゃんは会費みんなの半分でいいから！　あ、美穂《みほ》には内緒ね」

本日は彼女主催の合コンだ。どうしても人数が足りないというので、私も出席させていただく運びになった。

　正直、食べ物に釣られた感がある。

　新入社員の身で一人暮らしをしているため、プチ貧困状態だ。会費半分で半ば食べ放題の合コンに招待してくれた先輩は神様に見える。

「ううう、ありがたいです。久しぶりの外食です……！」

「……ナノハちゃん、ごはん目当てでもいいけどおしゃれはきちんとしてね？」

「かしこまりました！」

　ビシッと敬礼したらちょっと不安そうに見られたけれど、安心してほしい。ちゃんと一式用意してきている。

「それじゃ、六時までに駅前に集合だからね！」

「はい！」

　入社一年目のペーペーである私が先輩にできる返事は、「はい」か「イエスマム」のみである。

　ただし合コンに集まる殿方と、和気あいあいと会話できるかどうかはお約束できない。

　もっともそれはそれでいいみたい。先輩たちと競合しないから。美味《おい》しそうにごはんを食べていれば十分とのこと。何それ、得意分野じゃん！

「ふふふん、やっきとりー。ビールゥー」

　行くのはチェーン店の居酒屋らしい。ならばこの二つは必ずあるはずだ。

　串に刺さった一口大のもも、皮！　砂肝も美味《おい》しい。

炭火に炙《あぶ》られジュウジュウと音を立てるぼんじり、つくね。滴《したた》る脂《あぶら》、香ばしい薫《かお》り……

湧きあがる唾を呑み込み、着替え一式と共に会社のお手洗いの個室に入り――

あれ？　と首を傾《かし》げた。

顔を上げた私の目の前に広がるのは、広大な草原だ。

「夢でも見てるのかな……？」

後ろを振り返ると、お手洗いのドアはない。

見えるのは四方八方、十センチぐらいの高さの黄緑色の草だ。遠くにはうっすらと白い山が見える。

その壮大な風景に圧倒された。

思わず自分の身体を確認すると、スーツ姿。おしゃれなピンクのワンピースの入ったトートバッグと会社用の鞄《かばん》を持っていた。鞄《かばん》は就職活動の時から使っているリクルートバッグだ。

「夢なら……ごちそうが食べたいなあ。焼き鳥出てこないかなあ」

しゃがみこんで、足元に生えていた草をむしりながら独りごちる。

あ、この草ノビルかもしれない。食べられる野草で、根っこが小さい玉ねぎみたいになっているやつだ。せっせとノビルを収穫していると、さすがは私の夢。願望が現実になった。

「グギャアアアアアアアアア！」

空高くから、何かの鳴き声というか咆哮《ほうこう》がする。

上を見上げると、ぼうぼうと身体が燃えた鳥がぐるぐると旋回《せんかい》していた。橙色《だいだいいろ》の炎の羽根がパッと空に散る姿がとても美しい。鳳凰《ほうおう》みたいなものだろうか？

「いや……そういう意味の焼き鳥じゃないし」

串に刺さっているやつのことだよ、と夢の内容に突っ込みを入れつつ、やっぱり夢だなあと草むしりを再開する。

次の瞬間、馬のいななきが聞こえた。

「そこの者、逃げよ!!」

男性のとてつもなく大きな叫び声がする。

びっくりして立ち上がって声のしたほうを見れば、がっしりとした馬に騎乗している男が二人いた。

さすが夢なだけあり、その格好に現実感はない。

黒い袖のない鎧《よろい》と腕につけた丸い盾、マントを身にまとい、手には抜き身の長剣を持っている。

どちらも何時代のどこの民族の騎士ですか？　と聞きたくなるような格好で、空を飛ぶ燃えている鳥と、これから戦うという雰囲気だ。

二人の男たちは両方ともどこの国の人かよくわからないイケメン。夢ならなんでもありなのかも。

私はぼーっと二人に見とれた。

「仕方ない……ユージン！　私がファイアーバードを引きつける！　おまえは市民の保護をせよ！」

「はっ」

あの燃える鳥はそのまんまファイアーバードというらしいけれど、なんとなく違和感があった。

彼らの口の動きと発する言葉が合っていないような感じがする。外国のドラマの吹き替え版を見ているみたいだ。もしかしたら訳すとファイアーバードっていう意味になる別の言語を、あの人たちは話しているのかもしれない。

茶髪の男がファイアーバードに向けて剣を掲《かか》げた。

「虫けらにも劣る魔族に操《あやつ》られし哀れなけだものめ！　なぜ逃げる？　私の剣が怖いか⁉」

ファイアーバードは言われたことがわかったかのように、怒りに満ちた唸《うな》り声を上げる。

目を丸くしているうちに、腕を掴まれものすごい力で引っ張られた。肩が外れるかと思った。

「痛い！」

「呆《ほう》けるな！　掴まっていろ！　――さもないと死ぬぞ‼」

「あ、え？」

気付いたら、馬上で揺られていた。ひっくり返ったような不安定な姿勢だ。口を開いたら舌を噛《か》みそうになったので慌てて黙り、指示通り目の前にいる男の胸にしがみつく。

私を馬に乗せたのは、冷たく鈍い光を反射する黒の鎧《よろい》を着ている端整な顔をした金髪の男だった。

彼は私の視線に気付いて「なんだ？」と睨《にら》むように見下ろしてくる――その右目は青、左目は緑のオッドアイ。

ユージンと呼ばれていた金髪オッドアイ男の威圧感に一瞬、心臓が止まった気がした。

けれどすぐに息を吹き返す。何しろ、もう一方の茶髪の男の剣先に、青く光り蛇のようにうねる水の渦《うず》が集まってきたからだ。

何、あれ？　超常現象？

「水を統《す》べる精霊たちよ、我が呼びかけに応え力を貸し与えたまえ――ウォータートルネード！」

若い頃の自分がノートに書き散らしたようなセリフを、恥ずかしげもなく叫ぶ茶髪の男に精神を抉《えぐ》られた気がした。

茶髪の男がその水の剣を振るう。すると、刃から水がすっ飛んでいって、天高くにいるファイアーバードを撃退した。

そこで私の意識は遠のいた――


気を失っていたらしい。目が覚めるとそこは見知らぬ狭い部屋だった。

私は壁際に置かれたベッドに寝ている。状況を確認しようと、のそのそと起き上がった。妙にガサガサ音がする妙なベッドだ。

不思議な香りがすると思って顔を上げると、頭の上に乾燥させた紫色の花のようなものが飾られている。ハーブか何かなのか、見たことのない花だ。

窓は雨戸が閉まっていたけれど、漏れ入る明かりで部屋はぼんやりと明るい。

着たままのスーツの皺《しわ》を慌てて伸ばして私はベッドから下りる。

そしてベッドの脇に置かれていた黒いパンプスを履き、荷物を探した。

「ト、トイレで倒れたのかな～？」

昨日の記憶がさっぱりない。合コンの準備をしようとトイレに入ったところから先は夢だと思われる。

何か怪しい薬を呑んで幻覚でも見ていたんじゃないかというぐらい、クリアで奇怪な夢——

身体が心配だが、ここが会社ではなさそうである以上、上司に連絡しなくてはならない。あれから一晩は経っていそうだから、急いで遅刻か、欠勤すると伝えなければ！

「携帯！　携帯!?」

ない、なかった。携帯どころか鞄《かばん》すら見当たらない。

「困る困るヤダー、クビになったら飢え死にしちゃう」

冗談ではなく、クビになるとまずい。

私の両親はすでにこの世を去っており、気軽に頼れるような親戚もいないので、クビになると金銭的な支障が出る。

報告・連絡・相談さえしておけば、突然の欠勤はどうとでもなるだろう。逆にそれを怠《おこた》るとまずいことになりかねない。

それに、合コンに行った記憶がないのだ。ということは、合コンをドタキャンしているのだろうから、先輩の怒りも怖い。

恐らく体調不良で倒れていたところを保護されたのだと思うので、きちんと説明して、悪感情を持たれないようにしなくては。

今後の会社での立場のためにも、とにかく連絡だけはさせてください～!!

「すみませーん、どなたかいませんかー！」

扉を開けると廊下だ。叫んでみたら、トタトタと音がして、反対側にあった部屋の扉が開いた。見覚えのある茶髪の男が顔を出す。ゆったりとした丈の長いチュニックのような服を着ている。

「これはこれは、お目覚めになられたようでよかった」

美しい青い目を優しげに細め、男が愛想よく言った。

どう見ても日本人ではないし、何やら日本語を話している様子もない。

翻訳映画を見ているかのような違和感に、背筋にゾゾゾッとうすら寒いものが走った。

え？　何これ、え？　え??

「どうされました、お嬢様？」

「……こ、ここはどこですか？」

お嬢様と呼ばれたけれど、執事喫茶ではないとは思う。

柔和な顔立ちなのに、妙に筋肉のついたがたいのいい男は、私の質問に頷《うなず》いて答えた。

「ここはドローラズ州の騎士宿舎でございます。私はドローラズ州領主フェリクス様より後援を受ける黒魔《くろま》騎士団の団長を務めております、クリスチャンと申します」

「ど、どろー？　くろま……騎士団？」

「はっ、その通りにございます。穢《けが》れを身体に帯《お》び力となして戦うこの身ですが、騎士としての誇りを忘れてはおりません。御身のお力になれるかと」

「……も、もう一度初めから説明してもらってもいいですか？」

「はっ、かしこまりました。ここは――」

それから何回も説明してもらったけれど、彼の言っていることはさっぱり理解できなかった。

とりあえず、彼の名前はクリスチャンで団長で偉い。はっきりとわかったのはそれぐらいだ。

それ以外のことについては脳ミソが理解を拒んでいる。何もかも夢だと思いたいのに、現実的なことにお腹が減ってきた。健康的な私のお腹がクーと音を立てる。

それを聞いたクリスチャンさんは驚いた顔をして「申し訳ございません！」と大声を出した。

「下賤《げせん》の身にございますゆえ、いたらぬこともございますれば、ナノハ様にはご不便をおかけしてしまいました。どうぞお許しくださいませ」

下賤《げせん》って一体どういうことだろう。

私は、自分の名前と年齢と職業、出身地を正直に告げたのだが、彼は「お辛い目に遭《あ》われて記憶が混乱されているのでしょう」ときっぱりとそれを否定した。まったく信じてもらえない。

そのうえ、どうやら私は高貴な身分の人間だと思われているらしい。

理由は、身ぎれいだから。手に労働の痕跡が見られないので、貴族か裕福な家の人間でしょう、とクリスチャンさんは言う。

それは違うんだけど、クリスチャンさんのゴツゴツした、タコや火傷《やけど》の痕《あと》がある手を見て、自分の手がきれいすぎるというのはなんとなく理解できた。

……これ夢じゃないのかなあ。もしかして現実？　ここって、異世界？

だとしたらとんでもないことだ。

「ユージンに食事を用意させますゆえ、少々お待ちくださいませ」

「ユ、ユージン？」

「我が騎士団の副団長を務めている男にございます。先ほどナノハ様をお運びさせていただいた――」

「ああ……あの金髪オッドアイさん」

「はい、その男です」

私は日本語を話しているのに、不都合なく通じている。自動翻訳というやつだろうか。

この人、明らかに魔法的なものを使っていたし、この世界では言葉が通じるのが普通のことなのかもしれない。異世界に遭難するという異常事態において、不幸中の幸いである。

「今後、彼がナノハ様のお世話をさせていただきます。私は先ほど出現しましたファイアーバードの討伐の準備をせねばならぬため、これにて失礼させていただきます」

「た、倒せなかったんですか……？」

「はっ、魔法では、足止めが精一杯でございます」

この男、クリスチャンさん、本当に魔法って言った。マジですか……。異世界かあ……意味不明すぎて泣けてくる。

「ナノハ様については領主様に報告させていただきます。ナノハ様が貴族の出であれば、ほどなくご家族の皆様と連絡が取れるかと思います。それまではむさくるしいところではございますが、我らの宿舎にてお身体を休めてくださいませ。何かご不便がございましたらユージンにお申しつけを」

右の指先を左の胸に押し当ててピシッと頭を下げられ、部屋の中へ戻るよう促《うなが》される。そして、クリスチャンさんは扉を閉めて行ってしまった。

閉められた扉を前に私は熟考する。言葉は丁寧だったけど、たぶん大人しくしていろってことだろう。

私って、はたから見たら不審人物だろうし。

「仕事が終わってトイレに入って、これから焼き鳥って時にこっちに来ちゃったのかな……原因が全然わかんない」

馬の上で寝たせいか、それとも異世界に来てハイになっているせいか、眠気は全然感じない。

ベッドの上に座って頭を捻《ひね》った。

それにしても、ベッドがゴワゴワする。敷かれているシーツをめくってみると、藁《わら》が詰まっていた。この世界の文明の水準が推し量《はか》れる。

「ううう、意味がわからなすぎてお腹減るぅ……」

相変わらず、私のお腹はぐーぐー鳴っている。ここで待っていればユージンという人が食事を持ってきてくれるらしいので、それまで自分のおかれた状況を把握することにした。

部屋は六畳ぐらいの広さで、床は汚い。恐らく土足で歩くのが一般的なのだろう。家具はベッドと箪笥《たんす》、テーブルと机が一脚ずつ。あと火鉢みたいなものが置かれているけれど、火の気はなかった。

なんとなく体感温度から察するに、季節は春か秋って雰囲気だ。

とりあえず周辺の様子を見るために、雨戸を開けようかと私がベッドから腰を浮かせた時、扉がノックされた。

「はい、どうぞ」

応えると、バシ、と音を立てて勢いよく扉が開かれる。

「オレはおまえを信用していないからな」

金髪に緑と青の瞳を持つ男は、部屋に入るなり不機嫌そうな顔で言った。私はそのいきなりの宣言にポカンとする。

「団長に命令されたから仕方なく従うが……もしオレが団長なら、おまえは今ごろ、魔物の餌だ。それをよく理解しておけ」

「え……まもの？」

「フン、本当におまえ、貴族なのか？　妙な服装をしているし……魔族ではないのか？」

ファンタジーな単語がポンポン出てきて、アワアワしてしまう。

理解しようとフル回転した脳ミソがカロリーを大量に消費したせいで、お腹がものすごく大きな音を立てた。

私をじろりと睨《にら》んでいた金髪オッドアイさんがきょとんとする。

私が腹を抱えて沈黙すると、彼は気まずそうに「ほら……飯だ」と机の上にお盆を置いてくれた。むしろ罵《ののし》ってくれればいいのに。悪いことしたかな、みたいな顔をされると羞恥《しゅうち》を覚える。

「オレは……ユージン。黒魔《くろま》騎士団の副団長だ。クリスチャンは討伐作戦の指揮を執る関係上、おまえの相手をしている暇がない。何かあればオレに言え」

気まずそうな顔のまま部屋を後にするユージン。

彼のファンタジーイケメン度が高すぎて恥ずかしさが増した。

でも、人間というのはみんなお腹が減るものなのだ。これは自然の摂理である。

「仕方がないよ……人間だもの」

悟りを開いて私は椅子を引いて机に向かう。――けれど、出された食事の内容を見て唖然《あぜん》とした。

「えっと……？」

ドロドロした灰色のスープ状のものと、赤紫色の五百円玉ぐらいの大きさの物体が盛られた皿。

まず私は、付いていた木のスプーンで赤紫色の物体をつついてみる。どうやら豆のようだった。硬い皮の中身はボソボソとしているみたいだ。

皮には焦げがあるから、炒めたか何かしたんだろう。

「……豆、だよね？」

赤紫色の物体――豆を一つつまんで、噛《か》む。予想通り硬い。皮をむいて中身を食べると……口の中の水分があっという間に吸い取られた挙句、謎のえぐみが口一杯に広がった。

「うえ、何これ」

口に入れた分は辛《かろ》うじて呑み込んだけれど、次の一口を食べる勇気は出ない。

灰色のスープはどうだろうか。粉っぽくて、中にはガビガビの肉が細切れになって浮いている。

見た目が悪いだけだと期待して、スープを一匙《ひとさじ》飲んでみた。それは見た目以上に酷《ひど》い味だった。

「粉、だまになって残ってるし……！」

私はぺっぺっと口の中に残った粉を吐き出した。薄味すぎてよくわからないけれど、しいて言えば粉薬のような味がする。舌触りはさながら泥だ。

「……まさかこれ、嫌がらせ？」

せめて味付けぐらいしてくれてもいいのに。

私は何より粉薬が大嫌いなのだ。錠剤しか呑めない。

団長であるクリスチャンは丁寧に接してくれたけれど、副団長であるユージンは違う。得体のしれない人間である私には優しくするべきではないと思っているみたいだった。

「いい人だと思ったのに……！」

私のお腹の音を聞いて気まずそうにしていたし、美味《おい》しいごはんの一つでも一緒に食べたら仲良くなれるかもしれないと思ったのに。

私を追い出したくとも団長のクリスチャンさんに命令されているからできなくて、だから、自分から出ていくように仕向けたのだろうか？

迷惑なら、そう言ってくれればいいのに、こんなやり方をするのは最低だ。

「も、文句言ってやる……」

涙目になりつつ、私は立ち上がった。

何より許せないのは、調理次第で美味《おい》しくなるはずの食材を、こんな泥とスポンジみたいな物体に変化させたことだ。

嫌がらせはかまわない。いや、かまうけれど、それ以前に食材を無駄にするのが許せない。

髪の毛を整え、ワイシャツのボタンを上まで留めて気合を入れる。上着の皺《しわ》を伸ばした。

こうなったら説教だ。異世界ファンタジーイケメン相手だろうと関係ない。

肩を怒らせ部屋を出る。廊下の奥に階段を発見。下りるとすぐに外へ出る扉を見つけた。

外から人の声がたくさん聞こえたから、そちらへ向かう。

とても賑《にぎ》やかで、一瞬お祭りかなと思った。けれど、外へ出て私が見た光景は――

「……へ？」

確かにお祭りのような人出だ。けれど、お祭りなわけがなかった。

ボロボロの格好で疲れた顔をしている汚《よご》れた人たち。

この建物は小さな部屋がいくつも入っているアパートのようになっているらしく、外に出ると中庭があり、外とは塀《へい》で仕切られている。その塀《へい》の内側に彼らはいた。

外にも人が一杯いて、塀《へい》の向こうにひしめいている。中に入ってきている人の多くは建物の壁を背にぐったりとうずくまり、手には色んな形のお椀を持っていた。

お椀の中には泥みたいな灰色のスープ。私がもらったのよりさらに薄くて、もっとまずそうだ。

それを嬉しそうに飲んで、みんな涙を流して喜んでいる。

「生き返るねえ……」

ぼろきれみたいになった細い細いおばあちゃんが、なんの具も浮いていないスープを飲んでそう言ったのを聞いて、私は薄々悟った。

この世界のこの町、すごく貧しいんじゃないかって。

その時、私のお腹がきゅうと音を立てた。慌てて押さえたけれど、近くのポーチの段差に座っていたそのおばあちゃんに聞こえたらしくて、ニコニコしながら教えてくれる。

「あそこで配ってもらえるよ」

配っているのは、ボロボロの人たちよりも身体が大きくしっかりとした男の人たちだった。

クリスチャンさんより布地が少ないけれど、同じ紅葉《もみじ》みたいな模様が描かれた服を着ている。彼らはたぶん、騎士団の人たちなんだろう。大きな鍋《なべ》から椀にスープをついで、並ぶ人たちに与えている。

騎士団の宿舎の周りは日々の糧《かて》に困っていそうな、ボロボロの人たちで溢《あふ》れかえっていた。

「……何があったんですか？」

「おじょうちゃん、知らないのかい？」

「記憶がないというか、混乱しているみたいで」

クリスチャンさんの中ではそういうことになっているので、言い訳みたいにそう言ったら「魔物の襲撃で、あたしたちは住処《すみか》を追われたんだよ」とおばあちゃんが丁寧に教えてくれた。

「この町に逃げ込んできたやっかい者のあたしたちに、黒魔《くろま》騎士団だけが優しくしてくれる」

魔物――あのファイアーバードみたいな大きな鳥や、その仲間みたいなのがこの世界にはたくさんいるらしい。

それが最近、繁殖して活発になった結果、これまではなんとかしのげていた襲撃を防ぎきれなくなり、おばあちゃんたちは村を捨てるしかなくなったそうだ。

ここに集まっている人はそうやって村を追われた難民だという。

私は教えてくれたおばあちゃんにお礼を言って、宿舎の中に逃げ込んだ。

茫然《ぼうぜん》としていると、後ろから「おい」と声をかけられる。

振り返ったらユージンがいた。チュニック姿で、先ほどは持っていなかった剣を佩《は》きマントを着ている。時代がかった格好だけれど、この世界の騎士の標準がこれなんだろう。

「そんなところに突っ立って何をし……おい、どうした!?」

驚いたように彼は叫んだ。その顔が滲《にじ》み、見えない。

「おいおいおいおいおい、なんで泣いてるんだ!?」

ダーと流れる涙。ユージンの顔を見たら色々堪《こら》えていたものが決壊してしまった。

だって私、この人に見当違いの説教をしようとしていたんだから。

「さ、最低なのは私のほうでした……ごめんなさい、ごめんなさいぃいいい」

「は？　どうしたんだ？　こんなところで泣かれても困る……こっちへ来い！」

玄関からすぐの廊下でうずくまって泣こうとする私を引きずって、ユージンは個室へ移動した。

そこは玄関の左手にある部屋で、一見して私に与えられた部屋より豪華だとわかる。床は寄木細《よせぎ》工のモザイクで三角形が連《つら》ねられ、壁には絵が描かれていた。赤、青、緑、黄色の服を着た人たちが追いかけっこをして遊んでいるみたいな絵だ。中には机と、タペストリーのかけられた長椅子が置かれている。雰囲気からして、応接間のようなところなのだろう。

「落ち着いて話せ……どうしたんだ？」

ユージンが優しい声で聞く。こんな私を心配してくれていると思うと、ますます涙が込み上げてきた。

「まさか外がこうなっているとは思わなくて……！　い、嫌がらせをされているものだと……！」

泣きむせびながら事情を説明すると、ユージンは溜息をついた。

「……団長に丁重に扱うように命じられているんだ。たとえ嫌がらせをしたくとも、そんな私情に流されるわけがあるか」

フンと不満げに鼻を鳴らしながらユージンが言う。

「オレとしては今用意できる最高の料理をおまえに取り分けたつもりだったが、その様子だと口に合わなかったようだな」

消えてなくなりたいぐらい恥ずかしい。

食品ロスという言葉をニュースで見た時と同じレベルの恥ずかしさだ。

日本で食べられるのに捨てられている食品の量は、食糧支援を受けている国に送られているものを大きく上回るそうだ。飢えている人がいるのに、日本人は食に関して贅沢《ぜいたく》すぎでしょ。そう思った私は、買ってしまったものは捨てずに工夫してなんでも食べるようにしている。お金がないのでやっている感もあるけれども……

それを考えると、食糧に困っている人が善意で出してくれた料理にケチをつけるなんてどういうことだ。現地の人が食べているものより明らかにいいものに対して、嫌がらせをされたと思うとか、ありえないよ!!

「ホントにすみませんでした……」

「身分によって食うものが違うのは知っているし、おまえに悪気がないこともわかった。……そもそも、黙ってりゃいいだろうが。おまえが何を感じたかなんて、オレにはわからないんだから」

呆《あき》れたように言われる。だけど謝らないと気が済まなかったのだ。

座らされていた長椅子から滑り下りて、そのままぺたんと冷たい寄木細工《よせぎ》の床に膝をついた。胸の内にあるのはひたすら罪悪感だけである。

「まことに、まことに申し訳ございませんでした。……勘違いで説教垂れようとかホントバカです」

「え、あ？　お、おい」

「知らなかったんです。ごめんなさい。反省してます……！」

「這《は》いつくばるな！　おいバカ、こんなところを誰かに見られたらオレがやらせたと思われる！」

肩を掴まれて強制的に土下座を中断させられる。

それではだめだ！　私は額《ひたい》を床にこすりつけて謝りたいと思ってるんだ！

泣きながら抵抗していたら、ガチャリと扉が開かれる。

……そこにいたのは、団長のクリスチャンさんだった。

「――おいユージン、何してんだテメエ」

「ク、クリス、違う！　違うぞ！　オレはただ、この女を止めようとだな……おい、おまえもなんとか言え！」

「ううう、なんでもするので許してください」

泣きながら最大限の謝罪の意を示していると、なぜかクリスチャンさんが激高《げきこう》した。

「ユージン貴様ぁ！」

「許す。わかった、許すから、クリスチャンの誤解を解け、このバカが!!」

狼狽《うろた》えるユージンに頼まれて、怒っているクリスチャンさんに私は涙ながらに懺悔《ざんげ》の理由を説明する。クリスチャンさんはそれを聞いた後、ホッとした様子になった。

「いや、よかった。ユージンが泣いている女性を力ずくで押さえ込もうとしているので何事かと……ナノハ様はなんでもするなどとおっしゃっていましたし。ユージンが脅しているのに違いないと思い……」

「そんなわけないだろうが！」

クリスチャンさんの言葉にユージンが叫んだ。クリスチャンさんも半ば冗談だったようで、ユージンを笑顔で見やる。けれどすぐに浮かべていた笑みを引っ込め、キリリと表情を改めて私を見た。

「実際問題、食事については今お出ししているものが最上のものとなりますので、改善は難しく。ナノハ様の身分が貴族だと証明されさえすれば、領主様のもとへ御身をお連れすることができるのですが……」

「お気遣いなく……ごめんなさい」

「今のところは慣れていただくしかない状況です。現在難民も増え、我々も自分たちの予算をはたいて食糧を購入し、分け与えているような始末ですので」

それが騎士団の仕事というわけではないらしい。彼らは、町から放り出してもいい人たちを自分たちの分の食糧を分けて支援しているようだ。この人たち、すごくいい人たちじゃんか……

「本当にもう、私のことは放置しておいていただいて結構なので……慣れるように頑張ります」

「……ナノハ様、そう言っていただけるとありがたく」

私が涙ながらに謝っていると、クリスチャンさんの青い瞳に物言いたげな光が灯《とも》った。

不思議に思って問いかけようとする間もなく、性急にクリスチャンさんはユージンに命令を飛ばす。

「ユージン、これから討伐隊を編成するがおまえは残れ。ナノハ様のお傍《そば》についてお世話をしろ」

「だが、オレは戦力だぞ！」

「町に戦力を残しておくのも重要なことだ。民を、ナノハ様をお守りしろ。重要な任務だ」

私を見るクリスチャンさんの瞳には妙な光がチラついていて、私はちょっとビクッとした。

獲物に狙いをつけた肉食獣の目――合コンでチャラ男が可愛い子を見る時の目だ！

モテ期！　じゃないよね……知ってる。

前に街コンに行った時、獲物を狙う目でチャラ男に見られていると思ったら、私が囲い込んでいた春雨《はるさめ》の大皿を狙われているだけだった。あの春雨《はるさめ》は美味《おい》しかった。

「……わかった。それが命令なら従う」

クリスチャンさんの意味深な目配せを受けて、ユージンも意味ありげに頷《うなず》いた。

今回も何か、私が囲い込んでいるものが狙われているのだろうか。異世界人である私の持ち物というと、やっぱり携帯かな？　たぶん、この人たちが持っているよね。

「ああ、頼んだぞユージン」

「任せておけ」

ユージンは、肩を竦《すく》めて命令を受け入れた。

そして再び食事の時間。今は朝だというので、朝ごはんの続きである。

空腹というのは食べないと収まらないものだ。

部屋に戻ると、私は無言で机の上に並ぶ皿を見つめた。難解な数学の問題を前にした時のように神妙な面持《おもも》ちになる。

そんな私を扉の前に立つユージンが見ていた。

「……おい、熱いうちに食わないと、まずいメシがますますまずくなるぞ」

「ちょっとお願いがあるんだけど、ユージン、食べてみてくれない？」

「はあ？　毒でも疑っているのか？」

ユージンがちょっと驚いた顔で言うが、私は毒という単語に驚く。そんなこと考えてもいなかった。

「そ、そうじゃなくて……！　美味《おい》しそうに食べている人を見れば勇気が湧いてくる気がする！」

「まあ、そういうことなら……」

ユージンは頷《うなず》くと、つかつかと近づいてきて赤紫色の豆をひょいとつまんでパクッと食べた。

「え⁉　皮ごと⁉」

「ああ？　そうだ、これは皮ごと食うんだ」

「か、硬くない？　私、噛《か》みきれなかったけど……」

「そうか？」

ユージンは首を傾《かし》げつつ咀嚼《そしゃく》する。

バリボリ音がするんだけど、それってやっぱり皮を噛《か》み砕く音だよね？

「さっき中身だけ食べてみたけど、あまり美味《おい》しくないよね……皮と一緒に食べないからかな？」

「中身はわりと美味《うま》いと思うが」

それはない、と私は思う。

「ス、スープを飲むところも見てみたい！　ユージンのカッコいいとこ見てみたい‼」

どこかで聞いたことのあるノリで言ってみる。

もし異世界なんかに来なければ、今ごろ私は合コンでこんな感じのコールが似合うチャラ男と巡り合えていたかもしれない。

ユージンは私の言葉に怪訝《けげん》な顔をしながらも、スープを一匙《ひとさじ》掬《すく》って飲んだ。

「うん……オレたちに配られるモノより小麦粉が多く、すり身のパヴェに貴重な肉も入ってる、上等じゃないか。何が不満なんだ？」

怒っているというより、心底不思議だという口調で尋ねられる。私は罪悪感に打ちひしがれつつ、正直に答えた。

「まずくて……食べられない」

「そう言われても困るんだが」

「うん、わかってる……」

私はなんとか食べようとスプーンを口に近づけたり、豆を皮ごと噛《か》んだりしてみた。まあ最終的に口から脱出させたけれど。

その後、失礼を承知で鼻をつまんでスープを一口、二口、三口食べた。

喉《のど》を滑り落ちていくドロドロとした感覚。のど越し最悪だ。

息を止めたまましばらくした後、鼻から手を離して一呼吸したら、胃から食道から下水道の芳香が——

「う、うえええええ」

「うわあああああ!?」

その場で全部戻した私を見てユージンが叫ぶ。その声を聞き咎《とが》めてやってきたクリスチャンさんが「毒か!?　今朝厨房《ちゅうぼう》を担当したのは誰だ！」と毒殺未遂を疑い出したので、ものすごい騒ぎになった。

必死に大事《おおごと》にするのはやめてくれと訴えたものの騒ぎは収まらず、私は医務室に運ばれる。厳戒態勢が敷かれ医務室の前には騎士団の人が立つことになった。

罪悪感と羞恥心《しゅうちしん》で死にそうになりながら、毒じゃなくて胃が受け付けないだけだと私は訴えた。

けれど、訴える途中でも胃液を吐いていたために信じてもらえない。

「ほんと、違うと……お願いだから放っておいてください……！」

「ナノハ様――ナノハ様のお気持ちに配慮し黙っておりましたが、私どもが御身を見つけた際、靴がほとんど汚《よご》れておりませんでした。つまり御身の足であのような場所まで向かわれたのではないということです。これが何を意味するかおわかりになりますでしょうか？」

はい。異世界からトリップしてきたということでしょう。

「……恐らく、ナノハ様は賊に誘拐され、あのような場所に捨ておかれたものと考えられます。魔物の生息域に武器も持たない女性を一人放り出すなど……間違いなく御身の命を狙った者の仕業です」

いえそうではなく、異世界トリップです。

……って、言ったらどうなるんだろう。

そんなこと言う人間がいたら、私だったら頭の病気を疑うだろう。それよりは誘拐のほうが確かにありえる。

頭のおかしい人だと思われて檻《おり》に入れられるのは嫌だけれど、嘘をつくのも気が引ける。

私が言おうかどうしようか悩んでいると、ユージンがクリスチャンさんの説に疑問を唱えた。

「クリスチャン。だが、この女の命を狙うのであれば単純に殺せばいいだけの話じゃないか？　なぜ、こんなややこしいことを？」

「……恐らく、魔物に殺させることで不幸な事故を装《よそお》いたかったのではないだろうか？」

「なるほど……であれば、この女にかなり近い人間のたくらみである可能性が高いな」

「それゆえにナノハ様は、ショックで記憶を失われているのかもしれない――」

どんどん私の設定が足されていく。

私が否定しても増えていくんだから困ったもんだ。そろそろ勘弁してもらいたい。

「あのホントに、もう……」

「ええ、お身体の辛いところ、煩《わずら》わせてしまい申し訳ございません。今夜はもうお休みください」

そういうことじゃなくて騒ぐのをやめてくださいという意味なんだけど伝わらなかった。

クリスチャンさんは「必ずや犯人を捕まえてみせます」と言って医務室から出ていってしまう。

毒殺未遂事件の捜査でもするつもりなんだろうか。迷宮入り間違いなしだ。

万が一、犯人が捕まったら全力で擁護《ようご》しなくてはならない。

医務室に残ったのは私とユージンだけだった。

部屋に入って右手に観葉植物らしいものが植えられた鉢があって、その隣にベッドが二つ並んでいる。私は奥のベッドに寝かされていた。

床は陶器のタイルで、寄木《よせぎ》細工なのは応接室と、応接室と玄関を繋ぐ廊下の床だけみたいだ。

医務室とはいえお医者さんはいない。当番の人が持ち回りで詰めて不測の事態に対応するようだけれど、当番の人は今締め出されている。

向かい側の壁際にある机の上には日誌があった。羽ペンとインクで文字を書いているみたいだ。

チラッと見たら知らないはずの文字が読めてしまい怖くなったため、私は見なかったことにした。

明かりはその机の上に置かれている奇妙な形のランプだけだ。光るヨーヨーのような不思議な形をしている。

ガラスの嵌《は》められていない窓の外は、すでに暗い。とても長い一日だったような気がする。

ユージンは廊下に続く扉とは反対側の、庭に続く扉にもたれるようにして立っていた。

「……ごめんなさい」

「気にするな」

ベッドの上で頭を下げて謝ったら、労《いたわ》るような優しい口調で返された。

ユージンは暗い外を睨《にら》むみたいに見据《みす》えると、床に置かれていた木の板を窓に嵌《は》める。

よかった。虫が入ってくるんじゃないかとちょっと気になっていたのだ。

「あの、ホントにたぶん、まずくて吐いただけなのに、こんな……」

「それがなくとも、おまえの命が狙われている可能性が高いのは事実だ」

「いやー、あの、私が特に歩いた様子もなく、あんな場所にいたっていうのは……」

「何か心当たりがあるのか？」

真剣な顔つきをしたユージンを見上げた。

私はごくっと唾を呑み込む。

頭のおかしい人と思われるかもしれない。でも、それだけならまだいい。怖いのは、この世界で異世界人がどう扱われるかわからないことだ。

ユージンはちょっと目つきが悪いけれど、心根はそんなに悪い人じゃなさそうだし、ここらで一度、この世界の人の反応を見ておきたいと思った。

ヤバイ感じの反応が返ってきたら、冗談だったと言って全力で誤魔化そう。ここにはユージンしかいないし、やってやれないことはない。というか、やるしかない。

「実は……私、異世界から来たんです」

意を決して、私はユージンに打ち明けてみた。

そうしたら、とても可哀想な人を見るような目で見られる。うんまあ、わりとマシな反応だ。

「もう眠るといい……オレがここで見張りをしている。賊がやってくる心配はない」

「いやホント、異世界から来て、だから靴も……あの、聞いてる？」

「聞いている。辛い目に遭《あ》ったせいだろう。ゆっくり休めばいい。何も思い出す必要はない」

ダメだ。やっぱりショックで現実逃避していると思われてる。

でもこれで、わかった。異世界人は即討伐！　みたいな殺伐とした価値観はないみたいだ。ものすごく嫌われているとか憎まれているとか、そういうこともないだろう。

いくらか安心しつつ、信じてもらうことを諦めて、私はパタリとベッドに横になった。

「……もし本当にただまずいだけだというのなら、それはそれで困った事態だな」

「え？」

「食糧だ。だっておまえ……何も食えないってことだろ」

ユージンにそう言われた瞬間、私のお腹が悲鳴を上げた。

空腹を思い出してしまったのだ。

胃液すら吐いてしまった私のお腹は、空《から》だと言っていい。シーツをはねのけて私は再び起き上がった。

「ちょっとしたお菓子を鞄《かばん》に入れていたはず……私の荷物、知らない!?」

「荷物？　そういえば、何やらよくわからないものがいくつかあったな――」

「どこにあるの!?」

「待っていろ。団長に確認を取って、持ってきてやる」

ユージンは医務室の前に立っていた見張りの顔と名前を確認し、ここから決して離れないようにと厳命して、その場を離れた。そして、五分も経たないうちにリクルートバッグとトートバッグを持って戻ってくる。

「中身を確認させてもらったが、わけのわからないものが多く引き渡しはできない。だが、食糧品ならあまり持たないだろうし、食う分には見逃してやれる。どれが食い物だ？」

荷物が返ってこないことはちょっと不満だったけれど、何も言わないことにした。

私でも異世界から来たなんて言う人の何が入っているかわからない荷物は取り上げてしまいたいし、ちゃんと調べたいと思うに違いない。

「ジャガイモチップス焼き鳥味！」

「ジャガイモチップスヤキトリアジ？」

翻訳がうまくいかなかったらしく、ユージンは小首を傾《かし》げる。その手からリクルートバッグを受け取り、小さな袋を引っ張り出した。

普通サイズではなくて、駄菓子屋で売っているような小サイズだ。

ジャガイモのキャラクターが描かれたチープな袋が輝いて見える。

「ちょっとしかない……」

これが、この世界で私でも食べられる食糧のすべてかもしれない。

大事に食べなくてはならないとはいえ、袋を開けたらすぐに食べないと湿気《しけ》てしまう。それに、お腹がものすごく減っている。

「ま、明日のことは明日考えよ」

ということで、私はパリッと袋を開いた。ユージンが興味津々《きょうみしんしん》で覗き込んでくる。よく見るために、机の上に置いていたヨーヨー型ランプを持ってきて翳《かざ》していた。

「……うん？　いい匂いがするな？」

「そうだね、焼き鳥のいい匂い……ユージンもいかが？」

「いや、おまえの貴重な食糧だろうが」

ユージンは遠慮するものの、目がチップスに釘付けだ。

「一枚ぐらいならいいよ」

「なら……」

ギザギザにスライスされて揚げられたジャガイモの上には、焼き鳥味に調整された粉末が振りかけられている。

一枚を口に放り込んだユージンは、目を見開いた。青と緑の瞳がパチパチと瞬《またた》く。

私も手にしたチップスを齧《かじ》った。

軽い音と共に、香ばしいジャガイモのチップスが口の中で心地よく砕けていく。甘じょっぱく懐かしい味が広がった。昨夜、ビールと一緒に心ゆくまで食べるはずだった焼き鳥に似せた味だ。

「な、なんて味だ……奇妙だが、美味《うま》い。この食感も、この香りも信じられない。塩だけではなく、何か香辛料をふんだんに使っているな？　それを、スライスして上質な油で揚げた食材に振りかけている。塩と香辛料の塩梅《あんばい》も奇跡的な調和だ。ここに至るまでにどれほど調味料の配合を試したのやら——」

食レポをしているユージンの横で、私はあっという間にジャガイモチップスを食べてしまった。お行儀が悪いかもしれないけれど、指も舐《な》める。するとユージンも同じようにした。

「あー、美味《おい》しかった」

「……もうないのか」

ユージンが残念そうに呟《つぶや》いた。私も残念だし泣けてくる。

カスまで食べて、袋は大事に畳んで鞄《かばん》の中にしまっておいた。御守り代わりに。

袋をしまうついでに、私は中身の確認をする。そして、試しに聞いてみた。

「ユージン……あの、携帯知らない？」

「ケイタイ？」

ユージンはきょとんとした。何かを隠そうという意図は見られない。機械の仕組みを知りたがる様子もなかった。ユージンたちには小さな四角いあの物体が電話をかける機械だとはわからないのかもしれない。

「あの、これぐらいの、四角い、黒の、鉄でできた……よくわからないもの？」

「よくわからないってなんだ？」

ユージンは半ば笑いながら「そんなものはなかったと思うが、なくしたのか？」と心配そうに言った。嘘をついているようにはとても見えない。

鞄《かばん》の中をもう一度漁《あさ》ってみたけれど、やっぱりなかった。化粧品やメモ帳、ファイルに仕事のマニュアル、筆記用具はあるけれどミュージックプレイヤーもなくなってる。

ユージンとクリスチャンさんが没収して隠しているんだろうか？

でも、この世界の文明を見る限り、携帯電話やミュージックプレイヤーを見たら、私に説明を求めたくなりそうなものだ。万が一起動できたなら、絶対に聞きに来ると思う。探りを入れられていない今、本当にユージンたちは知らないのかもしれない。

それによく考えると、イヤホンもなかった。あれは没収の必要があるとは考えられない。どうやら、それらは全部トイレに落としてきたようだった。

「えっと、ううん、いいの……もう寝ようっと。ユージンはどうするの？」

「オレは外で立っている。護衛としてな」

「うん？　護衛？　まさかずっと起きてるの？」

「護衛だからな。寝てたら意味がないだろ」

それは確かにそうだ。けれど、昼に寝ていたわけでもないのに不寝番《ふしんばん》をしなきゃならないなんて、過重労働だろう。

「え、ええー……そんな、申し訳ない」

「……おまえは恐らく貴族ではないだろうな。貴族の口から、オレたちのような騎士団にそんな言葉が出てくるわけがない」

この世界の貴族はどうやら傲慢《ごうまん》な人が多いらしい。

ユージンはフッと表情を緩《ゆる》めた。とても優しい笑顔だ。ファンタジーイケメンにそんな笑顔をされるとドキリとしてしまう。

「オレはプロだから、一昼夜立ちんぼだろうと問題ないんだ。気にせず休んで、明日に備えろ」

「うーん……そっか。そうだよね。明日からが本格的な戦いの始まりだもんね……」

もう、泥スープと硬い豆を食べられるようになるのは諦めている。

明日からが、私の食糧確保闘争の始まりだ。

力を蓄《たくわ》えるためにも、私はシーツを被《かぶ》った。

(携帯が狙われていたんじゃなかったとしたら、クリスチャンさんが狙ってるのはなんだろう?)

考えてみたものの、疲れていたせいか、一瞬で眠ってしまった。

翌朝、お腹が減ったなあと思いながら目が覚めた。

「起きたか」

私が起きたことに気付いたのか、すぐにユージンが庭から入ってくる。

「寝てる間もずっと腹が鳴っていたぞ、おまえ……」

「うん……どうしよっか、ハハ！」

壁を挟んで外にまで音が響いていたらしい。無理やり明るく笑ってみると、ユージンが複雑そうな面持《おもも》ちで見下ろしてきた。

「オレのほうでもおまえにも食えるものがないか当たってはみるが……あまり期待はするなよ」

「いえいえホント、迷惑をかけるつもりはないんで」

死ぬほどお腹が減る頃には、なんでも美味《おい》しく食べられるようになるかもしれない。

けれど、すでにお腹はかなり減っている。正直、これ以上、辛い思いなんてしたくなかった。

とはいえ、厨房《ちゅうぼう》に私のためのパンを焼けとも言えない。貴重らしい塩をたくさん使って味のあるスープを作ってとも頼めなかった。

ここの食糧はギリギリ。なんとか身体に必要な最低限を保てるように薄めて、みんな耐えているとユージンに教えてもらっている。いくら勝手に間違われているからって、傲慢《ごうまん》な貴族みたいに振る舞うことはできない。

自分でどうにかするほかなかった。

「町を見て回りたいです副団長！　お疲れのところ大変恐縮なのですが、町の案内をお願いできないでしょうか!!」

「動いたら余計に腹が減ると思うぞ？」

初め私を警戒していたユージンだったが、今はすっかり心配そうに私を見ている。

「座して死を待つことなどできない！　私は戦う！」

「やけに含蓄《がんちく》のある言葉だが、意味は酷《ひど》いな」

なんとでも言えばいい。これは、私にとってはまさしく戦いである。美味《おい》しい食事に親しむ私の舌を守るための戦いなのだ。

勝利条件はただ一つ、自力で美味《おい》しい食糧を見つけること。

しかし、よく考えると、魔物に追われて逃げてきた人たちが食糧を求めている状況なのだから、すでに食べられそうなものは食べてみているはずだ。

そこで私は、文化の間隙《かんげき》を狙うことにする。

文化の違いで食べられるものだと認識されていないような、そんなアンラッキーな食材は古くは地球にも存在した。

例えば、トマトとか。以前プチトマトをベランダ栽培するためにネットで育て方を調べていた時、昔はトマトには毒があると思われていて、観賞用だったという小話を読んだ。

「ごめんなさい、ユージン。忙しいと思うけどお願いします！」

両手を合わせて拝んだら、「わかったわかった」とユージンは私の手を押さえた。

「ありがとう！　それでは、いざゆかん！　未知なる食材を求めて!!」

「それでおまえの気が済むのなら……よほど腹が空《す》けば覚悟も決まるだろうよ」

ちらりと胡乱《うろん》な目で見られる。

……その可能性も十二分に検討しているところです。

その後、一度部屋に戻って身づくろいをさせていただくことになった。服などは彼らが用意してくれたようだ。ユージンたちの服装を見るに、スーツ姿では悪目立ちしそうだからありがたい。

医務室の両隣には部屋があり、片方が昨日ちょっと入った応接室、もう片方は厨房《ちゅうぼう》みたいだった。厨房《ちゅうぼう》はものすごくうるさくて、怒号が響いている。

「みんな、ごはんが食べられて羨《うらや》ましい……！」

「おまえに出されたものよりずっと質素な料理ばかりだがな」

「わかってる……わかってる……！」

食堂の前を通って二階へ続く階段を上がり、部屋に戻った。

ユージンに用意してもらった洗面器の水で顔を洗い、持ってきてもらったワンピースに着替えたら、現地の人のようになる。何に使うのかわからない布類や革の帯が残ったけれど、あまり気にしないことにした。

「着替えられたか。……まあいいだろう。頭からこれを被《かぶ》っていろ」

外に出ると、ユージンが布を渡してきた。赤と青と緑と黄色の……カラフルな色使いで幾何学《きかがく》模様が刺繍《ししゅう》された大判の布だ。模様の基本は三角形で、ひっくり返ったり横線で分割されていたりする。

「なんで被《かぶ》るの？」

「なんでって……精霊に守ってもらうためだ」

これを被《かぶ》っているとご利益《りやく》があるらしい。気の持ちようなのか、本当に守られるのか気になるところだ。

「セイレイ？　精霊？」

「おい、嘘だろ……そんなことまで忘れてるのか？」

「ちなみにユージンが昨日言ってた、魔族とかいうのもわかりません！　魔族って何？」

この際だから聞いてみたら、ユージンが頭を抱えて首を横に振った。

「重症だな……とりあえずこの『精霊の御守』を被《かぶ》っていろ」

頭を布で覆《おお》われた。私は大人しくユージンの言う通りにする。

「ま、いいや。細かいことはおいといて……まずは私にも食べられそうなものを見つけないと！」

「大事なことなんだが、仕方がないな。確かに食い物以上に重要なことはない。おいおい教えてやる」

布を被《かぶ》った頭を撫《な》でられた。

ちょっと驚きつつ、もしかしたらユージンって年上かもしれないとふと思う。

「ユージンっていくつ？」

「オレか？　二十六歳だが。おまえは？　十六歳ぐらいか？」

「わあ……若く見えるって意味なら嬉しいけど、幼いって意味なら足踏むよ。正解は二十二歳」

「はあ!?」

その態度は幼く見えているという反応にしか見えなかった。私はユージンの足を踏みつける。しかしビクともしない。ムッとして見上げたら戸惑《とまど》いに満ちた目を向けられた。

ユージンは四歳年上らしい。見た目だけならもっと上に見えるけれど、言葉を交わした感覚だと同年代だ。

「おまえ……その言動で二十二歳というのは……たぶん記憶が混乱しているぞ」

「そんなことないよ！　私は立派な大人の女性だから！」

「いやだから、見えないと言ってるだろうが。妄想だな。まあ、大人だと思いたきゃそうしろ」

「妄想じゃないよ、現実だよ！　現実を見ようよ！」

「おまえがな」

私は異世界に来てしまったという現実を重く受け止めている。これ以上の現実は正直いらない。

「オレがいるから心配するな、ナノハ」

深刻な顔をしていると、初めてユージンに名前を呼ばれる。驚いて、言おうとした言葉を忘れてしまったが、まあいいか。

そのまま二人で外に出る。早朝だからか難民は宿舎を囲む塀《へい》の外側に追い出されていて、力なくうずくまっていた。

きっと、食糧配給の時間が来たら、彼らは塀《へい》の中に招き入れられるんだろう。

そして、私がまずいと言って残したごはんよりもずっとまずいごはんを喜んで食べるに違いない。

「……ユージン、私が昨日、その、アレしたごはん、どうした？」

「隊の者が毒見をした。……特に問題はないようだったので誰かが食べたと思うぞ」

「そっか……捨てられたんじゃなくてよかった」

ホッと息を吐いて言ったら、ユージンに頭をぐりぐりと撫《な》でられた。

「痛い、痛いってば！」

「気にすることはない、ナノハ。おまえだって、頑張って食べようとしたんだろ？」

「……うん」

「バカ貴族なら、そうだな、皿をひっくり返して偉そうに喚《わめ》きちらした挙句、料理を作った人間を打ち首にすることもある」

「そんなことしないよ!?」

「ああ。だから、ナノハは偉いぞ」

子どものように扱われ、悔しいような、嬉しいような不思議な気分になった私はちょっと泣いた。でも頭から大判の布を被《かぶ》っていたから、ユージンにはバレずに済んだと思う。


町に出て、一番初めに思ったのは高い建物がないということだった。高層マンションレベルのものは皆無だ。

七階建てか、八階建てくらいの建物はあるが、手作り感満載ですごく恐ろしいものになっていた。震度三ぐらいの地震一発でさよなら感がある。

私がそれらを見ていると、ユージンが渋い顔で「違法建築だな」と呟《つぶや》いた。

「あまりよくないんだが、最近はそうも言ってられなくなってきている」

「人が多すぎるから？」

「そういうことだ。この町は魔物除けの塀《へい》で囲われているんだが、その内側に家を作ろうとしても、もう場所がない」

「塀《へい》の外だと危ないの？」

「前は村をつくって細々と暮らしているヤツもいた。難民たちの大抵がそういう輩《やから》だ。だが、今はもう神族の守りのない場所はすべてダメだ。魔物の動きが活発になりすぎている。魔族どもが仕掛けてきているんだろう」

魔物というのは、なんとなくわかる。あの大きくて凶暴な鳥みたいなモノのことだ。けれど魔族は見たことがない。

「魔族って、悪者なの？」

「ああ……魔物を操《あやつ》りオレたちを着実に狩りにくる。神族の怨敵《おんてき》だ」

「神族？」

「――間違っても神族を知らないなんて、どこかで言うんじゃないぞ？」

怖い顔でユージンが言うので、私はすぐに頷《うなず》いた。

「神族というのは……人間の上に立つ方々のことだな。神々の末裔《まつえい》のことを言う。アリを踏み潰す子どものような無邪気さで無茶ぶりしてくるヤツがいたら、大抵は神族だ」

ユージンは結構辛辣《しんらつ》に言う。

「ヤツらは見た目でもわかる。肌の色がやたらと白くて、銀髪が多い。目の色も銀か白だ。耳は大体尖っているな。やたらと色が薄いのがいたら、あまり関わらないようにしとけよ」

私は大きく頷《うなず》いた。宗教的な事柄には触れたくない。

もしかしたら、神様の末裔《まつえい》と称する人から見たら、異世界人は討伐対象かもしれないのだ。

「魔族っていうのは、どんな見た目なの？」

「……黒髪のことが多い」

「え!?」

サッと私が頭を押さえると、「人間で黒髪のヤツも普通にいるから安心しろ」と宥《なだ》められた。

「金の瞳で、瞳孔《どうこう》が縦に割れていることが多い。肌は浅黒く……多くは耳が尖っている」

「えっと、それって」

「神族と似ているだとか、間違っても言うなよ」

言わない言わない。こくこくと頷《うなず》いておく。

「今神族の方々は町を不在にしているが、そのうち戻られるだろう。魔族については……隷属者《れいぞくしゃ》を見られる機会があれば教えてやる」

「レイゾクシャ？」

「神族との戦いに敗れ、命乞いをしてきた魔族には慈悲を与えることがある。隷属者《れいぞくしゃ》として人と神族に仕えてまで生き永らえたいのであれば、そうしてやるんだ」

ユージンは酷薄《こくはく》な表情でそう言う。それ以上聞くと怖くて夜に眠れなくなりそうだったから、私は話を逸《そ》らした。

「えーと、それより、お店とかあったら、見たいなーなんて」

「まずは神殿へ行き、おまえが魔族やその眷属《けんぞく》ではないことを、証明する」

「ま、まぞくやけんぞく……？」

「おまえを見る限りとてもそうは思えないし、疑ってはいないが、まあ、一応な？」

ユージンは私を安心させるように微笑み、頭を撫《な》でてきた。私は大人しく頭を撫《な》でられつつ、ドキドキする胸を押さえる。ときめきではなく恐怖だ。

「ど、どうやって見分けるのかな？」

私は別に耳が尖がっていたりはしないし、瞳孔《どうこう》が縦に割れていたりするわけでもなかった。けれど、魔族の祖先が実は異世界人でした～みたいな展開があったら、大変な目に遭《あ》うかもしれない。

「闇に穢《けが》れた生き物は、神殿に近づくほど苦しむんだ」

何それ怖い。

私はビクビクしながらも、ユージンから逃げるわけにもいかず、後をついて歩いた。逃げたところで、私に行くあてはない。

でも、当の神殿とやらにたどり着いても、恐れていたことは何も起こらなかった。

「わあ、きれい……この中に入ってもいいの？」

「ああ。神族の聖気に耐えられるのであれば、いくらでも奥に入ってかまわないとされている」

「公園みたい！」

大理石か何かでできた白い円柱状の塔が中心にある。その周りは広い公園のようになっていて、町の道の汚さが嘘みたいに白い道は美しく掃き清められ、花壇は彩《いろどり》豊かで木々は整然と並んでいた。

「こんなにきれいなのに、なんで人が少ないの？」

町の中には人がたくさん歩いていた。忙しそうにせかせか歩いている人が大勢だったけれど、暇そうにブラブラしている人だっていた。暇ならこのきれいな公園を散歩したっていいだろうに。

「……中央へ行くほど、聖なる気配が濃いからな。穢《けが》れた人間には息苦しく、居心地が悪い」

「え？　ユージン、顔色が……」

「オレは穢《けが》れているから……外庭の時点でもう苦しい」

ユージンは敷地内には入ったものの、すぐに近くにあったベンチに座り、首を絞めつけるマントの留め金を外して深呼吸していた。その額《ひたい》には汗が浮かんでいる。

本当に息苦しそうで、ピンピンしている私は驚いた。

「ええぇ、大丈夫？　もう外に出ようよ！」

「ナノハがもし平気なら、正面の道を行き……あの二本の円柱の間を通って神像のもとへ」

荒い呼吸を繰り返しつつ、ユージンは神殿の正面らしき開け放たれた入り口を指さす。

「神像を詣《もう》でることができれば、その裏の水槽の中にある清められた銅貨をもらってこい……」

「銅貨ってお金？　もらってくればいいの？」

「ああ、この銅貨を、代わりに神像の足元に置いていけ」

たぶんそれがこの世界のお参りとお賽銭《さいせん》のやり方なのだろう。

ユージンはこんなに苦しそうなのに私がお金をもらってくるまで、帰ろうとしない。

「急いでもらってくるから、待っててね！」

「無理なら……いいから戻ってこい」

無理だったってことにしてすぐに戻ってこようかと一瞬思ったけれど、この世界に神様がいるのなら、便宜を図ってくださいってお願いしておいたほうがいい気がした。ユージンがここまでしてお参りさせたがっているし、何しろ今の私の状況は神頼みでもしないとどうにもなりそうにないのだ。

結局、私は真面目にお参りすることにした。

どんどん神殿に近づいて行くけれど、苦しくなかったし、そもそも何も感じなかった。なんとなく、空気がきれいな気がした程度だ。町に漂《ただよ》っていた異臭がしない分、楽だと感じる。

途中、行き倒れているおじさんを見つけた。神殿の神像らしきものまで五メートルぐらいというところで、膝をついて泣いている。それ以上近づけないらしい。

「だ、大丈夫ですか？」

「お気になさらず……うう、日課ですので……」

太ったおじさんは毎日あと少しというところまで来ているけれど、そのあと少しの距離をなかなか縮められずにいると言う。

私は先を急いだ。神殿までたどり着いても、人気《ひとけ》はない。

入り口の階段を上りきったところに、神像は立っていた。あまりはっきりしない顔立ちの大理石の白い像だけれど、髪の毛が長いこととずるずるの服を着ていること、両耳が尖がっていることはわかる。腰までありそうな髪の毛の長さから察するに、女神なのかもしれない。

「女神様……私が末永く美味《おい》しいごはんを食べられるよう、お助けください！」

神社をお参りする時と同じ作法で柏手《かしわで》を打つ。元の世界への帰還を願うか迷ったものの、ここで願ってすぐ帰れるなら世話はない。それより緊急で重要なことにご利益《りやく》があるよう祈った。

その後、私はユージンに指示された通り、もらった硬貨を神像の裸足《はだし》の親指のあたりに置いた。

それから裏に回ると、ユージンが水槽だと言っていたものがすぐに見つかる。水槽の上の天井は開いていて、そこから雨水を落として溜めているらしい。壁には騎士団の応接間と同じように四色の服を着た人たちが追いかけっこをしている絵が描かれていた。床は色とりどりのガラスや陶器で作られたモザイクで、天井の開いた部分から日の光が差し込みカラフルな色が浮かび上がる様《さま》はとても可愛い。

「この硬貨は、勝手にもらっていいのかな？」

誰もいなかったので、水槽に溜められた透明な水の中に沈んでいる硬貨を、袖を濡らさないようにたくし上げて自分で拾い上げた。神様の横顔が描かれたそれは、なぜか淡い白色に光っている。

「ファンタジーだなあ……」

ここまで一切辛くなることも苦しくなることもなし。心配することなんてなかったみたいだ。

私が神殿から出ると、泣いていたおじさんはいなくなっていた。神殿に入るのは諦めたらしい。

……穢《けが》れるって、一体なんなんだろう。

首を傾《かし》げながら戻ると、ユージンはぐったりとベンチに座ったままでいる。彼を急《せ》かして、さっさと神殿の敷地の外へ出た。

町に戻ると汚物のようなにおいがするのだけれど、ユージンは明らかに呼吸がしやすくなったようで、ホッとした様子で深呼吸をする。

「それじゃ、次は食べ物のお店に行くってことで！」

私がビシッと神殿からもらってきた硬貨を見せつけると、ユージンは微笑んで頷《うなず》いた。

「ああ。……少し歩くがかまわないか？」

「大丈夫！　靴も貸してもらったし！」

ユージンの微笑みが先ほどよりも優しくなっていて、内心ちょっと驚きながら答えた。

たぶん、私が魔族やら眷属《けんぞく》やらと無関係だと証明されたからに違いない。さっきまでだって随分優しかったのに、さらに甘くなっている。

「その銅貨を貸してくれるか？」

「うん？　はい」

ユージンに渡すと、彼はその硬貨をどこからか取り出した鎖の付いた台座にパチリと嵌《は》めた。そして、私の首にかけてくれる。

「神殿に入ることのできた証《あかし》は、おまえの身を守ってくれるだろう……聖なる光の加護があらんことを」

前髪を優しい手つきで撫《な》でられて、ビクリとしてしまう。恋愛偏差値四十程度の私には難易度の高い気障《きざ》さだ。

この世界はみんなこんな感じなのかな？　それともユージンだけなのだろうか。今こそ盛大に私のお腹の虫が鳴いて、この変な雰囲気をぶち壊してくれればいいのに。

妙に緊張して鳴らないお腹を抱えつつ、ユージンに連れられてたどり着いたのは市場だった。なんとなく、テレビで見た蚤《のみ》の市の、ものすごく寂しいバージョンのような雰囲気だ。

まばらに商品が並んでいるけれど、食べられそうなものは見当たらない。

「普通に並んでいるものでおまえに食えそうなものはないぞ。……見るならこちらだ」

そう言って、外に並んでいるお店を通り過ぎ、ユージンは大きな建物に向かった。

「このあたり一帯はすべて商人の倉庫だが……オレたち黒魔《くろま》騎士団が相手でも、ごく普通に取引をしてくれる商人は一握りだ。そのうちの一人を訪ねるぞ」

「……ユージンたちの騎士団って、あまり偉くないの？」

服装を見る限り、明らかに難民の人や町の人より上のランクに属しているみたいなのに、商人がユージンたちに対して隔意《かくい》ある態度を取るというのが、どういう状況なのかわからなかった。難民がアルバイトだとして、町の人が平社員だとすると、ユージンたちは部長とか課長クラスじゃないんだろうか？　それとも、商人はもっと上だったりするのかな？

「オレたちは身の上が特殊だからな……商人より身分は上でも立場が危《あや》うい」

……部長だけど、何か事情があって肩身が狭いということなのかもしれない。平社員なのに強権を振るうお局様《つぼねさま》は私の会社にもいたし、ありえないことじゃないね。

私はそれ以上追及しないことにする。

しばらくして、ユージンが立ち止まった建物の入り口前には兵士のような人が立っていた。私たちをジロリと見たけれど、入って行っても何も言わない。

中に入ると太ったおじさんが出てきて、私はすごく驚いた。

先ほど神殿に入れずに泣いていたおじさんだ。

「これはユージン様！　このようなところにお出ましとは珍しい……それにあなたは、先ほどの！」

おじさんも私が神殿で会った人間だと気付いたらしい。私が首からかけている硬貨を見て、羨《うらや》ましそうに目を潤《うる》ませた。

「この穢《けが》れきった辺境で、聖なる気に満ちた神殿を参詣《さんけい》できる清らかな方がいらっしゃるとは……お会いできて光栄です」

光る硬貨は、出会った人の態度を軟化させるらしい。おじさんに大歓迎されて、私とユージンは応接間に招かれた。

「私はトッポと申します。ドローラズ州にて商《あきな》いをさせていただいております、しがない商人でございまして……」

「商品を見せてくれ」

右手を左肩に近い胸に当ててお辞儀しようとするも、大きなお腹が邪魔してできないでいるおじさんを、ユージンが促《うなが》した。おじさんはポンと手を打って言った。

「ユージン様、お嬢様、ご案内いたします、商品はこちらにございます」

「どうも……私はナノハです」

お嬢様って呼ぶのはやめてくれ、と念じながら自己紹介をすると、「ナノハ様ですね」とトッポさんは頷《うなず》いてくれた。察しのいい商人さんだ。

部屋の奥にある扉から廊下へ出ると、その奥に別の部屋がいくつかある。

そこにも兵士が立っていて、トッポさんが頷《うなず》くと私たちを通した。

その部屋には壁が見えなくなるほど大量の食糧品が積み上げられている。私はポカンとした。

「え？　これ……全部食べ物？　どうしてこんなにたくさんあるの？」

「それは私がドローラズ領主様に許されて、商売をさせていただいているからですね。ドローラズ州に広く食糧がいきわたるように管理させていただいているのです」

「ああ……なるほどです」

それなら、今目の前にいる人に端から配っていくわけにはいかないだろう。ここにはいない別の人の手に渡らなくなってしまうから。

けれど、すぐ外に飢えている人がいるのに、こんなにもたくさんの食糧品が置かれていると思うと——

お腹が鳴り、ものすごい音で部屋に響き渡った。私はお腹を押さえて布を深く被《かぶ》り顔を隠す。

「ナ、ナノハ様は空腹なのですか？」

聞いてよいものだろうか、しかし無視できない大音量だ——そんな戸惑《とまど》い顔でトッポさんが言う。

「うちで出す食事が舌に合わないようなんだ」

溜息交じりに説明するユージンの隣で、私は小さくなって謝った。

「……申し訳ない限りです」

ボソボソと言うと、トッポさんがフォローするように大声を出した。

「わかりますわかります！　ユージン様の前で言うのもなんですが、辺境のメシは都市の豚の餌より悲惨ですからね！　土地も人も穢《けが》れきり、何もかもが酷《ひど》いものです！」

トッポさんの言葉にユージンは渋い顔をしたけれど、特に何も言わなかった。

土地も人も穢《けが》れきり……かあ。

ユージンもクリスチャンさんも自分は穢《けが》れていると言っていた。この世界の常識では人間は大なり小なり穢《けが》れているものなのかもしれない。トッポさんも神殿の像があるところまで入れなかった。

その穢《けが》れが一体なんなのか、未だによくわからない私は曖昧《あいまい》な表情を浮かべる。

「ナノハ様……よろしければ、こちらなどはいかがでしょう？」

そう言ってトッポさんが壁際の箱から一つ取り上げ差し出したのは、白くて玉ねぎみたいな形のつやつやとした食材だった。それを掌《てのひら》に乗せ、指で押すと少しへこんだ。

「おい、ナノハ、買う金はないぞ」

「よろしいのですよ、ユージン様。スワモはそう長くは持ちませんので、お試しで一つ提供いたします」

「ありがとうございます……これは果物ですか？」

お礼を言いつつ、スワモという何かの匂いをかいでみる。すると、ほんのりと甘い香りがした。

「ご存じありませんで？　確かに果物です。甘くて果汁たっぷりで、領主弟のエスキリ様の奥様も好物でいらっしゃるのですよ」

この町の偉い人も食べている果物ならば、きっと私だって食べられるに違いない。

試食としてただでくれるというので遠慮なくいただくことにした。

「いただきます。あむ……んん？」

「どうだ？　ナノハ？　吐くか？」

ユージンの言葉に、私は首を傾《かし》げる。

「んんー。吐かないけど」

「吐くんですか!?」とびっくり顔をしているトッポさんの手前、とりあえずそれだけは断言しておく。けれど、私は微妙な顔をせずにはいられなかった。

「果汁はたくさんだけど……思ってたより甘くないかも」

「へ!?　そうでしょうか。不良品だったのかもしれません、申し訳ございません！」

「いえ……私、普通のスワモ？　っていう果物の味を知らないので、なんとも」

果汁十パーセントのミカンジュースから砂糖を抜いて水と一対一で割ったような味がした。食感はプラムに似ている。

「……まあ、食べられないほどまずいとは言わないけど」

正直な感想を言ったら、ユージンがドン引きしたような顔をした。

もしかしなくても、スワモは高級品なのかもしれない。けれど、品種改良されて甘いのが普通の地球のフルーツと比べると、味劣りすること甚《はなは》だしい。

つまり、この世界の食べ物はどうやら気軽に買えない高級な果物でやっと、まあ食べられなくもないかなレベルの代物《しろもの》だということがわかった。

幸先がよくない。お腹が減りすぎたことと相まって眩暈《めまい》がする。

「私、贅沢《ぜいたく》でわがままなのかな……」

「そうだな」

ユージンにはっきりと肯定されて涙目になりつつ、私はトッポさんの倉庫を後にした。

建物から出て、数歩歩いたところで、ドンッと誰かにぶつかられる。

よろめいて「あわわ」とか言ってるうちに、被《かぶ》っていた精霊の御守り布をはぎ取られた。

「え？　あれ？」

ポカンと呆《ほう》けている私を尻目に、犯人は布をマントのようにはためかせ、すごい勢いで通りを走り抜けていく。

「オレの目の前でスリとはいい度胸だ‼」

ユージンは叫ぶと、これまたものすごい速度でスリを追っていった。

あっという間に見えなくなる。

見知らぬ世界の見知らぬ町の見知らぬ場所に、おいていくのはやめてほしい！

護衛とは一体なんだったのか……町の人にユージンの行き先を聞きまくり、探すこと数分。

息を切らしつつ、私がたどり着いたのは、町を囲う塀《へい》のすぐ側だった。

煙が上がっていて、何かを燃やしているみたいだ。何を燃やしているのかは、においからは判別できない。ただ、モワモワモワと煙くさかった。

建物の陰から覗くと、塀《へい》の内側にさらに木の柵で囲われた広場があり、中央には何かの死骸が積まれている。それを順に燃やしているようだ。

そこに暴れる子どもをつまみ上げているユージンがいる。私はそろりそろりと忍び足で近づいた。

「うっわ」

柵の中に入り、中央に並べられた死骸が、動物とは呼びにくい異形の生き物であることに私は気が付いた。

「こ、これ……魔物？」

「ああ。よかった、ついてきたのか、ナノハ」

「いやだって……あんなところに放置されたら困るもん！」

何しろここは私にとって右も左もわからない異国の土地だ。

大使館にでも連れていってもらえるかもしれない外国とは違い、故郷すらない異世界である。ユージンと離れるだなんてありえない。

ユージンは魔物の死骸の上にスリの子どもを放り捨てた。そして、私にその子どもから取り上げた布を渡してくれる。

「ったく、おまえらの身の上に同情しているから見逃してやるが、次やったらただじゃ済まさないぞ！」

怒鳴られた子どもは死骸の上で起き上がり、ユージンを睨《にら》みつけた。反省している様子はカケラもない。ユージンが口を開きかけると、器用に死骸の上を飛び移って子どもは逃げていった。

あたりを改めて見まわしてみる。柵は長方形に延びていた。隅っこには掘っ建て小屋がある。

魔物の死骸は広場の中央にまとめられ、その側に大きな火が焚《た》かれていた。制帽のようなものを被《かぶ》った男が死骸を燃やしては、骨をトングで引っ張り出して、次の魔物を燃やす。

その炎を子どもが取り囲んでうずくまり、何やら作業をしていた。

「ユージン、どうしてこんなところで魔物を燃やしてるの？」

「塀《へい》の中で湧いたからな。いちいち外に運びだして燃やすのは面倒だろう？」

ユージンは身体についた何かを振り払うような仕草をしながら、柵の外へ出ようと歩いていく。

それについていきつつ、私は疑問点を尋ねた。

「埋《う》めたりはしないの？」

「骨を埋《う》めてもいいが、その前に必ず燃やす必要があるんだ。倒した魔物は燃やさないと、穢《けが》れを集め、より凶悪な代物《しろもの》になって蘇《よみがえ》ることがある」

「ひっ、うわ、すぐに全部燃やさなくていいの!?」

打ち捨てられた魔物の死骸の近くを通っていた私は、慌てて飛びのいた。

「そのほうが間違いはないが……魔物を燃やすと、稀《まれ》に魔核が採れることがある」

「ま、魔核？」

「ああ、一匹ずつ燃やしては、運よく魔核が残っていないかを確かめているんだ」

「魔核って何？」

「あー、おまえにはそこから説明が必要か」

そろそろかったるいと言わんばかりの顔をしたユージンを小突き、教えてもらう。

彼によると、魔核というのは魔物の臓器の一つのようなものらしい。

厄介で強い魔物ほど、体内に大きな魔核を持つそうだ。魔核は何やら様々な魔道具のエネルギー源となるみたいで、高値で取引されるという。

「どの魔物も持っているはずなんだが、大抵は解体途中で肉に溶けてしまう」

「へえー」

「核はすべての生物が体内に持っているもので、それが穢《けが》れると人間でも魔法を使えるようになる……何も知らないようだから説明してやるが、オレたち黒魔《くろま》騎士団はみな穢《けが》れと引き換えに力を手に入れた集団だ。おまえが何かを忘れたふりをしてオレたちのもとに身を寄せているだけなら、すぐにやめたほうがいい。おまえの核も穢《けが》れることになるからな」

「核が穢《けが》れると、魔法が使える？」

「……本当に何もかも忘れちまってるんだなあ、おまえ」

ユージンが身をかがめて私と視線を合わせた。私の頭に大きな掌《てのひら》を置いてグリグリと撫《な》でてくる。

「嫌か？」

撫《な》でられるのが嫌というわけではないけれど、子ども扱いはやめろと思う。

私が表情で遺憾《いかん》の意を示しつつも大人しくしていると、ユージンは「この世には闇がはびこっている」と呟《つぶや》いた。

「中央都市は神族の方々が常に浄化を繰り返しているから問題ないが、こんな辺境では浄化が追いつかず、目には見えなくとも夥《おびただ》しい闇が漂《ただよ》っているんだそうだ。その闇に己の中の核を晒《さら》し続けていると、魔核になり魔族に近づいてしまう……だから魔法が使えるようになるんだ」

「ま、魔族に近づくと、どうなるの？」

「心が穢《けが》され、闇に堕《お》ちる」

「心が穢《けが》され？　闇に堕《お》ちると？　どうなるの？」

「邪悪な存在になってしまう」

「……もしかして、魔族になるの？」

私が声を潜《ひそ》めて聞いたら、ユージンは怪訝《けげん》な顔をした。

「まさか、そんなわけがないだろう。ただ身体が闇になじんでいるので、神族が清めた聖地に入ると具合が悪くなる。後天的に染まった分は、時間をかければ落とせはするが……聖なる気配に苦しむ時、自分が魔にどれほど近づいているのかを実感して吐き気がする」

嫌そうな顔で言うユージンは、もしかすると今朝の神殿での苦しみを思い出しているのかもしれない。

「でも、普通に生きていくうえでは問題ないんだよね？　中央都市に行くと問題になるのかな？」

「……そういうこともある」

ユージンは不愉快そうな顔をして唸《うな》るように呟《つぶや》いた。色々と嫌な思いをしていそうだった。

「魔物を狩る仕事をしているユージンたちは、別にその、穢《けが》れていても問題ないんじゃない？　それとも、穢《けが》れすぎると死ぬとか、指先から腐っていくとか？」

「恐ろしいことを言うな!!　そんなことになってたまるか！」

「具体的に身体が変わるとかそういうのは？」

「魔法が使えるようになるっつってるだろうが」

ユージンが投げやりに言う。そんな言い方しなくてもいいのに。

ただ、何か言いにくそうにしているし、害はありそうだ。魔法が使えるようになるというのが害なのか？　それは嬉しいことじゃないんだろうか。

「魔法を使うと痛くて苦しくて死ぬほど辛い？」

「おまえはどうしてそう酷《ひど》い想像ばかりするんだ？」

ユージンにジト目で見られる。

いや別に、魔法が使えるというユージンたちに苦しめと言っているわけじゃない。

私は高鳴る胸を押さえた。意を決し、想いを打ち明ける。

「わ、私も魔法を使ってみたい……」

「はあ!?　……おま、もう、口を開くなバカ」

呆《あき》れたようにユージンは首を横に振る。この反応を見るに、魔法が使えるっていうのは褒められたことではないらしい。

でも、魔法だよ？

私からしてみたら中学二年生の時からの夢と憧れそのものだ。

魔法を使えるのであればバカで結構。

「寿命が短くなるとか、足先から石に変わっていくとか、そういうことはないんでしょ？」

「ない。そんな恐ろしい目に遭《あ》うんだったら、オレはすぐ中央都市に逃げ出して清めてもらう」

「よっし、私も魔法使いになる！」

私が決意を込めて宣言すると、ユージンはますます呆《あき》れかえった顔をして、投げやりに言った。

「そんなに穢《けが》れたいなら、魔物の肉でも食うんだな」

「た、食べられるの!?」

確かに、さっきからチラチラ見ていると、火の近くにいる子どもたちが肉的なものを焼いている。

「おまえの口に合うとはとても思えないが……もう行くぞ。こんな場所にいたくないんでな。これ以上、核を汚したくない」

「……さっきから薄々思ってたんだけど、人間の中にも核ってあるの？」

「あるに決まってるだろ！　じゃないとどうやって生きるんだよ？　記憶を忘れてるんじゃなくてただのバカなんじゃないか、ナノハ？」

「バカじゃないよ！　本当にわからないだけだからね！」

「そうかよ」

ユージンは落ち着かないように見えた。ファイアーバードよりずいぶんと小さいこれら魔物の死骸から、すぐにでも離れたくて仕方がないらしい。

「私、ちょっと魔物を見てみたいんだけど」

「物好きだな。その調子だとすぐオレたちの仲間入りすることになるぞ？　オレはこれ以上穢《けが》れるのは嫌だから柵の外にいる。すぐそこの安酒屋だ」

「勤務中に酒を飲むとかどうかと思う」

「何かいけないか？」

あれ？　この世界的にはダメじゃないのかな？

何はともあれ、私はユージンを見送ると魔物の山を振り返った。

不思議と腐ったようなにおいはしない。ぐったりと横たわる魔物たちの斬られた肉の断面は、どれも新鮮そのものに見えた。

正気の時に見たらグロテスクな光景なんだろうけど、今の私には食肉卸《おろし》市場《しじょう》に思える。

「みんなー、何してるの？」

私は、焚火《たきび》の近くにたむろっている子どもたちに近づく。

「穢《けが》れが移るぞ」

黒髪短髪の、空のように澄んだ色の目をした男の子が立ち上がり、脅すように言ったけど、私は立ち止まらない。

十代前半ぐらいか。もっと大きな子もいるけれど、この子がリーダーのようだった。

ユージンに穢《けが》れって言われた時には、毒だとか瘴気《しょうき》のたぐいなのかと思ったけれど、なんだか違うみたいだ。

まあ、魔法が使えるようになる不思議なものだから、摂取をずっと続けていると身体に悪い可能性はある。しかし、これほどの食材の山に今後、出会えるとは思えない。

「おねーさん、怖くねーの？」

「私が今一番恐れているのは空腹だよ」

「おれも同じだ」

空色の目をした子どもは毒気を抜かれたような顔をした。炎の周りには棒に刺されたネズミの頭や胴体が儀式みたいに並べられている。

「色々聞きたいことはあるけど……なんで丸焼きにしないの？」

「こう、一瞬で頭と胴を切り離すとな、どちらかがものすごくまずくて、どちらかがそれなりに食える味になるんだ」

少年がスパッとネズミの頭を切り落とす動作をしながら教えてくれた。

「まずいほうを食べたら死ぬ!?」

「いや、死なねーよ。臆病なのかそうじゃないのかどっちなんだよ」

ユージンは魔物を食べると穢《けが》れると言ったが、穢《けが》れると魔法が使えるようになる。穢《けが》れると体調が悪くなるとか死ぬとかいうこともないらしい。

そこまでなら願ったり叶ったりだ。

心が穢《けが》れ闇に堕《お》ちる、とは、魔物への嫌悪感や、魔族とかいう種族に対する敵愾心《てきがいしん》から来る考え方なのではないだろうか？

この世界の宗教的な理由なら、私にとってはどうでもいいのだ。

つまり、魔物は食べられるにもかかわらず、放置されている食材だということになる。毒があるからと観賞用にされていたトマトのように。

有毒な水銀が不老不死の薬だと信じられていたこともある。

この世界で毒がないとされているものさえ信じられない以上、魔物といえど、私が食べられるのであればそれが正義である。

「臆病とかは関係なく、私は、魔物でも食べるよ。美味《おい》しいならね！」

「へー。それじゃ、これ食ってみろよ」

そう言う少年から渡されたのはネズミの頭が刺さった棒だった。

なぜか目が三つある。その赤い目と目が合う。

頭と胴体を切り離したのは、そうするとどちらかがマシになるからという話だったか。

「当たりだったら美味《おい》しい？」

「あんま。だけど魔物なんて誰も食いたがらないから、腹一杯食えるぞ」

ぐう、とお腹が鳴る私。

意を決してネズミの頭部の、こんがり焼かれた首のあたりを齧《かじ》った。

「う、うやあああああ!?」

「あ、そっちはずれだった？」

「辛い！　苦い！　しょっぱい！　甘い！　すっぱい！　酷《ひど》い!!」

「何かの呪文か？」

ユージンたちの騎士団で提供された泥のようなスープとは、また違う方向性のまずさだ。

あれが味がなさすぎて泥を飲んでいるような感じの食べ物だとすれば、これは味が濃すぎてまずい食べ物だった。

「なんで⁉　何か入れた⁉　塗りたくった⁉」

「何も。魔物ってみんなこーなんだよ。強い魔物の肉はもっと味が強いんだぜ？　だからおれたち、この魔物の死骸目当てに近づいてくる弱い三つ目ネズミをとっ捕まえて食ってんだよ」

これより味が濃いとか殺人的だ。

この世で最も辛い唐辛子と最も甘いチョコレート、最も苦い抹茶と最もすっぱい梅干しと最も塩辛い海の水を練り合わせ……ともかく、とんでもない味の不協和音だ。

水を求めてさまようも近くにない絶望に打ちひしがれていると、傍《そば》にいた少年がボソリと呟《つぶや》いた。

「このまずさがさ、魔物を食うおれたちの罪の証《あかし》で、償《つぐな》いみたいなもんなんだって」

「……誰がそんなこと言ったの？」

死んだ魚のような目をして言う少年へ、私は反射的に尋ねた。けれど、少年は自分の心を隠すかのごとく、仮面みたいな笑みを浮かべて私を見上げる。

「んー？　町のヤツらはみんな言ってんじゃねーの？　償《つぐな》いとか知ったことじゃねーから、なんとか美味《うま》くできないかなーと色々試してるんだけど。そゆことしてると、言われるんだよ。なー？」

少年の言葉に、周りにいた子どもたちは一様に頷《うなず》いた。

町のヤツらと言うところを聞くと、この子らは難民の子なのかもしれない。確か、騎士団でユージンたちが炊き出しをして、難民たちに配っていたはずだ。

「騎士団の炊き出し……行かないの？」

「いかねー。町の人間に借りは作らねー。それにあれ、必要な人間の半分にも配れてないんだぜ？」

「……そう、なんだ」

「騎士団のヤツらはよくやってるとは思ってるけどな」

少年は明るい声で騎士団を褒めた。

ユージンやクリスチャンさんたちが出し渋っているわけではないのは、私も知っている。自分たちの食事を減らしてまで、難民に食糧を分け与えていた。彼らは精一杯やっている。

「ほら、当たりはこっちだ。食ってみろよ」

少年は話題を変えるように言った。私は差し出された胴体のほうを受け取る。話題を変えたいのは私もだったから、何も言わずにその端っこを齧《かじ》ってみた。

今度は味が濃すぎるということはない。ただ普通にまずくて、食べられたものではなかった。獣くさくて泥くさくて、淡泊を通りすぎてただまずい。

「うう……」

少年たちの手前、口をつけた分は根性で呑み込んだけれど、もしかしたら再び吐くかもしれない。

確かに魔物の肉はより取り見取りだ。誰も食べたいと思わず、食糧がいきわたらない難民たちだけが手を出すのがよくわかる。勇気ある少年らが宗教的タブーをものともせず工夫しているようだが、当たりもはずれも私にとっては食べられる味ではない。

私は自分の認識の甘さを痛感した。空腹も感じて、泣きそうになる。

その時、少年がボソッと呟《つぶや》いた。

「もっと強い魔物の肉は、当たりを引けばめっちゃ美味《うま》いらしんだけど」

「なんだって？」

私はガシッと少年の肩を掴む。やたらと細い少年は、びっくり顔で固まった。

「その話、もっと詳しく聞かせてもらおうか？」

「……目がこえーよ、おねーさん」

恐らく飢えた目をしていることだろう。鏡がなくても自分でわかる。

高校時代、吹奏楽部にてカスタネットを担当していた頃の私のあだ名は『飢えたハムスター』、あるいは『飢えたリス』だ。

他にも色々、小動物系のあだ名をつけられたのに、なぜか接頭語の『飢えた』の部分は外してもらえなかった。

同年代も、後輩も先輩も、よくお菓子を分けてくれた……あの頃が懐かしすぎてお腹が鳴る。

「私と一緒に、美味《おい》しい食事のために試行錯誤をしてみない？」

私がキメ顔で少年に誘いをかけると、彼は空色の目を驚いたように見開いた。

淑女の挑戦

「諸君……言っておくが私は極めて真剣である！　そしてシャレにならないぐらい必死である！　私は必ず美味《おい》しい肉を手に入れる。そのために力を貸してほしい！」

まず、少年にお願いして子どもらを集めてもらった。中には子どもなのか怪しいでかい子もいたけれど、リーダーが空色の目の少年なのは間違いないようだ。彼の号令で集まった子たちを前に、私は自分の目的を詳《つまび》らかにする。

「一体、おねーさんに何ができんの？」

「私の名前はおねーさんではなくナノハだよ。君の名前は？」

「……おれはマト。で、ナノハに力を貸して、なんかいいことある？」

みんなのリーダーであるマトはかなりしたたかな思考回路の持ち主らしい。そして私をナノハと呼び捨てにしてくる。

だが、人海戦術を取るためにも彼らの協力は必須だ。私は呼び方程度はおいておくことにした。

そして、彼の問いに対する答えを考える。

「何か特別なことをしてほしいとかいうわけじゃないよ。君たちがいつもやってることをやってほしい。私がやりたいのは、君たちがいつもしていることを整理して、そこから情報を集めることだ

から、君たちに負担はかからないはず」

「で、おれたちの利益は？　金くれんの？」

「私は無一文だ！」

「いや……そのカッコでそれはねーよ」

「これは騎士団の人に借りただけで私の服じゃない！」

えー、と疑わしそうな声が上がる。何か納得いかないらしいけれど、それはおいといて私は彼の問いに答え続けた。

「私の舌は……こんな言い方は感じが悪いのは百も承知だが、ものすごく肥えている！　優先的に食事の用意をしてもらえるのに、まずくて食べることができなかった！」

「うわ……」

マトたちはドン引きした。伏せておいてもよかった事実だけれど、彼らとは協力関係になるのだから、隠し事はなしにしておきたい。

「よって、私は美味《おい》しい肉をただで手に入れないと近いうちに……まずい食べ物に慣れることができればそれでいいけれど、それができないと非常に困ったことになる！」

「餓死する前にはきっと食えるようになるよ」

「ありがとうマト。そうであることを祈っているけれど、もし餓死までにどうにもならなかったら困るから私は全力を尽くすよ」

ここには魔物由来の食肉が大量にあり、どうせ燃やすものなので、食糧とはいえ、もてあそんでも誰も怒りはしないのだ。

「君たちに利益があるとすれば、成功すれば美味《おい》しい肉が食べられるようになるってことかな」

「おれたちに分ける気あんの？」

「あるよ。なんで取られると思ってるの？　功労者こそより多くの肉を食べるべきだと思ってる」

上司に仕事を頼まれて、その成果を全部取られても別に私は怒ったりしない。

でも飲み屋で食べたくて頼んだ皿を取られたら、上司相手でもブチ切れるよ、私は。

私でさえ食べられる肉を見つければ、それはマトたちにとってはとてつもなく美味《おい》しいということだ。彼らにとっても利益になるだろう。

第一目標はあくまで『食べることが可能』程度でかまわない。

「まずは、情報をまとめたい！　君たちは多数の三つ目ネズミを頭と胴体に分けてきたわけだけど、当たりだったほうに何か特徴はなかった？　あるいは、はずれのほうに。気付いたことがあれば、些細《ささい》なことでもかまわないので教えてほしい！」

「教えるとどうなんの？」

「みんなが気付いていることを全部まとめてみたら、新しい事実がわかるかもしれない」

「えーどうだろ。ま、いつもと同じことするだけなら……。みんな、相手してやれ」

マトから許可が出て、まばらに返事があった。

とりあえず、相手をしてもらえるらしいので私は見学することにする。

だって野良ネズミを捕まえてその首を落とすとか、私にはとてもできないからね。

少し離れた場所で見ていると、さっそく小さな女の子が首尾よくネズミを一匹捕まえていた。

「今誰ナイフ持ってるー？」

「オレ、オレ」

やってきた男の子が持っていたのは、刃渡りが三十センチほどある血に濡れたナイフだ。十代前半の少年が、笑顔でそんな凶器を持っているという構図に狂気を感じる。

「近くで見ててもいいですか！」

「おう？　別にいーけど」

私が手をあげて発言すると、小首を傾《かし》げつつ男の子は頷《うなず》いた。

野良ネズミは女の子の手によって地面に押さえつけられ、ジージーと鳴きながら暴れている。

幸い、その姿は可愛らしさとはかけ離れていた。三つの赤い目が邪悪な雰囲気を醸《かも》し出しているし、顔の作りも辛《かろ》うじてネズミとわかるけれども醜悪に歪《ゆが》んでいる。毛はほとんど生えていない。口から泡を吹く様子を見ていると、殺すというより駆除に近い気持ちになった。

「じゃ、いくぞー」

私はネズミの形を目に焼き付けようとする。これを基準に覚えていけば、今後何匹ものネズミの違いを発見することができるだろう。

そしてその仕草にも注目した。命の危機に瀕《ひん》した動物の末期のあがきは見ていてとても物悲しいものがある。けれどそれ以上に、押さえつけている少女が浮かべる満面の笑みに色んな意味で心を打たれた。直接手を下しているにしろ、いないにしろ、我々は生き物の命を食らって生きているということなのだと理解した。

うまいことギロチンされたネズミはきれいに真っ二つに分かれる。

その時、目が疲れていたのかなんなのか、ネズミが変な風に見えた。

「あ、あれ？」

ネズミのお腹からぶわっと黒いモヤが広がっていく。

瞬《まばた》きをしたから視界が暗くなったのだろうか？

「じゃ、わたしこっちー！」

女の子が胴体のほうの肉を取り上げると、血が滴《したた》るのもかまわずワイルドに棒を突き刺した。

意気揚々《いきようよう》と炎へ向かっていく。

血の気が引く思いで一連の流れを見ていた私に、男の子が改めてルールを説明してくれた。

「捕まえたヤツが好きなほうを選べるんだ。切ったオレは残ったほう」

「協力体制が整ってるね」

「そーだよ。あ、あっちでまた捕まえたみたいだ」

また首チョンパが見られるらしいので、私は見学に向かう。

しばらくして、先ほど肉の多い胴体を選んだ女の子が「はずれだったああ」と言って泣き出したのが遠目に見えた。

「ちょんぎるぞー」

少女を尻目に、次のネズミの処刑を見学する。

スパーンと首を落とされたネズミの眉間のあたりが一瞬光ってから、頭全体が黒くなったように感じた。悲惨な光景に目を閉じようか迷っていた私は、目をこすりつつネズミを押さえていた少年に聞く。

「今なんか光らなかった？」

「光る？　なんで？」

聞き返された私はわかんないと呟《つぶや》く。

なんでだかは知らないが光ったように見えたのだけど……気のせいかな？

けれど、それから何度見ても、ネズミは首を落とされる瞬間、光った。

六回目にチョンパされたネズミは右足のあたりが光り、その光った場所から黒いモヤが広がったように見える。そのモヤは切り離された頭には回らなかった。

「……うん？」

肉の色が、黒いモヤが広がったほうと広がらなかったほうとで、明らかに違って見えた。

胴体のほうは黒くくすんでしまっていて、見るからにまずそうだ。けれど、ネズミを捕まえ、肉を選ぶ権利を持った少女は肉を比べた結果、なぜかまずそうな胴体のほうを選ぶ。

「どうしてこっちを選んだの？　まずそうじゃない？」

「何が？」

思わず声をかけると、少女は怪訝《けげん》そうに私を見上げ、ササッと肉を腕の中に隠した。

絶対に取らないから大丈夫なのに。

「だって、黒いモヤがザワッと広がって肉の色がくすんだよ。美味《おい》しくなさそうでしょ？」

「……黒いモヤ？　何言ってんの。肉の見かけはどっちも同じでしょ？」

少女は可哀想な子を見る目で私を見た。

光って見えるのも、先ほど少年に見間違いだと言われたばかりだ。黒いモヤや肉のくすみも、私にしか見えないのか。私の目がおかしいのか、それとも見えないふりをしないといけないものだとか？

少女はスタスタと歩いて行ってしまう。私は慌ててその後に続いた。

右足が光り胴体の肉が黒く染まって見えるネズミを焼くところを見学するために。

ついてきた私に「あげないからね」と言ってくる少女に「心の底からいらないよ」と内心で応えつつ、傍《そば》に待機する。

「胴体が人気みたいだね。やっぱり、肉が多くついてるから？」

「そうよ。当たりだった時、それでお腹一杯になるから。家族にも持っていかなきゃいけないし」

けなげな少女の言葉に感動しながら、一緒にネズミの胴体がこんがり焼きあがるのを待って、少女がかぶりつくのを見守る。

「……うえ、はずれだったあ」

「……やっぱり」

「何がやっぱりよ」

少女に恨みがましい目で睨《にら》みつけられ、私は逃げた。

ちょうどその時、マトがネズミを捕まえたようだったので、そっちに寄っていく。

「見学しまーす」

「……おまえの腹の音が気になって食いにくいって意見が出てんだけど。おれの分やろうか？」

「ありがとう。でもいらない」

「親切心で言ってやってんのに」

マトが押さえつけるネズミを、この中で一番年上に見える中学生ぐらいの少年がチョンパした。

今度は頭が光って見える。豆粒よりも小さな光だ。その光った部分からザワッと黒いモヤに似たものが噴出し、頭全体に広がっていく。血が流れ出た後の頭の肉は、黒く濁《にご》っているように見えた。

だからたぶん、食べられる味になっているのは――

「胴体！」

「はい？　ナノハどうした？」

「私は胴体のほうが美味《おい》しいんじゃないかと思います！　あ、私にはまずいけど」

「はあ……欲しいのか？　ならやるけど」

「いらないってば！」

私が慌てて拒絶すると、マトが途方に暮れた顔をした。

「腹が減ってんだろ？　やるって、可哀想だから」

マトに可哀想だと言われるって、私はどれだけ哀れに見えるんだろう。

私は話題を変えるため、改めて私の発見について確認した。

「それより、今、ネズミの額《ひたい》のあたりが光らなかった？」

「いや、光ってないけど」

「光ってたよ！　斬られた瞬間！」

「これまで何匹も首斬ってるけど、そんなこと一度もないから」

マトはきっぱり言う。見えないふりをしているって線はなさそうだ。

見間違いという線も私の中では消えている。私が見た七回のチョンパでは、どれもネズミのどこかしらが光っていた。

今も、首が斬られた瞬間、額《ひたい》のあたりがピカッと一瞬光った。その直後、光った部分からザワッと黒いモヤのような何かがネズミの頭に広がったのだ。

切り離された胴体には、その黒いモヤが広がらない。

やっぱり、私にしか見えていないみたいだ。

「胴体のほうはザワッてならなかったし、くすんでないから、美味《おい》しいと思う。マト的には」

「あっそ。じゃ、頭にしよ」

「なんで!?」

びっくりしていると、マトは胡散《うさん》くさそうな目で私を見やった。

「何言ってんのかわかんないし、ナノハの言う通りにすんの癪《しゃく》だもん」

その言い草はあんまりだ。

私がショックを受けていると、柵の外から名前を呼ばれた。ユージンだ。

「おい、ナノハ！　暗くなってきた。そろそろ戻るぞ！」

「え？　まだ空が橙色《だいだいいろ》になってきたくらいなのに」

「さっさと来い！　いつまでそんな場所にいるつもりだ！　穢《けが》れるぞ!!」

「そんな言い方しなくてもいーでしょー！　戻りますー!!」

穢《けが》れると言われた子どもたちが、めちゃくちゃユージンを睨《にら》んでいる。私はマトたちを振り返り、宣言した。

「明日もまた来るからね！」

「そう？　好きにしたら？」

ユージンのせいで白けた顔をしたマトが、そっぽを向いて言う。私はマトの正面に回ると、明日の約束を強引に取り付けた。

「また相手してね！　約束ね！　じゃあね！」

「……はいはい」

おざなりに言うマトだけれど、約束には違いない。きっと明日も相手をしてくれるだろう。

騎士団宿舎に戻ると、私は中に入る前に庭の井戸の横で頭から水をかけられるはめになった。

「ま、魔物の処理場にいたから身体洗うのは賛成だけど……ぶっ、お風呂とかないの!?」

「何を贅沢《ぜいたく》なこと言ってんだ。そんなもんがあるわけないだろ。行水で穢《けが》れを落とせ！」

「うわーん、冷たいー！」

ユージンに頭から何度も何度もバッシャバッシャと水をかけられメソメソと泣いていたら、なぜか鬼のような形相をしたクリスチャンさんがやってきて怒鳴った。

「ユージン⁉　おまえ、一体何をしているんだ⁉」

「うわ、おまえ、また誤解を……！」

「淑女をこんな公共の場でずぶ濡れにして。一体どういう神経をしているんだおまえは⁉」

「宿舎に入れるわけにはいかなかったんだ！　さっきまで魔物の死骸を触っていて穢《けが》れがまとわりついていたから――！」

ユージンの言葉に、クリスチャンさんの怒りのボルテージがさらに上がった。

「どうしてナノハ様を穢《けが》れが移るまでそんな場所にいさせているんだおまえはぁ⁉」

「こいつが魔物の死体と一緒にいたいと――」

「そんなことを言う女がいるか⁉」

ここにそんなことを言う女がいるということをクリスチャンさんにわかってもらうまで、ユージンはかなり苦労した。

私が口添えしても疑いの眼差《まなざ》しで見られ、ユージンはすっかり落ち込んだ。

仕方ないから、水をかけられたことは水に流して、って何をうまいこと言ってんだ、私。

「……どうでもいいけどお腹減ったなあ」

遠い目をして言った私に、ユージンもクリスチャンさんも哀れみの視線を向けてくる。

「……まあ、スープが飲めないなら、白湯《さゆ》でも飲んで寝ろ。用意してやる」

「私は着替えの服を用意させます。中にお入りください」

項垂《うなだ》れる私に急に優しくなるユージンとクリスチャンさん。

水をポタポタ滴《したた》らせながら宿舎に入ると、食堂から楽しそうな騒《ざわ》めきが聞こえた。

食器がカチャカチャいう音。しゃべり、怒鳴る声。賑《にぎ》やかな笑い。

あの中に心の底から加わりたかった。食欲的な意味で。

私はユージンにつれられ部屋に戻った。

「ユージン。魔物って、斬った瞬間に光ったりする？」

頭からタオル代わりの布を巻き付けられつつ彼に尋ねる。ユージンはキョトンとした顔をした。

「光る？　何がだ？」

「身体の中の何か……。光った後、ザワッとお肉が黒くなる現象、知ってる？」

ユージンはものすごく怪訝《けげん》そうな顔をした後、「聞いたことがないな」と答える。

魔物のピカ現象は、やっぱり私の見間違いなのかな。そんなことないと思うんだけどな〜。

何度考えても、私だけに見えるような気がした。

私にだけ秘密にしているっていうことはやっぱりないと思う。少なくとも子どもたちは気が付いていない。わかっていたら、わざわざまずいほうを選んだりしないだろう。あの女の子なんてはずれを選んで泣いていた。ユージンも知らないとなると、この現象が見えることはあまり言いふらさないほうがいいのかもしれない。

部屋に、桶一杯のお湯と大きなTシャツみたいな服を用意してもらえた。着替え終えた頃、ユージンが白湯《さゆ》を持ってきてくれる。白湯《さゆ》を机に置きながら、ユージンは言った。

「あまり気にするなよ、ナノハ。誰も自分が生まれる環境を選ぶことはできないんだ。おまえは確かに恵まれていたのかもしれないし、そのせいでみんなが食えるものが食えないのかもしれない。だが、それ自体は悪いことではないんだ。おまえにはそれを恥じる心があるし、オレたちに無理な要求をしたりもしていないんだからな。……ゆっくり慣れていけばいいんだ」

励ましてくれるユージンの声を聞いていたら、涙が溢《あふ》れた。

なぜだか知らないが異世界なんてところに来ちゃって、しかもごはんが食べられなくて辛い。どうにか前向きに頑張ろうと意気込んでみたはいいものの、やっぱりすごく心細いのだ。

「大丈夫か、ナノハ!?」

ユージンが肩を抱いて私を支えてくれる。

それが心地よくて、思わず抱き着いたら、応えるように抱きしめてもらえた。

労《いたわ》るみたいにそっと肩を撫《な》でられて、ふと上を向くと、ユージンの顔がとても近くにある。

金色の睫毛《まつげ》に縁《ふち》どられた青と緑のオッドアイがすぐ傍《そば》に。

表情を失くしたユージンが、私の頬に手を添えて、指の腹で唇の端を撫《な》でる。

「嫌がらないんだな……何か言え、ナノハ」

低い声で言うユージンに、私は、心から思っていることを口にした。

「ユージンの右目がブルーハワイ味のゼリーに、左目がマスカット味の飴《あめ》に見える……」

「……。何味かは知らないが食うなよ？」

「我慢する」

「朝一でおまえにスープを飲ませてやる！」

私を突き飛ばす勢いで離れたユージンが宣言した。

私がスープを拒絶する悲鳴を上げても、彼は断固として言う。

「抵抗は無駄だ！　オレはオレの命を守るためにおまえを満腹にする!!」

「うわーん、ゆっくり慣れろって言ってたのに意地悪ー！」

「白湯《さゆ》を飲んで寝てしまえ！　明日の朝が楽しみだな！」

ははは、と哄笑《こうしょう》しながらユージンが部屋から出ていく。

私はそれを見送った。――先ほどのちょっとよくわからない雰囲気になったことが気にならないわけではなかったけれど。

「……ファンタジーイケメンとかどうでもいいから、ゼリーと飴《あめ》が食べたいよぉおおお！」

色恋沙汰《いろこいざた》は満腹になってからでよし！

今の私の目にはユージンはオッドアイの色的にゼリーと飴《あめ》に、クリスチャンさんは茶色の髪色的にチョコレートに見えている。

「クリスチャンさん……本当に美味《おい》しそうなチョコレート色の髪の毛だったなあ……」

彼の顔のあたりはボヤーっとしか思い出せない。

白湯《さゆ》をぐいっと飲んで、カップを机に置く。机に置かれた光るヨーヨーのような謎の機械を消そうとしたけれどどうにもならなかったから、そのままユージンに言われた通りベッドに横になって、寝ることにした。

（うう……お腹が減ったよう）

空腹で眠れない、そんなことを考えているうちに――慣れない異世界に疲れていたのか、スコンと眠りに落ちていた。


空腹で夜明け前に目が覚めた私はベッドの下に忍んでいた。

なぜなら絶対に、泥スープを飲みたくないからだ。

確かにとてつもなくお腹が空《す》いているけれど、あれを食べたくないという気持ちがこれほど強い今は、まだ大丈夫だと思う。

潜《ひそ》むことしばし、ノックと共に扉が開く音がした。

「おい、おまえに客が来たぞ。起きているか……ナノハ？」

「……客というのは罠じゃないよね？」

「うわっ⁉　おまえはなんでそんなところにいるんだ⁉」

掃除の行き届いていないベッド下に隠れたせいで埃《ほこり》まみれになった私を、ユージンが叩《はた》いてきれいにしてくれる。

どうやら、ユージンは昨晩の自分の宣言を忘れているらしい。

「罠？　昨日、魔物の処理場でおまえと約束をしたと言ってるガキどもが来ているんだが……約束なんかしたのか？」

「し、したよ！」

確かにまた相手をしてねと約束をした。けれど、迎えにきてとお願いした覚えはない。とはいえ、ユージンが私にまずいスープを飲ませることを思い出す前にこの場を離れるのが吉と私は判断した。

「待たせちゃ悪いよね。どこにいるの？」

私は慌てて服を整え、今着ている服の上から帯を巻いて、精霊の御守りをバサッと被《かぶ》る。髪の毛は手櫛《てぐし》で整えた。

「敷地の外で待たせてる。まずオレが飯を食うから、それまで待て。何を慌ててるんだ？」

「早急に彼らに会わなくちゃいけないんだ」

ユージンが食事する席に同席したくない。私のごはんまで持ってきてもらったりしたら最悪だ。

私はユージンを待たずにさっさと部屋を出た。呼び止められるが、その制止を振り切る。

敷地の外には炊き出しを待つ人の群れがあって、その中にひときわ背の低い一団がある。それがマト率いる難民の子どもの集団だった。

「ナノハ！」

「ユージンが来る前に口裏合わせしよう。どうして迎えにきてくれたの？　昨日、そんな約束したっけ？」

「そんな約束はしてないけど……そうでも言わねーとあんたに取り次いでもらえないと思ってさ」

やはり私が約束を忘れていたわけじゃなかったらしい。

よかったと胸を撫《な》で下ろしつつ、そのまま鳴るお腹も撫《な》でておく。

くうくういってる私のお腹を見つめながら、マトは「昨日のさ」と本題を切り出した。

「なんだっけ？　ピカッと光ってザワッとならなかったから胴体は美味《うま》いとか、そんなこと言ってただろ？　あれって今日も見分けられる？」

「できると思うけど……どうしたの？」

「昨日の、ナノハの言う通り、ホントに胴体のほうが美味《うま》かった。ナノハは教えてくれたのに、おれ、わざわざはずれ選んじゃった」

マトはにやりと笑って「行こうぜ」と私を誘った。

「もしナノハの見分けが適当じゃないなら、美味《うま》い肉が食える。死にかけのコヨーテをみんなで捕まえたんだ。もし肉がまずくなるのをネズミみたいに見分けられるなら、おまえにとっても美味《うま》いヤツになると思う」

「でかしたマトよ、君は私の救世主！」

「それは大げさ。言っとくけど、みんなで捕まえたから、みんなで分けるんだからな」

「もちろん、わかってるわかってるー」

マトに連れられ裏口から外へ出ようとしたところで、スープ皿とポットを持ったユージンが来て「待てって言っただろう！」と叫んだ。

「そんな、パンを咥《くわ》えて遅刻遅刻ー、みたいな」

「何を意味のわからないことを……ほら、まだ埃《ほこり》くっついてるぞ。目を閉じろ」

ユージンが呆《あき》れたように言う。睫毛《まつげ》にでもついているのだろうかと思いながら、彼の言う通りに目を閉じた。すると口にスプーンを突っ込まれ、舌の上に絶望が広がる。

「ふぎゃ!?」

「おまえの分だ。毒見済みだから安心して食え」

「ぎゃー!!」

吐き出そうとしたけれど、スプーンを喉《のど》の奥にまで突っ込まれて結局飲み込んでしまった。その後、ポットの水を大量に飲まされる。

幸い舌に触れる味はほとんどない。ただ——

「喉《のど》の奥に……なんとも言えない不快感が……胃のあたりに下水道の香りが!」

「オレのおかげで、おまえが飢え死にするまでの時間が延びたんだ。感謝しろ!」

ユージンはスプーンを構えて傲岸不遜《ごうがんふそん》に言い放つ。泣きながら殴りかかったら、全部避けられ、さらに腹が立つ。

「うわー、もう、わー!」

「フン、魔物の死体で遊びに行くんだろう? さっさと行け! 罰当たりめ」

「たとえ美味《おい》しくてもユージンには分けてあげないからー!」

私は騎士団宿舎から出て、走り出した。子どもたちは私の前を悠々と走る。

そしてユージンも一度食器を置きに戻っていたのに、余裕で私を追い抜いた……

私が魔物の処理場に着く頃には少し空腹がマシになっていた。それがありがたくも腹立たしい。

処理場の柵の外側にいるユージンを睨《にら》みつけつつ、私は子どもたちと一緒に中へ入った。

そこでは、子どもが数人がかりで小さなイヌを押さえつけている。

「え、イヌを食べるの？」

「コヨーテだよ。イヌもいれば食うけど」

「そ、そっかあ……まあ、机と椅子以外の四足の生き物は食べられるらしいし……」

近づいてそのイヌ的な生き物をよく見てみたら、オオカミのように獰猛《どうもう》な顔つきをしていた。目は血走り、口は肩のあたりまで裂け、ワニにも似ている。

鋭い牙がびっしりと、二重に生えていて、内側の牙はムカデの足みたいに蠢《うごめ》いていた。

「あ、大丈夫だ。私の中で討伐オーケーの認定が下りた」

ただし美味《おい》しそうには決して見えない。さっさと息の根を止めよう！

「それにしても、とても弱っているようには見えないけど……」

「これでも死にかけなんだよ。ついさっきまで昨日追加された魔物の死体の下でほとんど死んでたんだぜ？」

「それが息を吹き返して暴れ出したの？　あっぶな！」

「そーだ。魔物っていうのは危ないんだぞ。だからナノハは、あのおにーさんの言うことをちゃんと聞くんだ」

柵の外側にいるユージンを指さして、窘《たしな》めるようにマトが言う。

「え？　なんで君みたいな小さい子に諭《さと》されなきゃいけないの？」

「そんなことより、ナノハ！　コヨーテを見てくれよ！」

マトはさらっと私の不満を無視する。腑《ふ》に落ちないところはあったが、とりあえず脇においておくことにした。

子どもたちは私の登場に気付くと場所を空けて、ココーテを見られるようにしてくれる。

「どうだ、ナノハ？」

「うーん、ちょっと待って」

マトに促《うなが》され、目を凝《こ》らしてよく見てみるけれど、目がシパシパするばかりだ。

「ナノハ早く！　ホント危ないんだって――わ！」

暴れるココーテの右前足が一瞬、拘束から外れてしまう。

刃物を持っていた子が、咄嗟《とっさ》にココーテの腹に刃を突き立てた。ココーテがものすごい咆哮《ほうこう》を上げる。その瞬間、ココーテの左足の付け根が光った。

「左足！　左足の付け根が光った！」

「よし！　息の根を止めて楽にしてやれ！　その後すぐに左足をバラせ！」

マトの指示により、手際よくココーテに引導が渡される。私は耳を塞《ふさ》いで目を閉じた。すぐにマトの怒号が飛ぶ。

「生きた魔物の前で目を閉じるやつがあるか！　おにーさん、この女バカすぎるんだけど!!」

そう言われても、ネズミは辛《かろ》うじてセーフだったけれど、イヌ型の魔物はアウトだ。私はその恐ろしい瞬間を見たくない。

「その女がバカなのは知っているが、オレはこの中に入りたくない！　ナノハ、戻ってこい！」

「嫌だ！　私は肉を食べるんだ!!　――う、うわー！　肉が黒くなってってる！」

つい目を開けると、首を斬られ息絶えたコヨーテが目に入る。

子どもたちがその左足を手際よく切断していたが、光は胴体にまで広がっていて取り除きれて
いなかった。その光る何かによって、コヨーテ肉の腹のあたりが黒いモヤに染まり、ザワワワと
黒い部分が広がっていく。

「腹はもうダメ！　さよなら足肉！　だから上半身！　胸肉を守れ――いや！　間に合わない!!」

少し離れたところで実況中継をする私。

「手を外せ！　首もできれば斬り落とすんだ！」

「そこどいて――ぶった斬る!!」

年長の男の子がかっこよく言うと、剣を振りかぶってコヨーテの頭を切り離した。

私はその瞬間、またもや目を閉じる。子どもたちからは非難囂囂《ひなんごうごう》だ。

「ナノハ、目を瞑《つむ》んなっつってんだろーが！」

「うるさいな！　耳を塞《ふさ》がなかっただけ上出来でしょうが！」

「逆ギレすんな！　何偉そうに言ってんだ！」

マトは怒っているけれど、むしろこの場に留まっていることを褒めてほしい。グロテスクな光景
を前にして逃げずに耐えられるのは、ひたすらこれを調理手順の一つだと自分に言い聞かせている
からだ。

しばらくして目を開けてチラチラ見たところ、原型を留めていない状態になったのでよしとした。

「ああー、無事なのは、頭の部分だけだなあ……」

「ふーん」

マトは興味津々《きょうみしんしん》で肉片を見ていたけれど「やっぱりわかんねー」と呟《つぶや》いた。

「とりあえず無事な肉を洗おうか。……あーもー、骨ばっかだなあ」

「これだと二、三口ずつしか食えねーな……」

マトが集まる子どもたちを見ながら配分を考える。私は、私的にはご臨終《りんじゅう》に見える肉を指さした。

「そっちの黒くくすんだ肉、どうする？」

「おれの目には黒くなってるように見えねーけど……ナノハの言ってることが正しいかどうか確かめるために食ってみるよ」

マトの頼もしい言葉に私は頷《うなず》いた。検証は大事だよね。お願いします。……私は食べないけど。

食肉加工の作業に加わることはなく、私は多少離れたところで見学していた。

苦悶《くもん》の表情を浮かべる頭部が棒に刺されている姿はグロテスクだ。ただ、火で焼かれる段になると、ジュウジュウという音も相まってさすがに美味《おい》しそうに見えてくる。

「あああ……お腹減った……あああああ」

「ナノハしゃんうるしゃーい」

三歳になるかならないかくらいの小さな女の子に言われて落ち込むが、それ以上に、空腹な私は肉が焼き上がるのをワクワクして待った。

焼き上がった肉はナイフを持っている子たちが一口サイズに切り取って――なぜか最初に、私にくれた。細い串に一口サイズの肉をいくつも刺したものだ。

微妙にそれが焼き鳥に見えて、涙腺が緩《ゆる》む。あの夜、ビールと共に居酒屋で食べるはずだったメニューだ。

冷めやらぬ熱で湯気を上げる串焼きを眺《なが》めていると、マトが「食ってみろ」と言った。

「ナノハ、おまえの指示で焼いたんだ。おまえの手柄だ。食えるなら、一番に食べろ」

マトは私を褒めるように言うけれど、実質は毒見だ。私の感動の波は引いていった。

「えー。どちらかというと君たちが食べているのを確認してから口にしたいなあ」

「さっさと食え！　おまえもう、見ててほんとに可哀想になるんだよ！」

お腹の音がかな？　確かに私のお腹の音は聞いた者の哀れを誘うらしい。

だから昔から、みんな私に持ってる食べ物を分けてくれる。異世界の人にも通じるのなら、これは私の能力の一種だと思っていいかもしれない。

この能力、『空腹の音色』とでも名付けようか。悲しくなってくるね。

それはともかく、まずはもう一度肉を炙《あぶ》らせてもらった。

マトたちが持ってるナイフは衛生的な意味で怖い。悪気はないけど火で消毒させていただく。

「わー、あちち」

串が焦げるまで炙《あぶ》った肉は薄紅《うすべに》色をしていた。腐っているとかではなく新鮮な色でこれなんだと見ているとわかる。

パチパチと油が弾《はじ》ける音と共に串に肉汁が伝う。私は慌てて串を横向きにして、齧《かじ》りついた。

「うーん……ちょっと硬い。あと、やっぱ獣くさいかなあ……」

その食感が何に似ているかと言われると、豚肉を筋っぽくした感じ。その筋っぽいのが何やら固くて、噛《か》んでいると肉の旨味《うまみ》のようなものを感じないでもないけれど、それ以上にくさみが強い。肉の脂《あぶら》は多く、調理の仕方でもっとどうにかなりそうな感じはあるけれど――

「せめて、塩があればなー」

「そんなもんねーよ。……おまえ、まずそーな顔して食うなあ」

マトが失望した顔で残ったコヨーテ肉を見やった。

子どもたちはみんな、私の顔を見て嫌になってきたらしい。

さっきまでコヨーテ肉が焼き上がるのを目を輝かせて見ていた子たちの目が死んでいく。

悪いことをした。けれど美味《おい》しくはない。それが私の正直な感想だ。そう思いながらもう一口肉を齧《かじ》ろうとした時、肩をポンと叩かれて驚いた。

「おい、ナノハ」

「うわっ、ユージン!?　脅かさないでよ……」

あれだけ魔物処理の場にいると穢《けが》れると嫌がっていたユージンが、すぐ後ろにやってきていた。

「おまえ――その肉、食えるのか？」

「あー……。まあね」

正直に言うとまずいけれど、食べられなくはないという感じだ。鼻呼吸はしていない。

「……オレたちが食う普通の食事で吐くおまえが、その肉を口にできるってことは、オレにはものすごく美味《うま》いってことじゃないか？　一口よこせ」

マトが手にしていた肉の一切れをユージンに渡した。その肉を口にした彼は両目をカッと見開く。

「もう一口」

「お、おい、おにーさん、あんたはコヨーテの解体にかかわってないし、それ以上は……！」

「お前たちが食べたくないならいいじゃないか？」

「さっきまで穢《けが》れるとか怯《おび》えてたくせに！　みんな、さっさと食え！　めちゃくちゃ美味《うま》いらしい！　ナノハの表情を信じるな！」

マトが叫ぶ。活気が戻ってきた子どもたちを落胆させてはいけないと、私はあえて正直な感想をもう一度繰り返した。

「えー。そんな美味《おい》しくはないけれど」

その言葉を聞いてもなお、子どもたちは肉に殺到した。年長の子は小さい子のために急いで肉を一口切り分けてやっている。

年度末のバーゲンセールを見ているようだ。それに加わりたそうな顔をしているユージンを見たら、私は気の毒になってきた。

「欲しいなら、これあげるからこっちに来なよ」

そしてそこまで美味《おい》しくはないよ。

食べられるものが見つかってホッとはしているけれど、私のテンションはそれほど上がらない。

串に刺さった肉を一切れ引き抜いて、ユージンに差し出したら引ったくるような勢いで取られた。

「美味《おい》しい？　ユージン」

「美味《うま》い！　驚いた……魔物の肉がこれほど美味《うま》いとは」

子どもたちからも歓声が上がる。死んでいた目が蘇《よみがえ》っていた。虚《うつ》ろな目をしているのは私ぐらいなものだろう。

「ナノハ！　美味《うま》い！　すげー美味《うま》いよ‼」

「はいはい、よかったね」

私は美味《おい》しく感じないけどねと思い、喜んでいるマトにおざなりに答えた。けれど、トタトタと走り寄ってきた小さな女の子にキラキラした目で見上げられると、仏頂面《ぶっちょうづら》してもいられなくなる。

「ナノハおねーちゃん！　ありがとう‼」

「え、えーと、どういたしまして……」

「すっごく美味《おい》しい！　あたし、こんなに美味《おい》しいお肉食べたの初めてだよ！」

ちょっとボロッとした格好をした女の子が太陽のような笑みを浮かべた。

その表情を見て、でも私はまずいんですけどー、みたいな顔はしていられない。

私は急いで笑顔を作り、頷《うなず》いて応えた。

「そ、そっかあ。喜んでもらえてよかったなあ」

子どもの純粋な称賛を前にまずそうな顔をしているわけにもいかず、空腹を満たすためにも串焼きを完食する。

マトはといえば、みんなにいきわたらせるために一切れしかなくなった自分の肉を食べた後、黒くなってしまったほうの肉を焼いて食べていた。

「ナノハ！　こっちはやっぱクソまずいよ！」

「そうか。だってお肉が黒くなってるからね」

「黒いってどういうことだよー!!」

マトにはやっぱり黒くは見えないらしい。

先刻までは穢《けが》れがどうのと言って柵の外側にいたユージンは、今では私の後ろにぴったりとくっついて分け前を狙っている。

そんなユージンにも聞いてみたけれど、彼にも肉が黒くなっているようには見えないらしい。

「黒くは見えないが？」と首を傾《かし》げている。

やがて、ユージンが思いついた様子で手を打った。

「よし！　ここにあるのは雑魚《ざこ》ばかりだ、大物は外で燃やしてる。そっちが食えないか見に行くぞ！」

確か、もっと強い魔物のほうが運よく美味《おい》しい肉を取れた時、より美味《おい》しいんだったよね。

ユージンもそれを知っているのだろう。私もぜひ試してみたいと期待を込めてユージンを見上げたが、マトが抗議の声を上げる。

「ナノハはおれたちと魔物を見る約束だ！」

そうだった。今日は相手をしてもらう約束をしている。

外に行けばさらに美味《おい》しい肉が見つかるかもしれないけれど、この発見はマトたちの協力によるものだ。これにより一応、私が飢え死にすることはなくなった。マトたちに感謝しなくては。

私はユージンから離れ、マト側に立った。ユージンは仕方なさそうに肩を竦《すく》める。

「なら、おまえらも来い！　だが、外は危険だから……おまえはマトと言ったな？　おまえがまとめられると思うヤツだけ代表で連れてこい」

「……うん、わかった」

外はそれだけ危険なのだろう。マトは真剣な顔つきで頷《うなず》くと「少し時間をくれ」と言った。ユージンはそれを受け入れるように頷《うなず》く。

「半刻後に門の前に集合だ。門を開けて外に出るからには、オレも相応の準備がいる」

私の予定は勝手に決まった。とはいえ、食糧ゲットのチャンスなので否やはない。

半刻……恐らく一時間後ぐらいだろう。この町から外へ出る門の前に集まることになった。

そうして騎士団宿舎に戻ってくると、痛ましい現場に遭遇する。

今日の食糧の配給はもう終わったらしい。けれど、分けてくれないかとボロボロな姿で懇願する家族が正門の前に立っていたのだ。

力尽きたように足元にしゃがみ込む子どもを見て、門前の見張りらしい人は悲痛な顔をしながらも、厳しく彼らを追い払う。

私とユージンは無言で裏手の入り口に回り、そこから中へ入った。

「……おまえにも何か護身具を持たせておいたほうがいいだろう。来い」

私の頭に、ごはんを食べられないまま追い払われた家族に襲われ護身具を使うシーンが浮かぶ。

ユージンについていくと、彼はなぜか食堂に向かった。

「……うん？　食堂にあるの？」

「食堂の横に部屋がある。武器はそこに入れられているんだ。武器庫に入りたきゃ、いつも誰かしらいる食堂を通らなければならない」

大きなテーブルでは数人の男たちが硬貨を使ったゲームをして遊んでいた。休憩中らしく、くつろいだ雰囲気だ。

けれど、ユージンと私が食堂に入ると彼らはパッと立ち上がり気を付けの姿勢を取る。

「ご苦労様です、ユージン様！」

「いい、楽にしろ。かまわないな？　ナノハ」

「え？　もちろん。皆さんこんにちは！　お世話になってます！」

私も姿勢を正し、斜め四十五度のお辞儀をして挨拶した。

私の長所は元気がいいところらしい。笑顔でハキハキ挨拶できるから採用されたと聞いている。

「うわ、姫様に、あ、頭を下げていただくなんて……！」

「ヒメサマ!?」

食堂にいた人の一人に姫呼ばわりされた私は愕然《がくぜん》とした。

「おまえの身分がわからないから、一応そう呼ぶことにしているらしい」

ユージンが補足する。そうしておけば正体が誰であっても無礼だと言われずに済むということか。

二十二歳にして姫様と呼ばれる私の精神的なダメージを考慮してもらってもいいかな？

「ナ、ナノハでいいですよ!?　呼び捨てでお願いします！」

「えーと、ナノハ様？」

様付けはデフォルトのようだ。

この騎士団の副団長であるユージンが何くれと世話を焼いてくれるのも、私が偉い人の可能性があるからだろう。偉くないと主張しすぎると、放置され親切にしてもらえなくなることもある。

つまり、ごはん探しに付き合ってもらえなくなるかもしれないということだ。

ここは引いておくことにして、私は食堂にいる人たちにペコペコお辞儀しながら武器庫へ入った。

中には暗くて、よく見えなかった。けれど、入ってすぐ左手にある棚へユージンが手を伸ばし、そのあたりが光る。

「わっ……光るヨーヨー！」

ユージンが棚から取り上げたのは、光るヨーヨーだった。

丸いガラス瓶の中に、光る玉がいくつか入っている。ガラスの瓶には銀色の蓋《ふた》がついていて、蓋《ふた》に鎖が繋がっていた。

その鎖を持っているから、ヨーヨーを持っているみたいに見える。

「魔核燈のことを言っているのか？　これは加工された魔核に魔力を流して光らせているんだ」

私が何か言う前に、ユージンが説明してくれる。

「魔核はこのように様々な道具に使われているんだ。だが、生きた魔物から採れるのは稀《まれ》でな……オレたちは魔物と日々戦っているっていうのに、魔核鉱から買い取っている始末だ。魔物から採れれば、随分と楽になるんだが……」

「へえ……」

「しかも最近は、かなり販売数を絞られていて、騎士団では慢性的に魔核不足だ。近隣の魔核鉱の産出量が少なくなっているという話は聞かないんだがな……」

ユージンは一瞬、深刻そうな表情で黙り込んだけれど、取り繕《つくろ》うように苦笑した。

「そんなことより、ほら、扱えそうな得物《えもの》がないか、早く見てみろ」

見ると、入って左側の壁と右側の壁に横に板を渡して棚にしてある。左側の棚には兜《かぶと》が並んでいた。ユージンが示した右手の棚には小さめのナイフ的なものがたくさん並んでいる。小さめとはいえ、日本で持っていれば間違いなく銃刀法違反でお縄になる代物《しろもの》ばかりだ。

「剣は扱えるか？」

「絶対に無理だと断言できるね！」

私が笑顔で胸を張ると、ユージンも納得に満ちた諦めの笑みを浮かべた。

「そうか。まあ、その鍛えた様子のない身体を見れば一目瞭然《いちもくりょうぜん》だな」

「刃物とか、自分の手を切りそう……あ、これ包丁みたい」

日本では絶対に持ってはいけない種類の刃物を物色し、その中に包丁に似た形のものを発見する。

これならば、これから食べ物を調理しに行こうとしている私にふさわしいだろう。

「ハンティングナイフか。柄頭《つかがしら》に魔核が嵌《は》められるタイプだな」

「魔核を？　嵌《は》めてどうするの？」

確かに柄《つか》の先端部分に、丸い石を嵌《は》められそうな窪《くぼ》みが四個あった。

「そりゃ、刃の切れ味をよくするに決まってるだろ」

ナイフの性能を上げるために取り付けるならば、それしかないのはわかる。けれど、魔核なんてものを見るのも触るのも初めての私に呆《あき》れ顔をするのはやめてもらおうか。

「余った魔核ある？　嵌《は》めてみたい！」

「余るかよ。不足気味だと言っただろう」

「それじゃ、その……ランプ？　見せて！」

「これだって貴重なんだぞ？　初めて魔道具を見たガキじゃあるまいし、はしゃぐな」

「みーせーてーよー！」

ユージンは魔核燈を高く掲《かか》げる。私がガキなのか、ユージンが意地悪なのか悩みどころだ。

そのまま高いところにある鉤《かぎ》に引っかけられて、ジャンプをしても届かなくなってしまった。

私が不満を全面に押し出した顔をしている中、ユージンは棚の上から革の鞘《さや》を引っ張り出し、私が選んだナイフに合うものを見つけて、刃先を入れた状態で渡してくれる。その手つきがとても丁寧だったので、私もふてくされるのはやめにした。

「ほら、こいつを腰のベルトに引っかけて持っていろ。行くぞ」

「あのランプは消さなくていいの？」

「オレが入れた魔力がなくなる頃には消えるさ。ほら、ぐずぐずするな。オレも準備があるんだ」

ユージンの言う準備は、私の好奇心を満たすことより重要そうだし、マトを待たせては可哀想だ。

私はぐっと我慢した。

すぐそこに私の中二魂《ちゅうにだましい》をくすぐる素晴らしい道具があるというのに……！

私が臍《ほぞ》を噛《か》みつつも諦めて、とりあえず腰に鞘《さや》を括《くく》り付けようとする。うまくいかなくてモタモタしていたら、「あーあーそんなやり方じゃ落ちるぞ」と言いながらユージンが付けてくれた。

「どことなく服の着方もおかしいし……やっぱりおまえには召使いが必要なんじゃないか？」

「え？　おかしい!?　どこどこ教えて！　むしろ直して！」

「オレにおまえのベルトを外せっていうのか？　冗談はよせ」

そんなことをしろとは言ってない。一体何が問題なんだろうか。

「精霊の御守りを被《かぶ》ってれば顔は見えないし、とりあえずはいいだろう。まだ十六歳だしな」

「二十二歳！」

「はいはい、わかった。ほら行くぞ」

「私、嘘ついてないからね？　真実を主張しても無残にスルーされてるだけなんだから!?　後で騙《だま》したとか言い出したら怒るからね!?」

「あーあー。はいはい」

ユージンは適当な返事をしつつ、武器庫から出ると準備とやらを始めた。

食堂で休んでいる人に命じて人を呼び、その人にさらに準備を命じる。

ユージンの準備とはいうものの、実際に動いているのは別の人だった。どういうことだ。

「……ユージンってものすごく偉い人なの？」

「副団長だって言わなかったか?」

副団長は偉いらしい。いや、団長の次に偉いっていうことはわかるけれど、こんな細々《こまごま》とした準備でさえ人を顎《あご》で使う立場だとは思わなかった。

上司と部下っていうより、社長と新入社員並みの格差を感じる。それ以上かもしれない。

「ほら、さっさと行くぞ」

歩き出すユージンの後ろには十代に見える少年が荷物を持って付き従う。彼の紹介はない。

私が少年を見ていたらぺこりとお辞儀された。私は目礼を返す。

(この世界……アレじゃない? もしかしなくても、封建制じゃない⁇)

貴族とか言っているし、ユージンたちは騎士で君主から許しを得て力を振るっている存在だと感じる。詳しいことはよくわからないけれど、ものすごい上下社会だってことは理解した。

恐ろしい世界に来てしまった。つまり君主がいい人でなければ、その下にいる人たちの環境はブラック企業の社畜よりもひどいと見ていいだろう。

(私がどうしてこれほど親切にされているのかもわかってきたよ……)

私はどこかの超巨大ブラック企業の重役の娘かもしれないと思われているのだ。ユージンたちが所属しているブラック企業もその傘下《さんか》にあるかもしれない。そういうわけで、クリスチャンさんも私相手にへりくだっていたのだ。なんて世知辛い世の中なのだろう。

そう考えるとユージンってかなり挑戦的じゃない?

私の顔見て早々に信用しないとか言っていた。ブラック企業においても社畜に甘んじることのない反骨精神。尊《とうと》いけれど無茶だと言わざるを得ない。

「ユージン……自分を大切にするんだよ」

「いきなりどうしたんだ？」

びっくりした顔をされたけど、それ以上は黙っておいた。

そんなふうに私とユージンと少年の三人で移動する。少年は厩舎《きゅうしゃ》から馬を引っ張ってきた。けれどそれには乗らずに、三人と一匹で歩いて移動だ。

騎士団の敷地から出る時、何人かに丁寧に見送られた。左胸というか、左肩というか、そのあたりに右手の指をまっすぐ揃えてお辞儀するのは、この世界の敬礼か何からしい。

（クリスチャンさんはもしかして、私に親切にすることで超巨大ブラック企業とコネができることを期待しているんじゃ……私には何もないのに！）

騙《だま》しているようで申し訳ないけれど、本当に私には何もできないので期待しないでいただきたい。よくしてもらっているのに何もお返しできないのは辛すぎるけれど、私は初めから貴族でも豪商の娘でもないと主張しているので勘弁してもらおう。

門の前に行くと、マトがすでに立っていた。けれど、マト以外に子どもはいない。

「マト、他の子はどうしたの？」

「ナノハ……連れてこなかったんだ」

「おまえさんらがうちの倅《せがれ》が世話になった騎士様方か！」

ヌッと近づいてきたのは、でかくて筋骨隆々《きんこつりゅうりゅう》の白髪のおじいちゃんだ。倅《せがれ》ということは、彼はマトのお父さんか。マトは彼の孫じゃないらしい。

おじいちゃんは私を見て、ユージンを見てから、最終的にもう一度私のほうを向いて言った。

「魔物の肉を美味《うま》く食える方法を見つけたと聞いた。本当か？」

「あ、はい……いや、まだ実験段階なんですけどね」

そう答えたら、おじいちゃんは笑った。一瞬雷が落ちたのかと思うような豪快な笑い方だ。

「嬢ちゃんにしては勇気があるじゃないか。難民のほとんどは魔物食いを嫌がっているし、わしの村のもんもまずいまま食うことで罪を自覚し、神の怒りを避けようなどと考えている。じゃが！　わしは魔物を食ったところで神が罰を下すだなどとは思えん。魔物だって穢《けが》れたくて穢《けが》れとるんじゃないしな。美味《うま》いもんが食えるならそれに越したことはない‼」

ビリビリくるような大きな声でしゃべるおじいちゃんだ。

私は気《け》おされて、おじいちゃんが一節しゃべり終えるたびに一歩後退した。

「わしの名はユーセッピ！　ダノンという村で村長をしておった！　わしらにも手伝えることがあるじゃろう！　手伝わせてくれ！　いいかな！」

「い、いいともー」

最終的に、私はユージンの後ろに隠れて返事をした。ユージンは腰に佩《は》いている剣に手をかけている。

彼にとってもこのユーセッピさんはド迫力おじいちゃんらしい。

ユーセッピさんは私たちの態度を気にした様子もなく、ガハハと豪放磊落《ごうほうらいらく》に笑っていた。

巨大な両開きの扉には、人の頭大の大きな宝石のようなものがついていた。恐らく魔核だろう。

ユージンが現れると、門番をしていた人たちがサッと道を譲り、また例の敬礼をしてみせる。

「ご苦労」

ユージンが偉そうに言う。

門番の人たちは紋章のないチュニックを着て、ゼッケンみたいな簡素な鎧《よろい》をつけている。どうやら騎士団の人ではなさそうだった。

私の疑問を読み取ったみたいで、ユージンは「彼らはこの町の兵士だ」と教えてくれる。

ユージンが門の魔核に触れると、門は自動的に開く。観音開きの自動扉！

外には草原が広がっていた。緩《ゆる》やかな丘陵《きゅうりょう》があって、遠くは見えない。

「こっちだ」

ユージンが左手を示す。ユージンに言われるまでもなく、私以外の人たちは門を出てすぐ左に進んでいった。その先には円形の砦《とりで》のようなものがあり、石造りの塀《へい》の中からは煙が上がっている。

「ナノハ、気を付けろよ。不審な動きをするヤツがいたら躊躇《ちゅうちょ》なく刺せ」

「え？　え？」

「もしかしてわからないか？　あれは刑務所だ。オレたちが外で倒した穢《けが》れの濃い魔物は、犯罪者たちが解体し燃やしている」

「犯罪者。……わ、悪いことをした人たち？」

「そうだ。オレたち騎士団は戦う時は魔物と仕方なく対峙《たいじ》するが、倒して貴重な素材を剥《は》いだ後は極力触らんようにしている。大型の、どんなに飢えても普通は食えんような魔物の死骸があそこにある」

どんなに飢えても食べられないような大型の魔物……つまりネズミのはずれ肉をより強烈にしたような味だということだろう。

「せっかくあいつらがついてきたんだ。まずはあいつらに毒見させろよ」

ユージンは後ろからついてくるマトとユーセッピさんたちを見やった。

この世界が封建制だとすると、ユージンとマトたちは階級が違っていたりするのかもしれない。見比べるまでもなくユージンの身なりはいいし、どことなく立ち居振る舞いが洗練されている。だから、ユージンの、まるで彼らを毒見係だと言わんばかりの酷《ひど》い言葉も、この世界では普通なのかもしれないけれど……。戸惑《とまど》う私を見て何か察したのか、ユージンが言い方を変えて続ける。

「おまえの、穢《けが》れを恐れず誰にでも平等に接する姿には好感が持てるが、人には役割というものがある。……おまえはいかにもか弱い。見た目がまず弱いし、今は空腹で弱ってる。そうだろ？　そんなおまえにあんな劇物は食わせられない」

泥スープをものともせずに食べるユージンが劇物と言う代物《しろもの》。

興味があるけれど、私は味見はしないほうが賢明かもしれない。

「えーと、大型の魔物からは魔核が採れやすいとか？　だから燃やす前に解体するの？」

素朴な疑問を感じて聞いてみたら、「素材目的だ」と答えられた。

「希少な素材は討伐者であるオレたちが自分で剥《は》ぐが、ダメになったところで問題ない素材はやらせることが多い。いちいち解体してられないしな。素材はたとえば剣や盾、魔核燈なんかの魔核を使った魔道具の製作に使われる。魔核は……まあ、採れたらものすごく運がいいな」

不意に、ユージンが真剣な表情で続けた。

「……大型の魔物のほうが死んだ状態から蘇《よみがえ》りやすいし、蘇《よみがえ》った後の凶暴性が増す」

「う、うわあ」

「だからナノハ、オレから離れるなよ？　……魔物もすぐに活発に動き出すわけじゃない。異変があればすぐに脱出する」

私は頷《うなず》き、すぐにユージンの後ろにくっついた。

刑務所につくと、周りには兵士の人たちが立っていた。塀《へい》の中にいた兵士たちとは違いチュニックの下にチェーンメイルを着ている。

ユージンの顔を見て彼らはすぐに道をあけてくれた。中はむわっとした熱気に満ちている。

円形の石塀《いしべい》に囲まれた砦《とりで》の中に入ると、廊下があり、その先には列柱廊《れっちゅうろう》になっていた。ドーナツ型の廊下には夥《おびただ》しい数の魔物がうずたかく積まれている。

ドーナツの穴の部分は広場になっていて、その中央では薪《まき》が組まれ赤々と火が焚《た》かれていた。

その火の回りには、腕に木の手錠を嵌《は》められたとても人相の悪い人たちがいて、死んだ目をして立ち上る煙を見上げている。

キャンプファイヤーというよりもサバトの雰囲気がある。

「副団長！　このような場所へようこそお越しくださいました！」

サバトの広場を突っ切って、向こう側から青い髭《ひげ》を生やしたツルハゲのおじさんが走ってきた。

青い髭《ひげ》!?

いやいや、驚かないほうがいいのだろうか。この世界的には普通の色かもしれない。

「かまうな。彼女に付き合っているだけだ」

「そちらの方が例の……」

意味ありげに二人して私のほうを見る。

噂が出回っているらしい。きっと色んな誤解をされているんだろう。私に親切にしてもコネもできないし恩返しもできないって叫びたくてたまらない。でも、それで親切にしてもらえなくなったら困るから、後でユージンとクリスチャンさんにだけこそっと言おう。

「魔物が見たいらしい。箱入りだったんで、珍しいんだろう。好きに見るので囚人を下がらせてくれ」

「は、はあ……ですがユージン様、団長が今指揮を執ってファイアーバード討伐に向かわれているはずです。道中で仕留める魔物もあるでしょうし、ファイアーバードは大物です。その魔物たちが運ばれてくる前に、できる限りここを空けておきたいのです……」

青髭《あおひげ》のおじさんは困ったように廊下を見やった。そこには魔物がところせましと置かれている。

「少しだけ見せてやってくれ。そう長くはかからないはずだ。ナノハ？」

「うん……たぶん」

動物の死骸なんてさぞグロテスクだろうと思っていたけれど、この光景にはグロテスクさではなく、よくできた作り物を見ているようなファンタジー感のほうが強くある。

ここにいる大型の魔物は町の中に積まれていた魔物たちより遥かに異形で、私が知っている動物とはかけ離れているからだ。

「な、なんだろう……この感じ」

「穢《けが》れているんだ。その穢《けが》れによってねじ曲がってしまっている」

ユージンはすぐ傍《そば》にあった目玉のお化けのようなものを見て顔を歪《ゆが》めた。

嫌悪感の籠《こも》ったその目を見て、私は少しヒヤリとした。

「もしかして穢《けが》れると、私たちもこうなる？」

「なるか！　こんなところで恐ろしいことを言うな。冗談に聞こえないだろう！」

怒られた。周りにいたいかつい囚人たちにすらとんでもないものを見る目で見られて、私は失言を悟る。別に、ならないのならそれでいいのだ。

それにしてもなんだろう……このお化けみたいな魔物たちを見ていると、こう、どこかで見覚えがあるような不思議な気持ちになる。

「カンブリア紀……。そうだ、いつか博物館で見たうまく進化できなかった系の古代の生き物に雰囲気が似てる」

「進化できなかったというのは、うまい言い方かもな。ここから進化させてしまうと、ファイアーバードみたいにとんでもない化け物になる」

そういえば、そのとんでもない化け物を前にして夢だと思って草をむしっていた私だが、危なかったんだなあ。今さらになって実感した。

そして今は飢え死にという危険が目前に迫っているわけだけれど、目の前に横たわる進化に失敗した感じの生き物たちがどうしても美味《おい》しそうには見えなくて困る。

「うーん、味は美味《おい》しいかもしれないし……」

ドーナツ型の廊下をゆっくりと歩いていく。囚人たちが怯《おび》えた顔で避けるように私から離れた。

……失礼な！　私はそんなに怖いＯＬじゃないよ！

山になっている奇妙な生物たちを観察すると、大体その肉体は黒くなってしまっている。

けれど、黒くなっていない魔物も紛れていた。

「あっ、これは？」

「ナノハ、気になるか？　引っ張り出せ！」

ユージンの命令によって、魔物と魔物の間から引っ張り出されたのは――

「わあ。美味《おい》しそうには見えないけど……黒くなってはいないなあ。美味《おい》しそうには見えないけど」

大事なことなので二回言う私に、ユージンは魔物の名前を教えてくれた。

「キラーアントだな」

触角も合わせて全長百五十センチ程度ありそうな、青い目ん玉を持つ巨大な赤いアリに似た生き物だ。さすがに私よりは小さいと思う。

アリという表現すら生易《なまやさ》しいけど……とりあえずアリだと思っておこうかな。ユージンはアリだと言っているし。アントって英語でアリって意味だよね。

翻訳機能ちゃんと仕事してる？　これちゃんと通じてるの⁇

「うーん？　目が光ってるかも？」

「そりゃ、目は光るだろ。太陽の光を反射してる」

「そういうことじゃないんじゃねーの、おにーさん。ナノハ、それじゃ目から解体してみるよ」

ユージンの言葉にマトが応えると、ユーセッピさんが頷《うなず》いてナイフを鞘《さや》から取り出した。

私は、下がるユージンの後ろに隠れる。ユーセッピさんが大きな腕を振り下ろす瞬間、もちろん私は目を閉じていた。

「おいナノハてめー！」

怒るマトの声を無視して私は虫虐待《ぎゃくたい》映像から顔を背《そむ》け続ける。

けれど、ユージンが背中にしがみつく私を振り返り、優しい口調で言った。

「おいおい、魔物を前に目を閉じるなっていうのは、当たり前のことだぞ。常識だぞ？」

「でも、見たくないんだもん……」

「危険なんだ、ナノハ。魔物は蘇《よみがえ》ることがあると言っただろう？　たとえ息絶えていたとしても、動き出すかもしれないんだ……ただ、必ず兆候はある。蘇《よみがえ》ってすぐ動くわけではない。よく見ていれば避けられる危険なんだ。オレもマトも、おまえを心配して言っているんだぞ、ナノハ」

心配されたうえに真剣な口調で諭《さと》されると、とても辛い。

「じゃ、じゃあ……頑張るからこれで許して」

「それで見えてるのか？」

細目をしているふりをして、私は結局目を閉じていた。いきなり全開はきつすぎる。

意を決して目を開ける頃には、赤いアリは青い目玉の連《つら》なりと、四つのパーツに分かれていた。

黒いモヤは広がっていない。

「わー！　うまいこといってる！」

そう私が言い終えないうちから、マトとユーセッピさんとユージンまでもがアリに殺到した。

そしてより大きな肉片を奪い合う。私の分も残しておいてよ！

（……あれ、目がまだ光ってる）

血走った目をして肉の権利交渉をしているユージンたちを尻目に、私は放置された青い複眼《ふくがん》を見下ろした。とてもグロテスクではあるものの、光っているところはとてもきれいだ。

ユージンは太陽に反射して光っているだけだと言ったけれど、それだけではないように見える。

腰に佩《は》いたハンティングナイフを鞘《さや》から取り出すと、私はその光った部分を切っ先で突いた。

すると、光っている部分以外はすぐに崩れ、その中から黄色く光るビー玉のようなものが出てくる。目のピントを調節する水晶体的なものだろうか。

「あらら、きれい……」

目玉の中から採れた水晶体は、きれいだった。ハンティングナイフの先で突いてみると、カツンと音がする。硬そうな音だ。

プニプニしていないのであれば、触る勇気も出てくる。

太陽の光に透かして見ようとしたら、ユージンが叫んだ。

「ナノハ！　ぐずぐずしてると全部食われるぞ‼」

ユージンはちゃんと食事しているはずなのに、なんでこんなに必死なのだろう。

どういう決着をつけたのか、魔物の死骸を焼くためのキャンプファイヤーで、三人仲良くキラーアントの肉を剣やナイフに突き刺し炙《あぶ》っていた。

そんな三人を周りの囚人は薄気味悪そうな顔で見ているし、ここの責任者らしい青髭《あおひげ》のおじさんも唖然《あぜん》と見ている。

ここにある魔物の肉の味は、劇物並みで、普通は食べられたものじゃないらしい。それを教えてくれたのはユージンなのに、今や彼は私の見立てを信じてキラーアントの肉が焼き上がるのを楽しみにしていた。

「今行くよ！」

信じてもらえるのが嬉しいような、肉を奪うなと言いたいような複雑な気持ちで私は走り寄った。

あまり期待しすぎるのはやめてほしい。私も、どうしてみんなに見えないことが見えるのか、その仕組みを理解していないのだから。

――異世界人だから、かな？　この世界の人には見えないものが見えるのかもなー。

近づいて彼らの調理をよく見た私は、悲鳴を堪《こら》えられなかった。

「うわあ！　肉汁、出てない？　これ流しちゃうの？　もったいない！　なんでこんな原始的な調理しかできないんだよもー!!」

「仕方ないだろうが！　鍋《なべ》でも持ってくりゃよかったのか!?」

「そうだね……今度は鍋《なべ》必須だね！」

ユージンは変な顔をしたけれど、何も言わずに口を噤《つぐ》んだ。

今はとりあえずこいつのことだと言わんばかりに、アリの肉汁でパチパチと爆《は》ぜる薪《まき》を見つめる。

「この赤い甲《こう》を見ると、いつもなら寒気を感じるんだが……今日ばかりは違うな。この甲《こう》の中から
どうも美味《うま》そうな匂いがしないか……？」

ユージンが唾を呑み込みながら言う。私はそれに同意した。

「するよね！　このピンク色のプリッとした身！　エビだよ……！　これは大きなエビだと思うこ
とにしたよ、私！」

赤々と燃える火に炙《あぶ》られて、カラッとすすけた色になっていく赤い甲《こう》。

その中の身は、弾力があって、うっすらと赤みがかった白色をしている。

見た目はまるで新鮮なエビのようだった。火で熱され、プリッとしていた身はキュッとしまり、
旨味《うまみ》がたっぷり含まれていそうな肉汁を流している。

「よし、そろそろ食えるぞ！　一番でかいこの胴体の肉は――」

ユージンが短剣に突き刺して焼いていた肉を掲げた瞬間、私のお腹が空腹の音色を奏《かな》でた。

その場を支配する沈黙。お腹を押さえて項垂《うなだ》れる私。

やがてユージンが気まずそうに口を開いた。

「……ナノハ、おまえが食っていいぞ。だが、その前にこいつらに毒見をさせような？」

マトとユーセッピさんも慈愛に満ちた笑みを浮かべ、こくりと頷《うなず》く。

「ああ……もういいよ。さっきの話し合いじゃ、毒見をするおれらが一番大きいのって話だったけど、ナノハが一番大きいの食えよ。……ナノハ泣くなよ。もうすぐ美味《うま》い肉が食えるぞ。今毒見してやるから、ちょっと待てよ、な？」

マトに慰《なぐさ》められる。お腹が減りすぎて泣いているわけじゃない。

この空腹を告げる腹の音色に対して、みんながあまりにも優しすぎて感動して泣いているんだ。

……恥ずかしくなんてないんだからね。所詮私はこういう人間なんだから、取り繕《つくろ》ったって仕方ない。

マトは、ユーセッピさんが焼いていたお尻部分の肉をナイフで小さくはぎ取って、慎重に舌に乗せた。

その瞬間、マトが水色の目を見開く。

「ん⁉」

「マト、どうしたんじゃ⁉　まずいか⁉　苦しいか⁉　毒か⁉　死ぬのか息子ぉ⁉」

「ん、んまいっ‼」

マトが叫んだ瞬間、マトの手からユーセッピさんが肉を奪い取って食らいついた。

「おい、おやじ！　みんなに持って帰るんじゃなかったのかよ⁉」

「まずは自分の腹ごしらえ！　わしが動けなくなったら誰がみんなを守るんじゃ⁉　じゃからわし

が食う。わしが食って問題なければ他の何か適当なのを見繕《みつくろ》い、みんなのもとへ持って帰る！」

「くそおやじ！　くそおやじ!!」

「ガハハハハ！　おまえも食え、マト！　自ら名乗り出て、率先して動いた者の特権じゃ！　これでおまえも共犯じゃ！」

「……美味《うま》い！　ナノハ、毒があるとしても美味《うま》いぞ！」

村のみんなのことはおいといて、仲良く肉厚のエビのような肉に食らいつく親子。

しかし、私は慎重に慎重を期して、マトに尋ねた。

「コヨーテの肉とどっちが美味《おい》しい？」

「キラーアント！」

ならば間違いなく私にも食べられるはず。

ユージンはすでに肩肉に食らいついて「美味《うま》い美味《うま》い」と喜んでいる。

私は私に割り当てられた胴体の一際大きい肉を手に取った。マトの持ってきたナイフに突き刺さっている。果たしてこのナイフは清潔だったんだろうか……大きな疑問を抱えつつ、端のほうをそろりそろりと齧《かじ》ってみた。予想していた通り、それはエビに似た味わいの肉だ。

「うーん……」

エビよりも淡泊な味で、ちょっとパサついていて、プリッとしているように見えたのはなんだったのか、だしを取りつくした後のように硬い。

だが、しかし。

「……本当に、ギリギリ、美味《おい》しい、かも？」

回転しすぎた回転寿司のぼたんエビみたいな……ぼたんエビだと言われて出されたけれど、もしかしたらザリガニかもしれない的な……でも、ギリギリ、美味《おい》しいと言っていいと思う。

「うん、美味《おい》しい……ギリギリ美味《おい》しい」

「おまえ贅沢《ぜいたく》なんてものじゃないぞ!?」

横で美味《うま》い美味《うま》いと肉を食べていたユージンが私の言葉に驚き、青と緑の目を見開いて叫んだ。

「だってー、塩とか、できるなら醤油《しょうゆ》が欲しいんだけどー！」

「これ以上何を求める？　おまえがこれまで何を食って生きてきたのかを考えると、もうオレは恐ろしくてならない……！」

ユージンは戦慄《せんりつ》するが、私もユージンたちの食べているものを見て震え上がっているから、お互い様だね。

久しぶりの満腹感。

栄養が足りてるかどうかは保証されていないけれど、お腹が一杯なのは間違いない。

食べきれなかったアリ肉をユージンにあげた私は、ホッとして柱の側に座っていた。ちなみに、まだユージンたちはアリ肉を食べ続けている。あの巨大な塊《かたまり》を全部食べきるつもりらしい。一体お腹のどこに収まっているんだろう。

「あ、あのう……一体全体、どのようなご用件だったのでしょうか？」

ユージンらを恐ろしげに見やる、ここ魔物処理場の監督官をしているという青髭《あおひげ》さんに尋ねられた。

ユージンに話しかける勇気が持てないのだろう。私も、今のユージンたちには声をかけたくない。

本当に鬼気《きき》迫る勢いで肉にかぶりついているのだ。私のように三日もほぼ絶食状態だったわけでもないだろうに。

「魔物のお肉を食べにきたんです」

「食えた味ではないはずですが……。餓死寸前の人間の前に置いたって、食いませんよ？」

青髭《あおひげ》さんは歯切れ悪く言った。そんなお肉をガツガツ食べているユージンがそこにいるからね。

「ちょっと工夫すると、美味《おい》しくなるんですよ」

「それでユージン様があのように……」

言いにくそうに言葉を濁《にご》した青髭《あおひげ》さんの視線の先には、どちらかというと優男《やさおとこ》系のイケメンなのに、野獣のように肉に食らいついているユージンがいる。

しばらく青髭《あおひげ》さんと世間話をしていた。青髭《あおひげ》さんはジョゼッフォさんというらしい。刑務所で囚人の監督をしているのだそうだ。魔物の近くで働く仕事なので、町の人からの評判があまりよくないのが悩みらしい。魔物関係の仕事をしている人は、みんな大なり小なりそんな悩みを抱えていると説明してくれた。それでも重要なお仕事なので、役人の中ではかなりの高給取りだとか。

「そろそろ魔物焼却の続きをしてもよろしいですかねえ……」

「それなら、私が判断するので、焼いていいものから火にくべてもらってもいいですか？」

「はあ……取り分けているのは、食える肉というわけですかな？」

「工夫しなくちゃ食べられませんよ」

やり方を間違えて劇物になった肉を食べた後、私のせいにされては困るので、はっきりと主張しておく。それから私の指示の下、焼却の順番が割り振られていった。

中でもアリを始めとした昆虫に似た魔物は黒くなっていない率がとても高く、海にいそうな生き物のはずれ率は高かった。

「生命力の違いですかねえ」

私の選ぶ基準を見ていたジョゼッフォさんが青い髭《ひげ》をしごきながら言う。

「キラーアントを始めとしたこの虫みたいな魔物らは、蘇《よみがえ》ることが多いのです。生命力が強いので、肉が悪くなりにくいのかもしれないですな」

蘇《よみがえ》ることが多いという言葉で、私はススと魔物の死骸との間に距離を取った。

けれど、鑑定はやめない。

目を凝《こ》らしつつ、最終的に、虫系は五割、海産物に見えるカンブリア紀系の魔物は一割、動物系は三割程度が、まだ肉が黒くなっていないと鑑定した。

「あのうナノハ様、参考までに、こいつらは何をどうしたら美味《うま》く食えるんでしょうか？」

「魔物の身体の中にまずくなる素《もと》みたいなのがあるんですよ」

「まずくなる素《もと》、ですか」

ジョゼッフォさんは青髭《あおひげ》を指先でくるくるしながら、ほうほうと頷《うなず》く。

「他の部位を切り刻むと、その素《もと》から肉がまずくなる何かが流れ出てくるみたいです。まずい要素が流れ出る前にその部分を取り外せば、他の部分は食べられるんですよ」

「なるほど……キラーアントは目を取り外せばいいということで？」

「必ずしも目ってわけじゃないみたいですけど、目に原因があることが多いみたいですね」

魔物の山を取り崩してもらいつつ見ていたけれど、キラーアントは目が光っていることが多い。でも、関節部分が光っていることもある。……それでも、キラーアントに限定すれば、七割ぐらいは目がキラキラ光っていた。

「どのように見分けていらっしゃるのでしょうか？」

「えーと……」

私の目には光っているように見える。

みんなには見えないものが見えるというのは、古来よりあまり褒められたことではないだろう。魔族の証拠になるようだったら困るし、あまり言いふらさないほうがいいかもしれないと、今さら気付いた。

「……もしや、ナノハ様は聖女ですかな？」

「へ!?」

聞き間違いだろうか。妙な単語が聞こえた気がしてジョゼッフォさんを見上げる。けれど、彼は話題を変えてしまって、その言葉の真意を聞くことはできなかった。

「それにしても、目ですか……キラーアントだけでも食えるのであれば、囚人どもを養う金が随分浮きます。試してみますよ」

「えっと、身体にいいかはわかりませんよ？　穢《けが》れるかもしれないし、何も保証できません」

「かまいやしませんよ。彼らは犯罪者なんですからね」

この世界、犯罪者の命が軽そう。

不確かな解体を試して味見をさせられる人はお気の毒だけれども、それでもうまいこといけばきっと美味《おい》しいものが食べられるはずだ。

それで犯罪者の人たちが勘弁してくれることを祈ろう。私は悪くない。

……だから周りにいるおまえら、なんてことをしてくれたんだって目で、こっち見んな！

ジョゼッフォさんは周囲の視線を気にすることなく進み出ると、ユージンたちを急《せ》かした。

「ユージン様！　そろそろ本当に困りますよ。魔物が溢《あふ》れかえって、次々蘇《よみがえ》るなんてことになったら、ここは壊滅ですよ！　騎士団のみな様だって困りますでしょう！」

「わかってる。仕事に戻ってくれ。ナノハが選んだ魔物の解体はここから運び出して行う」

「全部は持っていけねーな」

マトがぼそりと言うと、ジョゼッフォさんの目がきらりと輝いた。

犯罪者の人たちに魔物を食べさせようと考えているのだろう。近くにいて気付いた人たちが震えあがってる。私たちが食べてたのを見ていたのに、そんなに怖い？

「護送用の荷車があるよな……それに積める分だけ持っていこう。今日のところは」

ユージン的には明日も明後日《あさって》もありそうだった。

私としても、食べられる食糧は逐次《ちくじ》補充していきたいので大歓迎だ。

「ありがとう、ユージン」

「気にするな、ナノハ……オレが食いたいだけだからな！」

ホントにそんな感じだね。

キラキラしい笑顔のユージンを、ソワソワしながら手伝うマトとユーセッピさん。

みんな嬉しそうで楽しそうで、見ていると平和を実感する。

ユージンの荷物を運んでいた少年が馬を引っ張ってくると、何もしていない私は後に続いた。

「ナノハ、おれたちももらっていいんだろ？」

「もちろんだよ、マト。ユージンが独り占めしようとしたらちゃんと止めてあげる」

「よっしゃ。みんな喜ぶぜ！」

「お嬢ちゃん、キラーアントは目を外せば美味《うま》くなることが多いと言っておったじゃろ？　ありゃホントか？」

ジョゼッフォさんと私の話を聞いていたのだろう。ユーセッピさんの質問に、私はうんと頷《うなず》いた。

「今見た限りは、そんな感じですねー」

私は荷台に積まれて人力で運ばれる魔物の山を見る。確証はないけれど、今日手に入れた情報だとそうだった。

ちなみに、荷車を引いているのはジョゼッフォさんの部下の方々だ。ユージンよりも地位的には低いので、彼らのこともユージンは顎《あご》で使っている。

フゥー、恐ろしい格差社会が目の前に繰り広げられているよ……

「キラーアントならわしらでも倒せるのう。死骸を騎士団から引き取ることはできるじゃろうか？」

「これまでなら家畜の飼料用なんかに欲しいというヤツにはただでやっていたが……今後肉に価値が出てくるようだと、どうなるかはわからんな」

ユージンは難しい顔をして言った。

「今回、キラーアントの甲《こう》もうまく剥《は》げたしな。ナノハの言う何か……恐らくは穢《けが》れだと思うが、こいつが全身に回る前に大本を取り外すことで、素材を剥《は》ぎ取れるというのなら、魔物の死骸の価値は今後ますます高まるだろう」

魔物からは加工して道具になる様々な素材が採取できるそうだ。素材はうまく剥《は》ぎ取れないと劣化する。今まで刑務所でやらせてはいたけれど、大抵は使いものにならず、すべての素材の剥《は》ぎ取りは無理だと半分諦めていたところがあるらしい。

けれど、あの光る部位からモヤが広がる現象を食い止めることで、素材の劣化も防げるかもしれないことがわかった。そうなったら、素材の回収ができる。価値があるとわかれば、ただで譲り渡すのは難しくなってくるだろう。それが経済というものだ、たぶん。

「まあ、今のところ、魔物の死骸は処分が追いつかずに困っているゴミ同然だ。ナノハによると、おまえらのおかげで別の使い道が生まれたようだし。マトとユーセッピといったな？　おまえたち二人についてはオレが口を利いておいてやる。欲しければジョゼッフォに言うんだな」

「おおおお！　ありがたいことです、騎士様！　感謝いたしますぞ！」

感謝のあまり拳《こぶし》を振り回すユーセッピさんから距離を取りつつ、私は荷台の上の檻《おり》の中に積まれた魔物の死骸、もとい食材の山を見て、心からホッと息をついた。

異世界に来て四日目の昼。

やっと私にも普通に食べられる食材を見つけた……長かったような短かったような道のりだ。

(次の目標は……？　決まってる！)

より美味《おい》しいごはんを食べること。

元の世界？　帰れるのであれば即座に帰りたいけど、今は毎日のごはんの重要度が桁《けた》違いに高すぎる。

味気のない、ギリギリ美味《おい》しいと言えないこともない食材は確保した。

これをより美味《おい》しく食べるには、調理する必要がある。

基本的な調理器具であれば、騎士団宿舎の厨房《ちゅうぼう》に存在していた、と思う。

何より足りないのはやはり食材、その中でも特に調味料。

私は美味《おい》しいごはんを食べるためなら決して諦めないし、妥協もしない！

ユージン、マト……私たちの戦いはこれからだ!!

魔のバーベキュー

解体は塀《へい》の外の門前で行われた。

「昔、こうして門前町が賑《にぎ》わっていたらしい……」

ユージンは準備を部下の人たちに任せ、突っ立っている私の横で時おり指示を出している。そして、動き回る人たちを見つめながら、痛ましげに呟《つぶや》く。

マトの友達やユーセッピさんの一族と、その村の人たち。それに、ユージンが連れてきた騎士団の有志たちが加わっていた。

彼らが賑《にぎ》やかに解体と調理の準備を進めていく。

ユージンの言葉を流しそうになった私だけれど、その言葉が伝聞であることに気付いて、疑問が湧いた。

「らしいって？　ユージンは見たことがないの？」

「オレたち騎士団がここに呼ばれたのは、状況がかなり悪くなってからだからな」

ユージンの苦々しい口調から、それがあまり名誉なことじゃないんだとわかった。

「……困ったことになったから、呼ばれたんだ？」

「厄介事には厄介なモノをぶつけようってことだな」

「魔法が使えるのって、そんなに悪いことなの？」

ユージンたちの騎士団は、魔法が使える人が集められているらしい。以前、ユージンはそんなことを言っていた。みんな、邪悪な力だと信じられている魔法を使って戦うのだという。

「悪いことさ。邪悪な闇の気に染まらなきゃ、使うことができないんだからな」

アダムとイブの知恵の木の実と同じような考え方なのかもしれない。

知恵を得ることが悪いことだとは思えないけど、神様は禁じていて、禁じられたことをしたアダムとイブは罰として楽園を追放された。

「ユージンたちも、追放されちゃったの？」

「追放……か。その通りだな。市民階級ではあるが、都市にいることを望まれなかった。呪われた子、それがオレたちに向けられた言葉だ。オレたちは生まれたことさえ祝福されなかった……よほどできた親を持たない限り」

……ユージンの親御さんは、きっと彼を祝福しなかったんだろう。ユージンの横顔を見ていたらそれがわかる。

「私だったら超喜ぶけどなあ。子どもが魔法使えたら。むしろ私が使いたいんだけど」

「それはおまえが、何もかも忘れちまってるからだと思うが」

「そんなことないよ！」

「そうか……ありがとうな、ナノハ」

ユージンにヘッドロックされて、うりうりと頭を撫《な》でられた。

ワーワー言っていたら、近くで私たちの話を聞いていた騎士団の人たちも、私の頭をぐりんぐりんと撫《な》でて髪の毛をくしゃくしゃにしていく。

「お、おまえたち、乙女の髪を！　よくも!!」

「そうだな。十六歳でも乙女で淑女だ。悪かったな」

ユージンがくつくつと笑いながら言う。私はきっぱりと正直に言った。

「二十二歳の淑女！」

「ナノハ、もし本当にその年が正しいとすると……その年でその落ち着きのない性格は……その」

「口ごもるのはやめようよユージン！　辛くなる！」

「だから、おまえは十六歳ぐらいだと思う。そうじゃなかったら、オレはおまえにどう接していいのかわからなくなる」

わからなくなってしまうらしいから、私は口を噤《つぐ》むことにした。

可哀想なものを見る目と微笑ましいものを見る目。どちらも辛いけれども、どちらかというと微笑ましいものを見る目で見られたほうがマシだ。

「ナノハー！」

「あ、マトが呼んでるみたい」

「そうか……あいつらなら危険はないだろう」

ユージンは許可を出すように頷《うなず》き、一緒についてきた。

「見ろよ、ナノハ！　おれたちだけで解体してみたんだぜ！」

マトたちが囲んでいたのは、バラバラにされたキラーアントの死骸だった。それも七体。

そのうちの三体はお肉がサヨナラバイバイだった。すぐさま火にくべろと言いたい気持ちをぐっと堪《こら》える。

「……いくつかはずれがあるから、心して味見するように!!」

「えーっ！」

「当たりもあるから、これからは私がいなくても、美味《おい》しいもの食べられるようになるんだね」

「うん、そうだ！　いつまでもナノハの手をわずらーせるわけにはいかないもんなー」

大人か誰かに言われたんだろうか？

マトは言えてないけど……煩《わずら》わされてるだなんて思ってないし、マトたちには感謝している。

「そんなこと言わないで、これからも手伝ってよね、マト。迷惑だったら言ってくれれば考慮するふりはする」

「ふりかよ！」

マトは叫ぶが、大人は大抵こんな感じだから諦めればいいと思う。

……だから、私を煩《わずら》わせるとか考えなくてもいいんだよって私の気持ち、伝わったかな。

マトが面映《おもは》ゆそうに顔をモニョモニョさせていた。

子どもたちが自力で毒見をしようとしているので、その邪魔をしないように私は脇にどく。

切り離されたアリの青い眼玉は大体黒くなってしまっていたけれど、まだ輝きを残しているものもあった。みんなお肉に夢中だから、私は打っちゃられた輝く目玉をよく見ようとしゃがみ込んだ。

まだ光を残した目玉を、ハンティングナイフの切っ先でつんつん突いてみる。そうしたら、プニプニの中から、再びきれいな水晶体を発見した。ころんと転がり出てきた黄色いビー玉を拾い上げて、しげしげと眺《なが》める。

これ、どうしようかな……売れたりしないかな？　キラーアントの目から出てきたけど、装飾品とかに使えそう。

ユージンに聞こうと思って顔を上げて探すと、彼は子どもたちによるアリ肉の味見の列に並んでいた。

なんて大人げない……でもいいか。どうせユージンの並んでる列ははずれだ。

教えてあげたいような気もするけど、これから子どもたちや、難民の人たちだけで魔物を食べていこうというのなら、自分たちで味見をして、確かめる必要が出てくる。私がしゃしゃり出ないほうがいいに違いない。

子どもたちはユージンの威容に呑まれて、列の順番を譲った。マトの視線が私に向かう。私はにやりと笑って親指を上げてグッジョブサインを出す。

マトもにやっとしてサインを返してくれた。この世界では特にこのサインに侮辱的な意味合いはなさそうだ。

「ぎゃあああああ!?」

「あはははは!!」

実食後、叫んで肉を吐き出すユージンと、そんなユージンを指さして笑う子どもたち。平和な構図だ。

ユージンが涙目になって拳《こぶし》を握ると、子どもたちは駆けてきて私の後ろに隠れた。

全員が隠れきれているわけじゃないけれど、私も庇《かば》うように腕を広げる。

「き、貴様ら……！　わざとじゃないんだな？　違うだろうな⁉」

「違うよ～。おれたちにはナノハみたいに魔物の肉のよしあしなんてわかんないも～ん」

とても疑わしい抑揚をつけてマトが言う。

ユージンからみればとてつもなく小憎らしく見えることだろう。

「ナノハ、本当だな⁉　こいつらだけに見分け方とか教えてないだろうな！」

「教えてないよー。教えてたらこの子たち、全部美味《おい》しいお肉のほうを選んだはずだよ」

「そうだよ！　わざわざまずい肉の列に並んだりなんかしないよ！」

貴重な食材なのだから、大事に扱うはずだ。

子どもたちの真顔の主張を受けて震える拳《こぶし》を下ろすユージン。片方の手で口を押さえ震えている。

あの泥スープを平然と飲める舌の持ち主が、これほどの反応を示すのだ。私が食べたらショック死するね。間違いない。

「ナノハ様！　こちらのビッグボアの弱点を教えてください！」

「はーい」

騎士団の人たちが、難民の人たちと共にギラついた目をして巨大なイノシシ的魔物を囲んでいた。

とてもでかい。全長二メートル以上。朱色の毛並みとクリーム色の鋭い牙が恐ろしげだ。

イノシシは、祟《たた》りをまき散らしそうな憎悪に満ちた目をしてこと切れている。そのイノシシを囲む私たちはといえば、ギラついた目で腹を鳴らしていた。

「大別すればこいつはブタ肉……！　絶対に食べてやりましょうね、みんな！」

「おおおお！」

やる気に満ちた雄たけびを上げる面々に勇気づけられ、私はイノシシの身体のどこかにあるはずのピカッと光るポイントを探した。

ネズミは光が弱すぎて死ぬ寸前にしかわからなかったし、コヨーテも同じだ。

だから、死の寸前だけに光り輝くのかと思いきや、違った。キラーアントを含む大きな魔物になるにつれ、だんだんと光が強くなっていて、死んだ後でも光を見分けることができるようだった。

「転がしてー、お腹見せてー……いや違う……うわ、あったぁ！　鼻！　左の穴のあたりから先を切り離してー！」

「おおおお、首ごと切り落とすぞぉ！」

騎士団の人たちが声を張り上げて指揮を執っている。

私にできることはここまでだ。後は大人しく下がって目を閉じる。

魔物の肉って、死んだ後放置されていたはずなのに、なぜか新鮮な血が噴き出てくるんだよ。なんでだよ……だからまだ肉も新鮮で、美味《おい》しく食べられるんだろうけれども。

こいつらって、ホントに死んでるのかな？

ユージンは蘇《よみがえ》ることがあるとか言っているし、肉が食べられる状態の魔物って、蘇《よみがえ》り待ち状態

だったりして。これを言ったら肉が燃やされる……⁉　いやまあ、蘇《よみがえ》る前に食べればいいよね⁉

さすがに解体してしまえば蘇《よみがえ》ることはないだろう。

むしろ積極的にトドメを刺させているのだから、私は治安維持の役に立っていると言えるんじゃないだろうか？

蘇《よみがえ》るかもしれないと思ったら、思わず目を開けてしまった。

そうしたら、わりと間近にイノシシの頭がデンと置かれていて一瞬たじろぐ。けれど、すぐに気を取り直した。これは高校の修学旅行で沖縄に行った時に、市場で見た光景だ。

「……鼻がまだ光ってる？」

もしや貴金属でも吸い込んでいるんじゃないだろうか。キラーアントの目玉に続く私の収入源になるかもしれない。

その部分の肉は黒く、腐ってる系の柔らかさになっている。ハンティングナイフで簡単に切ることができた。

切り裂いていくと、鼻の一番奥の部分に丸い直径五センチぐらいの石がめり込んでいる。

大きな鼻が吸い込んじゃったんだろうか？

それはきれいな丸い石だった。ペリドートのような透き通った薄緑色だ。眺《なが》めていたら、なぜか石が見る見るうちに小さくなっていった。

「え、うわ、うわっ」

黒いモヤがその石から肉にさらに広がっていく。それを止めるため、私は石の周りの肉にナイフを突き刺した。

石を取り外した時には、すでにビー玉ぐらいのサイズになっていた。

「あー。なんか損した気分」

溜息のような声を出して、小さくなってしまった石を眺《なが》めた。どうやらこの石が、肉がまずくなる原因らしいけれど、一体何なんだろう、これ。ビー玉状の小石を見つめてウンウンうなっていたら、イノシシ解体班が「あーっ！」と声を上げた。

「こいつ、腹に仔が……まだ生きてるぞ！」

悲鳴のような声で誰かが叫ぶ。

私は素早くその場から離れようと後ずさりを始めた。全速力で。我ながらいい判断だと思う。私の戦闘力はナイフを装備したことによって一になる。ゴミ以下だね！

しかし人の垣根は、私に続くロードを開くかのごとく割れてしまった。

「わーっなんで！」

イノシシの魔物から血まみれのイノシシの仔が飛び出して、私に向かって駆けてくる。びっくりしてしまった私の身体はギュッと固まり、一ミリも動くことができなくなった。

体長三十センチほどのウリ坊が、私に体当たりをかます。

「ぐわっ」

なすすべもなく私は倒れた。ウリ坊は私の腹にガスガス頭突きをかます。ただ意外と痛くない。

「ぶぶー！」

「……何？」

私の腹のあたりを血と羊水《ようすい》的な何かでベトベトにしながら、ウリ坊が鳴く。結構可愛い鳴き声だ。

すでに牙は生えているけれど、短くて私に当たってないし、頭突きをする力も強くない。

私はうりゃっと気合を入れて、腹の上に乗ったウリ坊を掴んで持ち上げる。そうしたら、ウリ坊は大人しくなった。

紫色のアメジストのようなお目めがきゅるるんとしている。

「だ、大丈夫かナノハ!?　おまえたち、一体何をしてるんだ!?」

「も、申し訳ございません、ユージン様……！」

「ナノハを放っておまえたちは一体何をやっていた！」

はい、ユージン自身に返ってくるその言葉はブーメラン。だけど誰もそのことには突っ込まず、部下の騎士団の人たちはきまり悪げに項垂《うなだ》れた。

「よ、よい毛皮が採れまして……ビッグボアの腹の毛皮でこれだけ上等なモノは滅多になく……！」

「おい兄さん、こいつは俺たちが剥《は》いだ毛皮なんだ。だから俺たちのモンだ！」

しどろもどろにユージンに言い訳する騎士団の人の横から、難民らしきおじさんが主張を始めた。

その言葉に、項垂《うなだ》れていた騎士団の人たちも顔を上げてくわっと目を見開く。

「なんだと貴様ら、難民の分際で！　このビッグボアを命をかけて狩ったのは誰だと思ってる!!」

「だとしても！　あんたらがやったんじゃこうもうまくは剥《は》げなかったはずだ。毛皮もフサフサ！触ってもパラパラ崩れない！　こんなに状態がいいのは俺たちの技術がいいからだ！　俺たちがもらってもいいはずだろ⁉」

両者、不満が爆発したようで、大騒ぎになる。

「おまえたち、静まれ！」

「いいや、黙らねー。俺たちは当然の権利を主張してるだけだぜ‼」

ユージンが喧嘩《けんか》を治めようと叫ぶけれど、騎士団の人たちはともかく、難民の人たちは聞いちゃいない。

……なるほど、せっかく剥《は》いだ毛皮が汚《よご》れないようにとウリ坊を誘導したら、私のほうに逃げたってわけのようだ。大事に置かれている朱色の毛皮を見ると、それ以下の扱いをされた私としては悲しくなってくる。

「ぶー！」

不意に私が持ち上げているウリ坊がむずかるようにジタバタし始めた。

とはいえ、私の手から逃げられるほどの抵抗じゃない。

その色々な物でベタベタに汚《よご》れたウリ坊の姿を見た私に悪魔が囁《ささや》いた。このウリ坊の足型をあの毛皮につけてやろうぜ！

わざとやったら怒られそうだから、口笛を吹きつつウリ坊を放す。さあウリ坊、行くのだ。おまえもお母さんとお別れしたいだろう？　お腹の毛皮にフサフサしてこい。

しかし、ウリ坊は私の足元から動かない。

「ぶー、ぶっ」

トテトテと私の周りを歩いていたと思ったら、私のブーツに毛皮をぐりぐりこすりつけてくる。

うわ、ブーツが汚《よご》れた。

というか私、なぜか懐かれてる。

「いやいや、おまえの親はあっちだよ。私はおまえの親を食べようとしてる人間だよ」

「ぶ？」

よくわかんない、とばかりにお目めをパチパチするウリ坊。

そして、私の足にさらに頭をぐりぐりした。

……すりこみにしても、私より先に視界に入った人間はいただろうに。

「そんな……私はブタ肉が大好きなんだよ？」

だから私に懐くんじゃない。食べにくいから。

追い払うもウリ坊は戻ってきてしまう。

いや、手を振っているのは遊んでるんじゃないから。じゃれつくんじゃないの。

そして未だに終わらない難民と騎士団の人たちの不毛な論争に私は目をやる。難民は立場が弱くても数が多いし、ユーセッピさんが仁王立ちして睨《にら》みを利かせていた。彼はボディビルダーみたいで強そうなので、権力があっても数が少ない騎士団の人たちは、怯《ひる》んでいる。

そんな中、放っておかれる私。

ままならない現実にイライラしてきた。毛皮？　そんなこと今はどうだっていいじゃない。早くそのイノシシ肉でバーベキューしようよ！

私は場を収めるために声を張り上げる。

「みなさーん、毛皮がうまく剥《は》げたのは私のおかげじゃないかと思います！　肉が悪くならないのときっと同じ原理ではないでしょうか！」

ユージンは、悪くなる原因を取り除いたおかげで、アリの甲《こう》をいい状態で剥《は》ぎ取ることができたと言っていた。それと同じ原理で、毛皮の状態がいいのは、まず始めに私が悪いものを切り離すように指示したおかげだと思われる。

「だからその毛皮は私のモノだと思います！　難民のみなさん、騎士団の方々、文句がある人は私に言うよーに！」

反論が出るかと思ったけれど、意外なことに大半は納得顔をしてくれた。文句を言おうとした難民の人は、ユーセッピさんが押さえ込む。片手でキュッと。

騎士団の人はユージンを窺《うかが》い、彼が何も言わないのを見ると諦めたように口を噤《つぐ》んだ。

「おやじ、ナノハのおかげってのはホントだと思うぜ？」

「ああ、マトよ、わかっとるわい。仕方ないのう」

ひょっこり現れたマトがそう言うと、ユーセッピさんは肩を竦《すく》めた。

毛皮は私が預かることになった。別にいらないけど、みんな私が引き取る分には納得してくれるみたいだから、もらっておこう。後で売って金にしてしまえ。

「ところでナノハ？　そのビッグボアの仔はどうする？　丸焼きにする？」

私は、マトの質問に怯《ひる》んでしまった。だって、懐いてくるんだもん、この仔。

「ううっ……どうしようか、マト？」

私はつぶらなお目めで私を見上げてくるウリ坊を前にして、自分では決断できずにマトにアイデアを求めてみた。

「……魔物ってうまいこと懐かせたら、従魔ってのになるみたいだけど、ナノハ飼うの？」

「じゅうま？　よくわかんないけど、今すぐ食べる勇気が湧かない……」

とりあえず、ウリ坊は私が抱いておくことにした。放しておくと目を離した隙に血抜きをされて腹わたを抉《えぐ》り出され、中に香草を詰められて丸焼きにされてしまうかもしれない。とても美味《おい》しそう。

「ぶーぶっぶっ」

ウリ坊はご機嫌な様子で私の腕をタシタシしている。うう、美味《おい》しそうだけれど可愛くもある。

「ナノハ、毛皮はどうする？　オレのほうで処理しとくか？」

ユージンが預かったらしい毛皮を私のところへ持ってきた。私は丸投げすることにする。

「えーと、お任せします」

何をどうしたらいいかなんてまったくわからない。

ふわっふわの私の指示にユージンは「ああ、わかった」と頷《うなず》いてどこかへ持っていってくれた。よかった。あまり腕の中のウリ坊に母親の腹の毛皮とか見せたくなかったんだ。この仔あまりわかっていないみたいだけど。

「それじゃ……そろそろお肉を焼きましょう、みんな！」

私が本題を切り出すと、みんな思い出したように頷《うなず》いて、割り振られた仕事を再開した。

ウリ坊と共に見回っていると、何やらあちこちで小競り合いが起きているのがわかる。

なんとかうまくやっているグループでも、難民と騎士団の人たちは階級が違いすぎるようで、ものすごくギクシャクしていた。彼らに共同作業をさせようとしたのが間違いだったのかもしれない。

とりあえず、喧嘩《けんか》はやめさせよう。

争いがよくないことだからじゃない……これからごはんの時間だからだ！

「はい、みんな仲よく、仲よくしましょう！　今やらないで、今そーいう時間じゃないですから！」

「ナノハ様……」

何か難民の人に侮辱されたらしく、怒っていた騎士団の人が渋い顔をする。ユージンが席を外してしまっているので、騎士団の人に物を言えるのは私だけだ。お偉いさんの娘の可能性があると思われているこの誤解を、今は有効に活用しよう。

「今はごはんを食べる時間ですから！　みんな、美味《おい》しい肉が食べたいですよね？」

「た、食べたいけど……」

難民の人は、私のことをマトかユーセッピさんあたりからいいように聞いているらしい。私が声をかけるとちょっと背筋が伸びている。たまに「あれが聖女……」とボソボソ聞こえるんだけれど、マトたちは一体何を吹き込んだのだろう。

「食べたいですよね⁉　え、食べたくないの⁉　大きな声で言ってみましょう！」

「た、食べたい！」

子どもたちが叫んだ。そうだ、よく言った。私も同じ気持ちだよ。

「食べたい！　そうだよね！　じゃあみんながするべきことは!?　肉を焼いて、食べる！」

「おー！」

子どもたちと盛り上がりながら、チャッチャと作業してって、促《うなが》して歩いた。

お肉が焼けたら好きなだけ争えばいいよ。ただし私が食べるのを邪魔しないでね。

「マト！　その手の草は何？　食べられるの？」

見回りを続けていると、マトと彼が率いる子どもたちが腕に細長い草を抱えていた。

そういえば、ノビル的なものも生えていたし、肉の臭み取りに野草が使えるかもしれない。

「食えるよ！　苦いけど」

「おまえたちが苦いって言う味か……。でも野菜も食べないとなー」

「いくらでも生えてるから、欲しいならナノハにもやるよ」

「わあ、ありがとう」

「一応言っとくけど、外のもんだし穢《けが》れてるから。気を付けろよ」

マトの言葉に「えっ？」と首を傾《かし》げていたら、私の腕の中のウリ坊がモクモクと草を食べだした。

ウリ坊って赤ちゃんだけど魔物だから何でも食べられるのかな？　それに草食なの？　いや違うよね。確かブタは雑食だ。イノシシで、しかも魔物なんだから、たぶん大丈夫なんだろう。

試しに私も齧《かじ》ってみて、苦すぎて吐いた。

野菜を食べるのはまた今度の機会に取っておくことにする。

代わりに、マトからたくさんもらった草で、ウリ坊の身体を拭いてみた。食用の草なら肌に悪いということはないよね。拭いた草は破棄。ごめんねマト！　いいタオルだったよ。

そして、あちこちで焚《た》かれた火で肉が焼かれ始めた。けれどみんな周りの様子を窺《うかが》っていて、食べ始めない。誰かが音頭を取ってくれるのを待っているようだ。

ユージン、始めてくれていいよ？

いつの間にか戻ってきていたユージンに視線を送ったら、ユージンは頷《うなず》いた。

「ナノハ、何か一言言ってくれ」

「わ、私？」

ユージンが音頭を取ってくれると思ったのに、私に振られてしまった。

「おまえがだ。おまえが始めたことなんだからな」

私が始めたことには違いないだろう。それは認める。

だけど、言わなきゃいけないかな？　あんまりうまくできる自信はないよ？

「ほら、ナノハ、なんでもいいから言ってやれ。あのガキどもも見てるぞ」

「ぶーぶ！」

「……ウリ坊も見てるって言いたいのかな？」

腕の中のウリ坊の温かな身体に励まされ、私は顔を上げて集まった人たちを見た。

難民たちと騎士団の人は明らかに格好が違って、パッと見だけでも身分や生活レベルの違いを感じさせる。

でもなぜか、この両者が私に協力してくれた。

忌避《きひ》されているらしい魔物でも食べなきゃいけない難民の人たちと、私を偉いとこの娘だと勘違いしていて協力を要請されたら断れない騎士団の人たち。

子どもも大人も偉い人も偉くない人も、みんなが私のことを見ている。

「――今見てみたら、ここにはびっくりするぐらい色んな人たちが集まっていることに気付きました。けれど、みんな考えていることは同じだと思います」

なぜか異世界人の私に協力してくれて、ここにいる。

その目的は、ただ一つ。

「美味《おい》しいごはんが食べたい……ですよね！」

「おお！」

どこからか、いや、あちらこちらから、応える声が上がった。

勇気づけられた私は注意事項を含めつつ声を張り上げた。

「食べましょう！　偉い人も偉くない人も！　騎士とか難民とかそういうのは関係なく！　身分とか、年齢とか、気にしないで！　お腹が減るのはみんな同じですし‼」

「よく言った、ナノハ！」

マトが口笛を吹いた。生意気な子だけれど、ニコニコしていると可愛く見える。

「魔物の肉ならたくさんあるよ！　だから取り合わないで、みんなで分けましょう。順番に食べましょう。……順番は守りましょうね！　身分とか年齢とか関係なくね‼」

特にユージンを見つめながら言う。

さっきの試食も子どもに遠慮させていたし、騎士団の人たちもユージンに遠慮しそうだ。

ユージンは背後を見て、誰に言ってるんだろうとキョロキョロしている。おまえだよ、おまえ。

「それじゃ……みんなで楽しくごはんを食べましょう！　いただきまーす！」

わっと上がった歓声に手をあげて応えると、私もさっそく近くで焼いていたお肉をもらった。


お腹一杯お肉を食べた後、片付けは他の人たちに任せ、騎士団の宿舎に帰った私は感想を述べた。

「調味料が欲しい……！　贅沢《ぜいたく》は言わないから……塩だけでも！」

「塩が贅沢《ぜいたく》だろ」

「ううう……」

「泣くなよナノハ……本当におまえは難儀なヤツだな」

ユージンは呆《あき》れたように言う。

魔物肉バーベキューは大成功の裡《うち》に幕を閉じた。みんなが仲良くお肉を焼いて食べ、お腹一杯になったはずだ。

確かに、肉は美味《おい》しかった。イノシシの魔物の肉は、私にとっても脂《あぶら》の旨味《うまみ》が絶品で、腕にウリ坊を抱えていなかったらもう少しがっつきたかったぐらいだ。

けれど、私は他の人たちのように満足しきることができなかった。

もう、ユージンは私が食に関して超わがままだってことは知っているので、愚痴《ぐち》らせてもらう。

塩をよこせと言っているわけじゃないから許してほしい。

「お金があればいいんだよね。金策が必要だよね……」

「その魔物を売ったら金になると思うぞ。人に懐く魔物は珍しいからな」

「ウリボンヌは私が飼うことにした！」

枕元にいるウリ坊ことウリボンヌを奪われないようにしっかりと抱きしめる。

宿舎に入る前に私と一緒に行水の刑を受けたウリボンヌは、朱色の毛並みを艶々《つやつや》と輝かせて美イノシシぶりを発揮している。ビッグボアという魔物の仔は、お腹の毛皮が柔らかくて触り心地がとてもいい。

「ウリボンヌってなんだ？」

ユージンは扉の前に仁王立ちした格好で首を傾《かし》げた。

「……私の非常食の名前？」

「ぶっ？」とウリボンヌが小さく鳴く。アメジストのような紫色の瞳に、朱色の体毛、黒い爪。鮮《あざ》やかなコントラストだ。その毛並みを撫《な》でてやると、嬉しそうに私の手に頭をこすりつけてくる。

まだ食べるつもりはない。極限の状態におかれたら、どうなるかは保証しないけれど。

私の言葉にユージンは微妙な顔をした。

「名前を付けておいて……従魔にするんじゃないのか？」

「ジューマ。そういえばマトも言ってたけど……」

「なるほど、わからないのか。従魔というのは、馴らした魔物のことだな。飼うつもりなら、登録しておいてやる。オレの見たところ馴れについては問題なさそうだしな」

「魔物なのに、嫌がられないの？」

「清めればいい。神殿に連れていって闇の気配を払ってもらえば、魔物とはいえ気の毒な獣にすぎない。魔族と違って闇の気配を払うと死ぬような生き物じゃないからな」

魔族さんは闇属性の生き物なのかもしれない。きっと光属性とか聖属性とか、そういうものに当てられると死んじゃうんだろう。

私、闇の気配とやらを払われたら死んだりするとかそういうことないよね？　たぶん大丈夫だよね。だって神殿に入れたもんね！

「まあ……その仔ビッグボアはまだ生まれたばかりだから、そんなに穢《けが》れてはいないかもな。親から穢《けが》れを受け継いでいたら凶暴になってもよさそうなものを、おまえに懐くぐらいだ」

ユージンはウリボンヌに触ろうとしたけれど、「ぶーっ！」と威嚇《いかく》された。

可愛い威嚇《いかく》だったけれど、ユージンは小動物をいじめる趣味はないようで、無理に触ることなく離れてくれる。

「おまえはすごいな、ナノハ。従魔なんてめったに手に入れられるもんじゃないんだぞ？」

「そうなの？」

「ああ、従魔と従魔を掛け合わせてできた仔を、幼少期から馴れさせる必要があるし……そもそもなんでその仔はおまえに懐いているんだ？　美味《うま》い肉でも食わせたのか？」

そんなことはない。初対面の時から懐き度百パーセントだった。

私なんてひどいことしかしていないよ。多少の善行といえば、ウリボンヌを腕に抱いて母親の肉を食べようとした時、ウリボンヌまで食べたがったから、慌てて肉から引き離したぐらいだ。

ウリボンヌを非常食として見ている私だけれど、母親を食べさせるほど外道《げどう》じゃない。

「そんなことよりユージン！　お金のことで相談があるんだけど」

「ウリ、ボンヌ？　を売らないなら毛皮を……。いや、あれはあれで面倒事になりそうだな」

ユージンが首をひねっているのを横目に、私はポケットを探った。

「キラーアントの目玉とか売れるかな？」

「あのグジュグジュの目玉か？　誰が欲しがるんだ？」

「目玉っていうか、水晶体にあたるんじゃないかな。ビー玉みたいなもののことだよー」

「ビーダマ？」と首を傾《かし》げるユージン。言葉が通じていない様子だ。

この世界にはビー玉がないのかもしれない。たまに自動翻訳が仕事してくれない。同じ言葉を発しているはずなのに通じないとか、翻訳内容が変わるとか、誤作動を起こすことがある。

実際に見てもらおうと、私は机の上にポケットから取り出した黄色い玉を置いた。

「──お、おいナノハ、これは？」

「キラーアントの目玉の水晶体？　あ、こっちはウリボンヌのお母さんの鼻の中にあったから、見た目はきれいだけどもしかしたらこれは鼻くそ──」

私が下品な可能性を口にしようとした瞬間、ウリボンヌが小さな身体に見合わない跳躍を見せた。

私の手に飛びつくと、その鼻くそ的な緑色の玉をパクリと食べる。

「あーっ！　ちょ、ウリボンヌ！　ステイ！」

ピタッと動きを止めるウリボンヌ。ただしすでに緑色の玉は呑み込んだ後だ。

「こら、ぺってしなさい！」

「ぶー？」

「わからないふりしない！」

「ぶ」

「顔を背《そむ》けない！　もー、売ったらお金になったかもしれないのに！　あんまりおいたすると食べちゃうぞ！」

比喩《ひゆ》じゃなくて。そう言ったら、ウリボンヌはちょっとだけ反省するようにこてっと項垂《うなだ》れてみせた。……可愛いけどそんなんじゃ誤魔化されないぞ！

てゆーか、この仔賢いな。私の言葉、わかっているみたい。

「ナノハ、おいナノハ!!」

「何？　ユージンもキラーアントの目玉食べたいの？」

「これは魔核だ！」

ウリボンヌがご機嫌な様子でお尻を振るのを小憎らしく思いつつ眺《なが》めていたら、黄色いビー玉を食い入るように見つめていたユージンが叫んだ。

キラーアントの目の水晶体じゃなくて、魔核？

「マカクって、色んな道具を動かす動力源になるっていう、魔核？」

「そうだ……まさか、今日の解体で採れたのか？　キラーアントから？」

「うん。――高く売れる？」

「高いなんてもんじゃない。どうしていきなりこんなにゴロゴロ出てきたんだ？　ナノハ、よければオレたちに売ってくれないか？」

黄色いビー玉を持って部屋から出ていきそうだったユージンは、それが私の持ち物だということを寸前で思い出したらしかった。

貴重なものらしいけれど、私としても騎士団、中でも主にユージンにお世話になっている自覚はあるので、頷《うなず》く。

「どーぞどーぞ。利益が出るなら私がここにいることでかかる経費とか、そこから差っ引いてもらえればと思うし。差額があればお小遣いを希望します！」

「そ、そんな感じでいいのか？」

「うん、そんな感じでお願いします」

「助かる。ありがとう、ナノハ。オレはこれから会議があるからおまえはもう寝ろよ！　中から鍵かけて、オレとクリスチャン以外のヤツが来ても絶対に開けるなよ。絶対に開けるなよ！」

超貴重なものを知らぬ間に持っていたらしい。

私があのビー玉を集めていたところをもしかしたら見ていた人もいるかもしれない。それを狙ってやってくる人がいたら困るので、ユージンの言葉にはちゃんと従おう。

ユージンを見送って、私は一人、部屋でウリボンヌと向き合っていた。

「もしかしてさ……あれ、鼻くそじゃなくて、おまえのお母さんの魔核だったのかな？」

「ぶ！」

「私があれ持ってたから、私についてきたの？　ウリボンヌ、おまえわかってるでしょ？　おまえのお母さんを食べた私のことをどう思ってるの？」

「ぶ、ぶ、ぶ」

ウリボンヌはお尻をフリフリした後、私に突っ込みお腹に頭をぐりぐりしてきた。

攻撃されているようには思えない。やっぱり懐かれている。

……魔物の世界は弱肉強食？　それが普通だとでもいうのかな？　だとしたら世知辛いなあ。

「魔核って食べても大丈夫なの？」

「ぶう」

「大丈夫ならいいんだけどねー。……美味《おい》しいの？」

ウリボンヌが大きく頷《うなず》いた。マジで!?

美味《おい》しいんだ。今度見つけたらちょっと舐《な》めてみよう。もちろん、舐《な》める前に火で炙《あぶ》って殺菌消毒は必ずするよ！

「あの魔核ってやつが、肉がまずくなる原因みたいなんだけど、ウリボンヌ何か知ってる？」

小さなイノシシが小首を傾《かし》げた。

たとえわかっていたとしても答えられないか。質問はイエスかノーで答えられることじゃないと。

「お肉とか、食べられるよね？　食べられないものないよね？」

「ぶー」

「そかそか。……なんでも食べられるのはいいことだけど、イノシシの肉はやめようね」

「ぶ？」

首を傾《かし》げるんじゃありません。わかってるでしょ。共食いは許さない。

「もう寝ようか。……魔核燈、だっけ？　これってどうやって切ればいいんだろ。いつも、気が付くと消えてるけど……」

ユージンが置いていったヨーヨー型ランプの明るさに戸惑《とまど》っていると、ウリボンヌが「ぶう！」と元気よく声を上げて右足をブンブン振った。魔核燈の明かりが消える。

ユージンが込めた魔力が切れた？

それとも、ウリボンヌが消した？

「まあ、うん……賢いのはいいこと、かな？　おまえが私のことをどう思っているのか、ホントに気になって仕方ないけどね……」

恐々と、ウリボンヌを抱いて私はベッドに横になった。

腕の中で、ウリボンヌは小さな身体の力を抜いた。その身体はとても温かくて、久しぶりに感じるぬくもりにちょろっと涙が零れる。

「ぶっ!?」

「気にしないでいーんだよ、ウリボンヌ」

「……ぶう」

ウリボンヌには暗闇の中でも私の顔が見えているのかもしれない。私の涙に驚いた様子だったから、撫《な》でて落ち着かせる。

頭の部分の毛並みはちょっと硬いけれど、つるつるしていて撫《な》で心地は悪くない。

お腹の毛は柔らかくてフサフサだ。

そのフサフサを撫《な》でながら、私は満腹とぬくもりの中で眠りに落ちていった。


それから七日間、忙しくてユージンが私についていられなくなった。

いつの間にかファイアーバード討伐のために騎士たちを率いて塀《へい》の外へ遠征に出ていたクリスチャンさんが帰ってきたのだ。

ファイアーバードとは会敵《かいてき》できなかったらしいけれど、大量の魔物を倒した。それらが魔物処理場に持ち込まれ、処理が囚人たちだけでは追いつかなくなったそうだ。騎士団の人は総出、加えて難民を日雇いで雇用して、どうにか蘇《よみがえ》る前に処理しようと必死になっているという。

指揮のために飛び回っているユージンの代わりに、遊びにきたマトが教えてくれた。

「町の人はどうしているの？」

「ヤツらはなーんにもしねーよ。あいつらは魔物が怖いんだ。穢《けが》れたくないって縮こまってる」

最近、マトは中庭までは顔パスで入ってくるようになった。何しろ、毎日私に新鮮なごはんを運んでくる必要があるからね。

今日、運んできてもらったのは、マトたちが創意工夫して自力で切り出した無事な肉だ。

味見で犠牲になる人は相変わらずいるみたいだけれど、成功率は上がっているそうだ。

先日、大規模な魔物実食バーベキューをやった時にそれぞれの魔物に見られた光る部位を教えていた。同じ種類の魔物は大体その部分を切り離せば美味《おい》しく食べられるようになるらしい。

その光る部分に魔核があるんじゃないかと私は踏んでいた。

なぜ魔核を放っておくと肉に吸い込まれてしまうのか、それがどうして肉にとって悪いのか、わからないことはたくさんあるけれど、外に出て魔物を見ることさえできれば解明できるかもしれない。それに、魔核が採れれば金策が可能なのは確かだ。

「こんなに美味《おい》しいのにね。町の人はもったいないよ。とはいえ、毎日肉ばかりだと飽きるなあ」

マトは食べられる野草も差し入れしてくれるけれど、町の外にある植物は穢《けが》れているから食べてはいけないと騎士団の人に取り上げられてしまう。

魔物を食べているのに今さらなんじゃないかと思うものの、確かにマトが持ってきた草に目を凝《こ》らすと、うっすら黒いモヤが見える。あれを取り除けないなら食べないほうがいいんだろう。だって、黒いモヤイコールまずいということでもある。

魔物のほうは、モヤがうまく取り除けているから、たぶんいいのだ。たぶん。

「飽きるって……ナノハ、おまえってわがままな女だなあ」

そう言いながら、マトは抱えていた箱を机の上に置いて、蓋《ふた》を開けた。中には受け皿になっている大きな葉と、その上に赤身の肉が載っている。巨大な肉の塊《かたまり》だ。

「自覚してます。……これイノシシの魔物の肉じゃないよね？」

「うん、ウリでも食えるやつだよ」

「ありがとう。ウリボンヌー」

呼ぶと、ウリボンヌは私が小さく切り分けてあげた肉にパクッと食いついた。

この仔は騎士団特製のまずいごはんでも食べられるようだった。事情を知らない騎士団の人がユージンの代理でごはんを持ってきてくれた時、罪悪感に打ち震える私の代わりに、食べてくれたのだ。

もっとも、できるならこの仔も美味《おい》しいお肉を食べたいらしい。魔物肉があればまっしぐらだ。

私が待てと言えば聞くのがお利巧なところ。

生肉を切り分けて食べさせてやると、嬉しそうに身震いして「ぶーっ」と鳴く。

「癒《いや》される……マト以外にはこの仔しか相手してくれないんだ……」

「おれもあんま相手してねーけど」

「相手してよー！　暇だよー！」

「ガキじゃねーんだから。……ナノハ、みんなやるべきことがあって、それを一生懸命やってるんだ。邪魔はしちゃいけねーぞ？」

なぜこんな小さな子に諭《さと》されなくちゃならないんだ。

言い聞かせるように言ったマトが去っていくのを止められず、誰もいなくなった部屋にてしばし

茫然《ぼうぜん》としていると、扉がコンコンとノックされた。

「どなたですか？」

「オレだ、オレ」

オレオレ詐欺じゃなくてユージンだ。

「どうぞどうぞ！」

ユージンに会うのは久しぶりだ。私は喜んで彼を迎えた。

宿舎の中は自由に歩き回っていたんだけれど、ユージンの姿は見なかったからね。

「放っておいて悪かった。忙しくてな……」

「マトに聞いたよ。たくさん魔物を倒して、蘇《よみがえ》る前にどうにかしようって頑張ってるんでしょ？」

「ああ、そうなんだよ。そこでおまえに頼みがあるんだ。だが、その前にこれを」

ユージンはそう言って、手にしていた風呂敷状の布をベッドの上で広げた。

その中にあったのは、朱色の毛皮。……うわ、これって。

「この間のビッグボアの腹の毛皮だ。やっと鞣《なめ》しが終わってな。いいものだから、大事にするといい」

「う、うわー。よりによってウリボンヌの前で広げちゃうの？　広げちゃうの？」

「な、何か悪いことをしたか？」

「ぶー！」

私の腕の中にいたウリボンヌは、喜んでフサフサの毛皮の真ん中にダイブした。ゴロゴロ毛皮の上で寝転がっている。

嬉しそうだ……これが母親の毛皮だってわかってやっているのかいないのか、微妙なところだ。

「も、もういいや……これ、くれるのね。ありがとう……」

「なんだか、あまり嬉しくなさそうだな。喜んでもらえると思ったんだが……」

「だって、小さなこの仔に母親から剥《は》いだ毛皮を見せるのが……。いや、でもウリボンヌは喜んでいるから、いいよもう」

「魔物の親子間の愛情は希薄なものだぞ。仔は生まれた瞬間から潜在的に親の敵だ。親は育児をするどころか食おうと狙うし、仔は本能的に親から隠れる。共闘するのは共通の敵が現れた時ぐらいだ」

だからウリボンヌは生まれた直後から元気に走り回っていたらしい。

世知辛い魔物社会にはブラック企業も敵《かな》わない。

母親を殺されてもウリボンヌがわりと元気な理由がわかってホッとしたような、哀れなような。

私がしんみりしていると、ユージンがゴソリと懐《ふところ》から袋を取り出した。

「ところで……これが魔核を売ってもらった代金なんだが……」

「わ、これ、もらっていいの？」

ユージンから口を革紐で縛られた袋を受け取り、その重さにニヤニヤしてしまう。

中を開けて見てみたら、銀色の硬貨がたくさん入っていた。

「うむ、その、それぐらいでどうだろう……？」

ユージンが窺《うかが》うように私を見てくる。私は首を傾《かし》げつつ言った。

「え？　何？　相場とかよくわかんないけど、この中からユージンたちにお世話になっている分を引いてもらって――」

「い、いやいや！　もうそういったものは差っ引《ぴ》いてある！」

中から適当に硬貨を取り出そうとした私を、ユージンが慌てた様子で止めてくる。

「それじゃ、これ全部もらっていいの？」

「もちろん……それはおまえのものだ」

私のもの。この世界で初めて手に入れたお金に、私はとても感動して袋を胸に抱きしめた。

「わあ、ありがとう！　さっそくこれで買い物に行こう！」

このお金で一体何を買おうか……。いや、すでに買うものは決まってる。

肉は手に入れた！　次は調味料だ！　塩を買わなくては……！　そしてその他の調味料も……！

「そ、その前に！　頼みがあるんだが！」

ユージンが真面目な顔をしたから、私は浮かれ飛びそうになる思考をぐっと抑えた。

「ああ、そういえば始めにそう言ってたね。ごめん、忘れてた……」

お金を手にした嬉しさのあまり吹っ飛んでしまった。ごめんユージン、どうやらその用件で来たって感じだったのにね。

「魔核のことなんだ……クリスチャンとも話したんだが、おまえが見ている光、おまえにしか見えないものというのが、魔核と魔力なのではないかというのがオレたちの間の予想でな」

「あ、私も同じこと思ってた」

「やはりか。あれからマトたちにも魔核の捜索をさせているが、肉の美味《うま》さを保つことに成功はしても、魔核の確保はうまくいっていないんだ」

「たぶんあれ、放っておくと肉にどんどん吸収されちゃうみたいなんだよね。それで、魔核から出てる……魔力なのかな？　それを吸収したお肉はまずくなっちゃうみたい」

「それがおまえには肉が黒くなって見えるというんだろう？　そして恐らく、光って見える部分には魔核が存在する……！」

ユージンが拳《こぶし》を握った。その顔は、なんだか嬉しそうだった。

「頼む、ナノハ！　魔物から魔核を取り出し、オレたちにそれを売ってくれないか！　魔核はオレたちの生命線なんだ。あれがないと外で飲み水を確保するのに苦労するし、小休止時に結界を張ることもできない。ファイアーバード討伐のために出征したってのに、遭遇する前に湯水のように魔核を消費しちまった。だが、おまえが手伝ってくれれば……！」

「わ、わかったよ、ユージン。いいよ、協力する！」

食い気味に迫られ、肩を掴まれ、顔を思い切り近づけられて、私は慌てて返事した。

「ありがとう、ナノハ、本当に助かる……！　最近、どうも売り渋りが激しくてな」

「い、いいよいいよ。ユージンたちにはお世話になってるし」

「それと、おまえが魔核を見抜く目を持っていることは、オレたち以外には秘密にするんだ。騎士団の中でも機密事項にしていて、緘口令《かんこうれい》を敷いている。無暗《むやみ》に他の人間に教えるんじゃないぞ」

「秘密にしたほうがいいの？」

「当たり前だ。貴重なもの、普通は手に入らないものを、いくらでも手に入れる力を持っている人間が近くにいると知ったら……悪人は何を考えると思う？」

こ、殺してでも奪い取る？

いや、殺されちゃ力を発揮できないけれど、大体どんな目に遭《あ》うかは、わかる。そんな恐ろしい目には遭《あ》いたくない！

「わ、わかった。誰にも言わない！」

「よし、いい子だ」

頭を撫《な》でられて、緊張感が霧散した。ユージンの手を撥《は》ねのけて遺憾《いかん》の意を表明する。

「そろそろ、子ども扱いするのはやめてもらおうか！」

「いや、オレは……おまえが心配なんだ。迫られても逃げようともしないし、育ちがよすぎるせいか、誰にでも心を開きそうだし、知らない人間にホイホイついて行きそうで」

言われた言葉を否定できない。

そういえば、ユージンに迫られても逃げなかった。あの時はお腹が減って思考力が低下していたからだけど。何かを試されていたらしい。

そして、今まさについ先日まで知らなかったユージンという人間にホイホイついて行って、心を開いているわけだ。

「……今からでも心を閉ざしたほうがいいかな？」

「おまえの心は開閉自由なのか？　……そういうモンじゃないだろうが」

そう言って、ユージンはまた頭をぐりぐり撫《な》でてくる。

し、仕方ない。ここは甘んじて、私もウリボンヌの頭を撫《な》でよう。

ウリボンヌは嬉しそうに「ぶー！」と鳴き声を上げて私の手に額《ひたい》をこすりつけてくる。

「さて……この魔物の仔はどこが光っているんだ？」

手始めにとばかりに聞いてくるユージンから守るため、私はウリボンヌを背中に庇《かば》った。

ウリボンヌが警戒心に満ちた唸《うな》り声を上げる。私も一緒に唸《うな》ろうか。

「……冗談だ。いや、もしおまえがその非常食を食う時には、魔核を売ってくれ」

「そ、そうだね……食べる時には」

「ぶ⁉」

「ウリボンヌ……その時が来ないことを私も願ってるよ……」

ただしこの世界に来てから私の毎日は常に非常事態そのものだからね。

エマージェンシーコールは鳴り続けている。誰か私の安否を確認しに来てほしい。

毎日、なんの心配もなくごはんが食べられる日が早く来るといいのにね。

……ちなみに、ウリボンヌは右前足の黒い爪が光っている。

魔核の探索者

ユージンと共に騎士団宿舎を出た。相変わらず朝から宿舎の周りは難民で溢《あふ》れている。

庭では大きな鍋《なべ》で、騎士見習い、従卒《じゅうそつ》や荷物持ち、小姓といった立場の人たちが煮炊きの準備をしていた。騎士だけでなく、仕える立場の人たちも、先天的に魔法が使えてしまったり、後天的に穢《けが》れ清められた場所に入ることができなくなったりした人が大半らしい。

彼らを横目に、私はユージンたちと共に裏から宿舎を出た。

そうしたら、裏門の近くに立っていた難民には見えないきちんとした格好の人たちに「無駄飯食らいを養いやがって」と聞こえよがしに呟《つぶや》かれる。

驚いてそちらを見たら、サッと顔を逸《そ》らしてスタスタと去っていった。

私はポカンとして言う。

「今のって私に言ってたよね？」

無駄飯食らいの自覚がある私が涙目で聞くと、ユージンは首を横に振り否定した。

「……いや、オレたちに言ってるんだ。難民に最低限の食事を与えようとしている、オレたちに。食糧を無駄に費《つい》やしているといって、町の人間はオレたちに反感を持っている」

「でも、あの慈善活動ってユージンたちの食事を削ってやっているんでしょ？」

「ああ、そうだ」

「それならなんで？　ヒソヒソ言われるようなことじゃないでしょ？」

「元々、オレたちは嫌われ者なんだ。町の中で暮らすことだって歓迎されてない」

「はあ？　だって、ユージンたちが町を守ってるんでしょ⁉」

「だが、穢《けが》れてる」

「魔物と戦ってくれてる人に、それはないでしょ――うぐっ！」

ユージンは、私がいつも被《かぶ》っている精霊の御守りと呼ばれる布ごと口を押さえてくる。私は強制的に黙らされた。

「いいんだ、ナノハ。おまえはそう言ってくれるし、オレたちは大丈夫だ」

ユージンたち黒魔《くろま》騎士団は正式に領主からこの町の騎士団に任命され、守備を任せられている。

ユージンたちがいなければ困るのは町の住人なのだ。

それなのに、社会というのは理不尽なものとはいえ、こんなのはあんまりだ。

「私はわかっているからね！　たぶん！」

「あはは、たぶんか。頼もしいな」

ユージンは笑っている。彼が笑っているのなら、私が必要以上に怒ることでもないだろう。

自分の怒りを深呼吸でなんとか収めて、ユージンについて行く。なんとなく見覚えのある道に首を傾《かし》げていたら、着いたのは神殿だった。

「神殿に何か用があるの？」

魔核を集めるお手伝いをするのだと思っていたので、こんな場所に連れて来られるとは思わなかった。時間は大体しかわからないけれど、町のあちこちに置かれている日時計によると、昼を少し過ぎたぐらいで、午後二時前後だと思う。この町が一番活発になる時間帯だ。

朝は閑散《かんさん》としていた神殿の外庭にも、歩いている人がいる。清々《すがすが》しいお散歩というわけではなくて、何かを試されているような神妙な面持《おもも》ちの人が多い。

トッポさんも神殿の奥までは入れないらしかったし、町の住人でも神殿に漂《ただよ》う聖なる気というものに決して慣れているわけではないようだ。

「……ナノハ、おまえはこの一週間、毎日魔物を食べているな？」

「うん、そうだけど……」

「どれだけ穢《けが》れてしまったのか、調べるために来たんだ」

ユージンの言葉に、ドキリとする。実はこの間神殿からもらってきた硬貨は、気付くと白い光を失っていた。私が思わず首から下げているブローチを掴むと、ユージンは静かな口調で言う。

「中へ入り、もしも神像のもとまでたどり着けるのであれば、その古い硬貨を置いて新しい硬貨を清められた水の中から拾ってくるといい」

ひたりと静かに、強く、見据《みす》えられる。青と緑の瞳はとてもきれいなのに、逆光なせいか影が差して見えた。

私は穢《けが》れのこととかよくわからないし、穢《けが》れていたとしても気にならない。ユージンやクリスチャンさんたちのことだって、魔法が使えて羨《うらや》ましいとしか思わない。

けれど、ユージンたちは違う――もし私が穢《けが》れていたとしたら、嫌な顔をするかもしれない。

「わかった……行ってくる」

「ああ、無理はするなよ」

ユージンは庭の中には入らなかった。具合が悪くなるからだろう。

私はウリボンヌをユージンに預けると、恐る恐る足を踏み出す。その後は、ユージンの視線が背中にチクチク刺さるのを感じつつ、敷地内を無言で進む。前と同じように、特に何かを感じることはなかった。

そして私は、拍子抜けするほどあっさりと神像のもとにたどり着いていた。

「……よかったあ」

はあ、と大きな溜息をついて神様の足元に跪《ひざまず》く。台座から古い硬貨を外し、お礼分の硬貨を一枚加え神様の足元にペチリと置いて、美味《おい》しい食べ物と出会わせてくれた女神様にお礼を言った。

「魔物のお肉、美味《おい》しいです。ありがとうございます」

お礼を言った後、背後にある水槽の中から、前と同じように硬貨を拾う。硬貨は淡い白い光を宿していた。二枚お賽銭《さいせん》をしたので、二枚もらっていく。

ユージンのところに戻り、私は気になったことを聞いてみる。

「ユージン、この硬貨の光が見える？」

「太陽に反射した光か？」

「ううん。そうじゃなくて」

きっと、この白い光は聖なる気というやつなんだろう。そして、私以外の人には見えないのだと思う。黒いモヤと似た種類のモノに違いない。

硬貨を台座にパチンと嵌《は》める私を見て、ユージンが「よかった」と呟《つぶや》くように言った。

「おまえが穢《けが》れていなくて……本当に」

「ユージン、もし私が穢《けが》れていたら、騎士団から追い出した？」

私の言葉にユージンは目を丸くした。

「まさか。穢《けが》れていた時には、魔物食いをやめさせようとしていただけだ」

「それこそまさかだよ！　未だに魔物しか食べられないのに!?」

愕然《がくぜん》としてユージンを見つめると、「おまえの保護者が見つかった時に、穢《けが》れた状態で帰すわけにはいかないだろう」と嫌そうな顔で言われる。私はユージンに嫌われるんじゃないかと心配していたのに、ユージンは私の親に嫌われるんじゃないかと心配していた。私の気持ちを返してほしい。

「私は魔物を食べるからね!?　穢《けが》れがなんだよもう！」

「聖なる気への耐性が高ければ、神族に取り入ることができる。おまえは記憶を失う前には神族のもとにいたんじゃないか？」

「前にも言ったでしょ？　私は異世界から来たの！　神族とかは知らないしどうでもいい！」

「ナノハ……もし、おまえの言葉が真実だとしてだが」

「真実だよ！」

「……おまえは寄る辺《べ》がないということになるな」

ユージンの言葉は真実だ。この世界にユージンたち以外に頼れる人はいない。

私は胸が詰まり、もう一度真実だと念押しすることができなかった。

「悪い、だが……もし帰る場所がなくとも、オレたちがいる」

ユージンは躊躇《ためら》いがちに、しかしはっきりと言った。

「清らかなくせに、穢《けが》れを厭《いと》わない人間なんてとても珍しい……オレはおまえの言葉が本当であってほしいと願うよ。おまえが異世界とやらから来た人間で、穢《けが》れを厭《いと》う気持ちがそもそもないとい い。そうであれば、オレはおまえの傍《そば》にいてやれるし、もしおまえが望むのなら、異世界とやらに戻る方法だって探してやる……騎士団の業務の片手間になるがな」

「ほ、ほんとに？」

ユージンは「ああ」と微笑んで頷《うなず》いた。その目はどこか遠くを見ているようだ。

「……だが、もし蘇《よみがえ》る記憶があるのならば、おまえはオレたちを恐れるに違いない。そして一刻でも早く、オレたちから遠ざかりたいと願うんだろうな」

確信を持った口調でユージンは言う。

私が異世界から来たことを、ほとんど信じていないのだ。

それでも、もらった言葉が嬉しかったから、私もユージンに付き合って答えた。

「もし記憶が戻って、私が神族と仲良しだったら、ユージンたちを贔屓《ひいき》するよう言ってあげるね」

「本当か？　……いや、ナノハ、めったなことは言うもんじゃないぞ？」

ユージンは度肝を抜かれた様子で狼狽《うろた》えた。

「クリスチャンは、おまえが素直な娘のようだから、騎士団においておくことに決めた。そして、どこか神族と似た無邪気さを持つおまえを助けることで、おまえやおまえの親類が持つ伝手《つて》……もしあるのであれば、神族と繋がりができることを期待している。だがオレとしては、おまえを利用するのはあまり気が進まないんだ。無理をするな」

クリスチャンさんの狙いは、そんなところにあったらしい。

「万が一神族と仲良しだったらって話じゃん？　仮定の話だから、気楽に考えようよ」

そしてどうせ神族に知り合いなんていないので、これはただの私の感謝の気持ちだ。

「ユージンたちにはお世話になってるし、本当に助かってる。できるのなら、私は恩返ししたいと思ってるんだよ」

「そういうところがおまえは騙《だま》されやすそうで、哀れなんだ」

ユージンは悲しみさえ感じさせる情けない顔で言った。

「おまえの善意を踏みにじるようで、オレは本当に、本当に……」

「ユージン？」

辛そうな顔をして項垂《うなだ》れるユージンの顔を覗き込もうとしたら、その片手で抱き寄せられた。

「……ナノハ、おまえのことはオレが守るから。だから頼む、信じてくれ」

「え、あの、普通に、信じてますけど……」

ユージンの腕に抱かれても、彼が身に着けている鎧《よろい》のおかげで密着度はあまり気にならない。

ただ、彼の突然の動きには驚いている。思わず敬語になる私の耳元で、「どんな時もだ」とユージンは苦しげに囁《ささや》いた。

「オレを信じて、オレのことを待っていてくれ」

「あ、はい。わかりました。わかりました！」

ハイハイと高速で頷《うなず》いて、私はユージンの腕の中から脱出する。

私は顔から火が出そうなのに、ユージンは涼しい顔に苦笑を浮かべて「行こう」と言って歩き出した。その後ろ姿を茫然《ぼうぜん》と眺《なが》め、私は足元にいるウリボンヌを見下ろす。

「ウ、ウリボンヌ……この世界の人はあんなあっさりくっついたりするものなの？」

「ぶ？」

首を傾《かし》げるウリボンヌ。人間の恋愛事情なんて知るわけないよね、わかってる。ウリボンヌを抱き上げると、ウリボンヌは私が首から下げている硬貨を鼻で突いていた。

ユージンが向かったのは外に繋がる門だ。ユージンが門番の兵士に門を開けさせると、外にはクリスチャンさんがいた。

「あっ、お久しぶりです！」

「ナノハ様、お久しぶりに御目文字《おめもじ》仕《つかまつ》りまして大変嬉しく――」

「おい、やめろクリス。ナノハはそういうの、苦手だぞ」

出会い頭に流れるような動作で目の前に跪《ひざまず》いて手を取られ、ドン引きしている私を見て、ユージンがクリスチャンさんを止めてくれた。

「ナノハ様は堅苦しいのは苦手で？　それならばざっくばらんに話させていただきますね」

クリスチャンさんはあっという間に態度を改めた。

あれだ、私を姫様呼びした人たちのように、恭《うやうや》しく扱っておけば私の正体がなんであれ問題がないと思っているのだろう。

まあ、私の精神衛生上問題があるので、もちろんざっくばらんな態度でお願いしたい。

「それでは、あちらに私どもが狩ってきた魔物を積んでありますので、検分をお願いしたく」

「魔物処理場に持っていかないんですか？」

「囚人どもにナノハ様の能力を知られるわけにはいきませんので」

そういえば、あの刑務所の人たちには食べられる魔物を見分ける力は知られているけれど、魔核を見つける能力のことは知られていないはずだ。

「あそこの監督官にも、町の人間にも、領主様にもこのことは伏せてあります。ナノハ様、ご承知おきください」

「この町で一番偉い人にも秘密にしてるの？」

「はい。偉いからこそ、知られた時にナノハ様の御身にどのような災難が降りかかるか我々には想像もできませんので……」

クリスチャンさんが痛ましげな顔をするので、私も色々嫌な想像をしてしまった。

確かに身寄りのない私にとって、何を考えているのかわからない権力者というのは怖すぎる存在だ。

親切に匿《かくま》ってくれたらいいけれど、もしかしたら道具のように利用されてしまうかもしれない。

「そ、それなら、伏せたままにしておいていただけると、嬉しいですね……」

「はい、ナノハ様。塀《へい》の外であれば、ここにいる我々以外の者にナノハ様の秘密が漏れる心配はありません」

「塀《へい》の上から誰か見てたりしません？」

「遠くからであれば、我々が何をしているかはわからないでしょう。ナノハ様には魔物の肉を食べようとしていた実績がありますので、見られたところで魔物食いと呼ばれるぐらいで済みます」

「食べようとしたんじゃなくて、こいつは毎日魔物の肉を食ってるぞ」

ユージンの補足を聞いて、クリスチャンさんは愕然《がくぜん》として後ずさりした。

常に魔物と戦っている人たちをここまでビビらせる魔物食いというのは、本当に宗教的に忌避《きひ》されているのだろう。今さらながらに自分がやっていることに冷や汗が出る。

しかし！　私には他に食べられるものがないんだから、この道を行くしかないのだ。

「ま！　私もユージンにお小遣いをもらったし、これでやっと魔物以外にも食べられるものを買えるかもしれないですよね。私の金策のためにも、私に魔核を探させてください！」

「は、はい……ナノハ様、こちらへ」

クリスチャンさんに案内されて、見張りの立てられた囲いに近づく。目隠しの幕を迂回《うかい》して中に入り、私は呆気に取られた。

そこに、私が抱いているウリボンヌと同じ種族と思われる巨大なイノシシの群れのなれの果てがあったからだ。それまで私の言いつけに従い静かにしてくれていた腕の中のウリボンヌが、急に興奮して私の腕から飛び出した。

「わっ」

「ナノハ様！　お下がりください！」

急に躍《おど》り出たウリボンヌを見て、クリスチャンさん以下周囲の騎士たちが一斉に剣を構える。それは壮観だったけれど、同時にウリボンヌの命が危なかった。

「ち、違う！　クリスチャンさん、ジューマ！　その仔、私のジューマだから！」

「その小さいのは従魔だ、クリスチャン。ナノハが従えた」

ユージンも言い添えてくれたけれど、クリスチャンさんは油断なくウリボンヌを見据《みす》えたままだ。

「ナノハ様が？　……ユージン、登録はしているのか？」

「ああ。オレが領主様に申請してある」

「だったら、目印ぐらいつけておけ」

ユージンの言葉を聞くと、クリスチャンさんは鋭い口調でユージンを責めた。けれどユージンを責めるのはお門違いだ。

「クリスチャンさん、すみません……」

私が頭を下げると、険《けわ》しい顔つきをしていたクリスチャンさんが顔色を変えた。

「ナノハ様に申し上げたわけではないのですよ？」

いや、どう考えても私の不手際だよね？　ユージンのせいじゃない。

考えればわかる。目印をつけなきゃ野良の魔物との違いがわからないのは当たり前だ。

ウリボンヌは、仲間と思われる巨大なイノシシの群れの亡骸《なきがら》を前にフンフンと鼻を鳴らしている。

なぜか心なしか嬉しそうに見えた。この仔はホントに何を考えてるんだろう？

「おーいウリボンヌ、戻っておいで。ハウス」

「ぶ？」

早く戻ってこないと怖いお兄さんに斬られちゃうよ。クリスチャンさん、未だに腰の剣の柄《つか》から手を放していないからね。

振り向いたウリボンヌもクリスチャンさんを見て、己の微妙な立場を察したのだろう。ササッと戻ってきて私の膝にジャンプしてしがみついた。それを受け止めて、抱き上げてやる。

「ナノハ様、神殿で硬貨を清めてもらい、それを身につけさせるとよいですよ」

「はい、わかりました」

次クリスチャンさんと会った時に身に着けてなかったら消されるフラグだよ、ウリボンヌ。

「とりあえず、これをつけておこうね、ウリボンヌ」

「ぶー！」

私が首に下げていた神殿の硬貨を見せると、ウリボンヌは嬉しそうに頷《うなず》いた。

ウリボンヌという魔物にとって、この硬貨の白い光は別段忌避《きひ》するようなものではないらしい。

首に鎖を巻いてつけてやると、硬貨はウリボンヌの首元でキラリと光った。

「それじゃ……辛いならユージンのとこいる？」

どう見てもウリボンヌの仲間と思われる、朱色の巨大イノシシの死体を検分しなくてはならないのだ。嫌がるようだったら避難させようと思ったけれど、ウリボンヌは私の胸にしがみついた。離れる気はないらしい。

「それで……一体何をどうしたらこんなことになったんですか？」

私の質問に、クリスチャンさんが神妙な面持《おもも》ちで答えた。

「ビッグボアの群れに運悪く遭遇してしまい襲われたのです。危《あや》ういところでしたが、魔法で足止めをし、魔道具を使うことで仕留めることができました。その際に大量の魔核を消費してしまったため、魔核の確保が急務なのです」

クリスチャンさんに頷《うなず》いて、私はビッグボアの山を見た。その中からとりあえず一体を指さす。

「これ！　これたぶん魔核が採れる！」

私の言葉に、騎士団の人たちが意外そうにザワッとした。ここにいるのは私が魔核を見分ける目を持っていると知っている人ばかりのはずだけれど、信じていない人が多かったらしい。

「ナノハ、魔核はどこにある？」

「左の牙の根元が光ってるよ、ユージン！」

「そこに魔核があるのか……とりあえずやってみよう。ナノハ、下がってくれ」

ユージンに言われ、私は喜んで下がって目を閉じた。

騎士団の人たちは私に目を開けろと言ったりはしなかった。むしろ紳士的に下がらせてくれたし、決定的場面を見ないように視界を遮《さえぎ》ってくれさえした。

マトよ！　これが私の求めていた扱いだ！

けれど、すぐにユージンに目を開けるよう促《うなが》される。

「クソ、ナノハ、魔核が見つからないぞ！」

「ええ？　……うわっ、え？　何したの？」

目を開けると、そこにあったのは黒いモヤがかかり台なしになった死体だった。

「牙を引っこ抜いた。どうなって見える？」

「いや、完全に光がなくなっちゃった……。吸収されちゃったみたい」

ユージンに答えると、クリスチャンさんが呻《うめ》いた。

「これはもうダメみたい。お肉も食べられない……次はこっち！」

あまり見たくなかったけれど、何が起きるのかを確認するため、私は仕方なく次の解体風景をチラ見した。

なんとなくだけれど、うまくいかない理由がわかる。

「たぶん魔物の身体を傷つけると、治すために魔核を使ってしまうんじゃないかと思うんです……」

「傷つけないと、取り出せないだろうが」

ユージンが疑わしそうな顔をする。私はシュッシュッと身振りをつけて力説した。

「素早く！　取り出すの！」

「どこにあるかわからんもんを、素早く取り出せるか」

ユージンがぶつくさ言いながら、ダメになった肉を切なそうに見下ろす。

その姿は憂いを含んだイケメンだけれど、肉が食べたいだけだよね。知ってるし、共感する。

「……ナノハ様、魔核が魔物の身体を治しているとおっしゃいましたか？」

クリスチャンさんは難しげな顔をして魔物を睨《にら》みつけている。

私は確かにそう言った。言ったからには、魔物と最前線で戦っているクリスチャンさんたちにはわかっちゃうよね。

ユージンは肉に夢中なせいか、気付いていないみたいだけど。

「はい……その、魔核が残っている魔物は蘇《よみがえ》り待ち状態なんじゃないかという気がするんですよ」

「なるほど……その可能性は高いですね」

「まあ私、蘇《よみがえ》った魔物なんて見たことないので、わかりませんけど」

「ありえる話ですよ、ナノハ様」

クリスチャンさんは険《けわ》しい目つきで魔物の死体の山を見据《みす》えた。

「魔物が蘇《よみがえ》る基準はまったくわかっていないのですが、生命力の強い魔物ほどその危険があることが知られています。理由が魔核だとすれば、我々が魔物をいくら燃やしても魔核が得られなかったわけもわかる。我々は魔物が二度と立ち上がらないよう、徹底的に叩きのめしますので」

だから、治すために必要な魔核を魔物たちは使い果たしているということだろうか。

えげつないとは思わない。確かに巨大イノシシに襲われたら、私も恐くて徹底的にやるだろう。

「だがナノハ、魔物処理場にいる魔物のうち、結構な数が魔核を持っていたはずだろう？　おまえはあそこにいた魔物のうちの三分の一ぐらいの魔物を食える状態だと言ったんだからな」

ユージンの言葉を聞いたクリスチャンさんが怖いほど真剣な目を向けてくる。私は正直に答えた。

「うん、でも、燃やしてるうちに消えちゃうんじゃない？」

ユージンに答える私に、クリスチャンさんは深刻そうな顔をした。

「恐ろしい話ですね。我らが倒した魔物のうちのそれほど多くが蘇《よみがえ》る可能性を秘めていた、と？

確実に息の根を止めたはずなのに」

私が見た感じ、蘇《よみがえ》りまでにいたらない、虫の息の魔物が多いようには思えた。それでも、可能性はあったかもしれない。

その場に沈黙が落ちる。自分たちが陥《おちい》っていた危険を知り改めて恐怖しつつも、そこから脱した安堵《あんど》の息をつく――そんな騎士団の人たちを横目に、私はといえば、一人だけ自分がまだ危険の中にいることを理解していた。

なぜか、ビッグボアの死体の中に一頭、肉が淡く虹色に光る固体が現れたのだ。

腕の中のウリボンヌも何かに気付いた様子で興奮し出す。私の腕から抜け出そうと暴れるその小さな身体を、ギュッと抱きしめて逃がさないようにした。

……勘だけど、これ、絶対にヤバイと思う！

「み、みなさーん！　注目！　私に注目！　これ、ここにいるやつの様子がちょっとおかしい！」

「どうした、ナノハ？」

ユージンを始め、クリスチャンさんも私が指さしているビッグボアの亡骸《なきがら》を見てはくれたけれど、何が起こっているのかよくわからないといった顔をしている。

彼らには見てもわからないらしい。魔力とか感じないのかな⁉

「勘だけど、見たことないからわからないけど！　間違っていたらホントに申し訳ないけど……これ、蘇《よみがえ》る気がする！」

「ユージン!!」

クリスチャンさんが叫ぶと、ユージンは素早く動いて剣を抜いた。一瞬にしてそのビッグボアに肉薄し、剣を振るう。

ユージンの剣には黒いモヤのようなものがまとわりついていた……

次の瞬間、巨大なイノシシの首がドサッと落ちる。

ショッキング映像を見てしまった私は気が遠くなってフラッとした。近くにいた誰かが支えてくれる。

ありがとう。

「ナノハ！　ビッグボアはどうなった!?　……おい、目を瞑《つむ》ってないでちゃんと見ろ!!」

「うえー」

ユージンに怒鳴られたので、しゃがみ込みながら呻《うめ》きつつもチラ見したところ、頭のほうから急速に黒いモヤがザワッと広がっていくのがわかった。

「わわ、頭！　額《ひたい》!?　眉間のところに光が！　早くしないとなくなっちゃう！」

強かった光は急速に弱まっていき、黒いモヤは勢いよく広がっていく。

その光の減衰を止めたのは、やはりユージンだった。

「見つけた！　魔核だ!!」

ユージンがビッグボアの額《ひたい》を串刺しにし魔核を取り出した。

血にまみれたそれは、輝くエメラルドグリーンだ。翡翠《ひすい》のような質感のゴルフボール大の魔核を見て、ウリボンヌが興奮のあまり暴れ出すけれど、私はそれをガッチリ押さえ込む。

クリスチャンさんも、ユージンも興奮していた。騎士団の人たちは雄たけびを上げる。

私はといえば――魔核のなかったほうの胴体の肉に目が釘付けだった。

魔核獲得に沸く騎士団の人たちは、誰も私を見ていない。私は胴体のほうへ寄っていった。

未だ虹色に輝く肉のもとへ――

「ぶ⁉」

魔核に注目していたウリボンヌも、肉の異変に気付いたらしい。

ウリボンヌが肉に向かって鼻をフンフンさせ、急《せ》かすように私の腕をタシタシする。

「わかってる……まず、切ろう」

魔核に殺到している人たちはおいといて、私はウリボンヌを放し、肉を切るために腰のハンティングナイフを抜いた。

ナイフは騎士団の人に手入れをしてもらっているので、曇りなくきれいだ。

すでに血が抜けているその肉のどこから手を入れていけばいいものかと迷っていると、ウリボンヌが横倒しになっているビッグボアの腹に体当たりして、仰向《あおむ》けにさせた。ドスンという音が響いて、騎士団の人たちが驚いたように私たちに振り返る。

おまえ、そんな力を隠し持っていたの？

私が驚きの目で見ていると、ウリボンヌはジャンプして巨大イノシシの喉《のど》に下り立ち、そこを始点に静々と歩いて腹の下までいき、私に「ぶっ」と何らかの合図を出した。

……そこを切れというわけかな？　仲間の捌《さば》き方をおまえがレクチャーするんじゃない。

「う……硬いんだけど」

まずその喉《のど》にナイフを押し当てたけれど、毛皮が分厚くビクともしない。ついついウリボンヌに助けを求めるような視線を送ってしまう。

すると、ウリボンヌが右前足の爪を光らせた。ウリボンヌの魔核があるところだ。

その魔核からするりと薄い緑色のモヤが飛び出して、私の持っているハンティングナイフの刃にまとわりつく。風を感じる。それを毛皮に当てると、するりと切れ込みが入った。

「うわっ、切れ味上がった！」

「ぶ」

得意げに仲間の腹の上で胸を反らせるウリボンヌ。

いや、仲間と言うのはもうよそうか。ウリボンヌは絶対に仲間だと思ってない。

「おまえ……絶対にこの肉食べるつもりでしょ？」

「ぶう！」

当たり前でしょ、とばかりにウリボンヌが鳴いた。おまえたちの中では同族の魔物を食べるのって一体どういう感覚なの？

「ナノハ……一体何をしているんだ？」

ついにユージンが話しかけてきた。私は隠すつもりはないので、作業を進めつつ正直に答える。

「この肉は食べられる、と思う……食べられるどころか、なんかすごい気がするよ」

「おまえがそう言うのなら、そうなのかもしれない……」

ユージンは魔核に騒ぐ騎士たちの輪から抜けて、私のほうへ来た。

ユージンが「他の死体は問題ないんだな？」と確認してきたので、頷《うなず》く。

ザッと見たところ、どのお肉もそろそろ食べられなくなりそうだ。つまり、蘇《よみがえ》ることはない。

「うわあ……ぐろいよお」

息を止め、薄目を開けてなんとか作業していた私だが、腹の薄皮に切れ込みを入れたところでギブアップ寸前になる。そんな私の代わりに、ユージンが作業を進めてくれた。

切れ味抜群の私のハンティングナイフを貸すと、ユージンはその切れ味に驚きながらも、皮を器用に剥《は》いでいく。

たぶん解体しやすいようにだけど、鎖骨をバキッと割って、骨盤も割っていた。そして内臓摘出手術へ。

このあたりで私のグロ耐性が限界を迎え、後ろへ下がって火の準備に加わることにした。

私たちの行動を素早く察知し、言われる前に火の準備をしているのは、先日の魔物実食バーベキューに参加したユージン傘下《さんか》の人たちだ。私的には気心が知れていて、安心できる。

「お、おい、おまえたち……一体何をしている！」

クリスチャンさんがこちらの動きに気付き、動揺した様子で叫んだ。

ユージンや私たちがしていることを見て、信じられないといった顔をしている。

「まさか、魔物を食うつもりか！」

「そのつもりです!!」

ばつが悪そうな顔をしているユージンや傘下《さんか》の人たちの代わりに、私が堂々と言ってやる。

クリスチャンさんはたじろいだ。私のことを恭《うやうや》しく扱う方針らしいからね。

だがしかし、クリスチャンさんは引いてくれなかった。

「困ります、ナノハ様……！　我々はただでさえ穢《けが》れた者として町の人間から忌避《きひ》されておりますのに、魔物食いと呼ばれていては、活動に支障が出ます！」

「じゃあ私だけ食べるからみんなは食べないでいただければ」

「ナノハ！　それはあんまりだ！」

ユージンが何か言っているけれど、私に言われても困る。

上司の意向に逆らうのであれば、自分で直談判すればいいと思う。

「私はまずい食事を食べられないんです！　魔物だろうとなんだろうと、食べられるものを食べないと生きてはいけないんです！」

「我々に魔核をお売りになった金がありますでしょう？　そちらで通常の食事を購入可能です！」

「通常の食事では私の舌が満足できないかもしれない！」

沈黙が落ち、クリスチャンさんがイラッとした顔をした気がするけど、気のせいだと思いたい。

贅沢《ぜいたく》でわがままな女だと思われていることは知っている。自分でも勝手でひどいヤツだと思う。

騎士団の大半の人に白い目で見られている気がする。それでも彼らが食べている食事を私は食べることができない。

「みなさんに一緒に食べてとお願いはしません。みんなが食べたくないものを、私が食べるというだけですから、できたら放っておいていただけると嬉しいです！　……ユージンたちは食べたければクリスチャンさんを説得すればいいと思うよ！」

「クリスチャンー!!」

「情けない声を出してすり寄ってくるな、ユージン！」

団長に交渉をしかける副団長ユージンに後を任せ、私は調理に集中することにした。

虹色肉はすでにユージン傘下《さんか》の人たちの手によりブロック状にされている。

「どの部分のお肉ですか？」

「背中の中の肉です」

「ロースか！　よっし」

「網を持ってきました。こちらの上で焼きましょう」

「素晴らしい！　ありがとうございます！　みなさんも食べますか？」

「さすがにユージン様が食べないのであれば我々は……」

がっくりと肩を落とす彼らを気の毒に思いつつ、私だけ実食準備に取りかかる。

用意されていた木のまな板の上にブロック肉を載せると、横からスッとナイフを渡された。私のハンティングナイフよりも小ぶりで扱いやすいサイズだ。有志に目礼をしておく。

まず薄切りにする。こうして見るとブタ肉に似ていた。柔らかなピンク色の肉には、虹色の光沢に似たモヤがまとわりついているとはいえ、大体ブタ肉と同じ扱いでいいはずだ。内側の筋をプチンと切っていく。そして、外側の筋も丁寧に切る。普通のブタの筋だって噛《か》みきれないことがあるんだから、魔物の筋なんてきれいに切っておかなきゃ。

一口サイズに切り終えて、熱された網の上に載せた。

ジュウッと肉が焼ける音がして脂《あぶら》が滴《したた》り落ち、火が燃え上がる。

「ぶう！」

ウリボンヌが興奮した鳴き声を上げた。やっぱりこいつ、絶対に食べる気に違いない。

イノシシだし、ブタ肉と同じように、寄生虫が心配だ。よく火を通す。片側が焼けたタイミングで、肉に刺す細い棒を箸として使って肉を裏返した。

「器用ですね、ナノハ様」

「お箸は便利ですよー」

ユージン傘下《さんか》の人たちの協力に支えられつつ、調理を進める。しっかり焼いて、こんがりいい色になった肉は、未だに虹色の気配を漂《ただよ》わせていた。

私はお箸代わりの棒を使って、透明の脂《あぶら》が滴《したた》るお肉を持ち上げる。落ちた脂《あぶら》で強まった火にちょっとビビりつつも、私はお肉に向き直った。

フーフーと息を吹きかけて表面を冷まし、熱々の肉に食らいつく。

「……んんんー！」

私が唸《うな》ると、クリスチャンさんに張りついていたユージンが戻ってきて感想をせっついた。

「ナノハ!?　味はどうだ、ナノハ!?」

「……泣けてくる！」

「泣けるってどういうことだ!?」

ユージンは騒ぐけれど、クリスチャンさんから許可が下りた様子はないから、虹色肉パーティに参加することはできないみたいだ。

「ぶーぶーぶーぶー!!」

「うん、おまえも食べたいよね、ほら、食べなさい。おまえは今日からビッグボアの仔じゃない、うちの仔だ！」

焼いたお肉を、いつの間にかウリボンヌが口にくわえていた葉っぱの上に載せてやる。

地面に敷いた幅広の葉の上の肉を、ウリボンヌはフーフーしてからパクッと食べた。その瞬間、小さな身体を痺《しび》れたように震わせた。全身の毛がボフッとなっている。

「そうなるよね……痺《しび》れるぐらい美味《おい》しい……！」

近くで見ていた魔物の肉の味を知るユージン傘下《さんか》の人たちが生唾を呑み込んだ。

可哀想に、こんなに近くにこれほど美味《おい》しい食べ物があるのに、それをお預けにされるなんて！

「口の中に入れた瞬間から香ばしさが……魔物のくせに、柔らかく口の中で溶けるお肉の繊維……噛《か》みしめると溢《あふ》れてくる肉の脂《あぶら》……旨味《うまみ》がギュッと詰まっていて……これはまさに高級焼肉！　チェーン店では食べられない味……！」

「ナ、ナノハだぞクリスチャン！　騎士団のスープを飲むこともできない女が美味《うま》いって言ってるんだ⁉」

「落ち着け、ユージン……魔物の肉だぞ？　毒や、濃い穢《けが》れがあってもおかしくない」

「あの身体の弱そうなナノハがこの数日食ってもなんの不調も起こしていないし、神殿にだって入れた！」

ユージンも食べようと必死だ。

私は切り分けたブロック肉の半分を焼肉にし、ウリボンヌと共に食べ終え、深い溜息をついた。

身体の底から、力がみなぎってくるような気がする。血の巡りがよくなり、頬が火照《ほて》り、額《ひたい》から汗が噴き出した。

生きていると実感する。私は、この世界に存在しているんだと。

「美味《おい》しい、美味《おい》しかった」

灰色の壁とどこまでも広がる草原を眺《なが》めつつ、私は感動に打ち震える。

この世界にも美味《おい》しいものがあるとわかった。

ただし、ただしだ。非常にもったいなくもある。

「……調味料があればもっと美味《おい》しく食べられるのに！」

せめて塩だけでも欲しい。あるいは柑橘系《かんきつけい》の果実のしぼり汁が欲しい。

できれば醤油《しょうゆ》。ぴりりとわさび。しょうがでも嬉しい！

……さて、可能なことから始めようか。今、私は金を持っている。

「みなさん、このビッグボアの、余った肉は持ち帰ります！　お願い、積んでください！」

「そ、そうですね。もしかしたらクリスチャン様の気が変わるかもしれないし！」

私の言葉を受けて、ユージン傘下《さんか》の魔物肉擁護《ようご》派の人たちが切り分けた虹色ビッグボア肉をいそいそと荷車に積んでいった。

クリスチャンさんに捨てろって言われても、抵抗してくださいね！　私も実体のない権力を活用して全力で抗《あらが》うから！

ともかく、これ以上、この肉をただ素のままで食べるのは非常にもったいない。それは明らかだ。

今日は持ち帰って、ゆっくり食べ方を考えることにしよう。

「ナノハ様……勝手なことをされると困ります」

「クリスチャンさん！　そんなことより新たな魔核を探しましょうよ！」

「いえ……ですがナノハ様」

「ほらっ、あっちの魔物もまだ光が見えますよ！」

ただし弱くなっているけど——とは黙っておこう。クリスチャンさんがやる気を見せている。

「細かいことは気にせず！　さあさあ！　魔核はまだまだありますよー！」

魔物肉反対派の人たちも、魔核は喉《のど》から手が出るほど欲しいようだ。なんとか誤魔化せた。

魔物肉をより美味《おい》しく食べるためにすぐにでも動き出したいところだけれど、クリスチャンさんたちを黙らせるためにも、私はまず魔核集めに協力した。

結局、イノシシの魔物からは十個の魔核が採れた。ゴルフボール大の一つに、金平糖ぐらいの大きさのが九つだ。精算は後日になるそうだけれど協力費がもらえるそうなので、今私が持っているお金は贅沢《ぜいたく》に使ってもいいだろう。

塀《へい》の内側までやってきた私は、さっそく思いつきを行動に移すことにした。

「市場に行こうよ、ユージン！」

今は昼と夕方の間、たぶん四時過ぎだ。この世界では昼食を食べる習慣がなく、一日二食なので、ユージンに昼食休憩はない。

ただし私は三食食べているけどね。私のお昼は先ほど焼肉で終えている。

「オレはクリスチャンたちと宿舎に戻り、説得を続けたい！」

「市場で塩を始めとした調味料を買うよ？　あの肉をさらに美味《おい》しくいただくために必要だよ！」

私の言葉に気が変わったらしいユージンが、傘下《さんか》の人たちに命じる。

「おまえたち、クリスの周囲の人間をまず説得にかかれ！　周りを固めた後で、オレが改めてクリスの説得にかかる！」

「はっ、ユージン様。ナノハ様！」

私にまで敬礼してくれてから、ユージン傘下《さんか》の人たちは食欲のままに出陣した。ユージンのためにも戦果を挙げてほしい。

「クリスチャンさんの言うように、魔物の肉を食べて何か悪影響があったとしても、私は責任取れないからね～」

「大丈夫だろう……たとえ毒だったとしても、一番先に死ぬのはおまえだ」

「ユージンひどい！」

「だが、事実だ。オレたちはおまえと違って頑丈なんだ……おまえに死んでほしいと思っているわけじゃないんだぞ？」

だからって言っていいことと悪いことがある。確かに毒があった時に真っ先に死ぬのは私だろうけどね！

私は肩を怒らせて久しぶりの市場に向かった。大体の道は覚えていたので、トッポさんの食糧倉庫へまっすぐに走っていく。

トッポさんは不在だったけれど、倉庫の門番の人が使いを出してくれた。なんとなく、ウリボンヌが首に下げている銅貨を見ていたので、この硬貨による優遇なのではないかと思われる。

「ユージン、この硬貨が神殿でもらって来たものだってみんなにもわかるのかな？」

「ああ、なんとなくな」

なんとなく……白い光は見えていなくとも、感じてはいるのかもしれない。

だったら虹色肉にも気付いてもいいのにね。魔物が蘇《よみがえ》りそうだとか嫌な予感ぐらい感じないの？

トッポさんはすぐに戻ってきた。

「お待たせして申し訳ございません、ナノハ様、ユージン様！」

「茶を飲ませてもらっている。気にするな」

そう言ってユージンは使用人から出されたお茶を飲みほした。ユージンいわくこのお茶は「あまり美味《うま》くない」そうなので私はもらったけれど飲んでいない。たぶん、お茶に手をつけないことより吐き出すことのほうが失礼だろう。

「ところで、どのようなご用件でございましょうか？」

「塩を売ってほしくて！　あと、香辛料や調味料を見せてもらえればと‼」

「塩でございますか……？」

私がハイハイと手をあげて本題を切り出すと、トッポさんが不思議そうな顔をした。ついこの間まで文無しだったしね、私。

「自分で自由に使えるお金ができたんです！　なので騎士団とは関係なく、塩が欲しくて」

私がどうやってお金を得たのかは言わないほうがいいと思ったので、そのあたりは言葉を濁《にご》す。

トッポさんは特に根掘り葉掘り聞こうとはせず、「そうだったのですね」と頷《うなず》いてくれた。

「かしこまりました。ご用意させていただきます……やはり白い塩がようございますか？」

「え？　白くない塩なんてある？」

横に座っていたユージンが舌打ちした。

え、なんで？　だって塩って結晶の時点で白いじゃん。そういうものじゃないの？

私が首を傾《かし》げていると、トッポさんが「白い塩は最高級品です。ナノハ様は最高級品しか目にされたことがないのでしょう」と言って笑う。

トッポさんが使用人に指示を出していくつかの袋を持ってこさせた。そのうちの一つを見て私も疑問が解ける。

「ああ……岩塩とか、そういうことですか」

ピンク色の岩塩はともかく、岩塩ではないらしい青い塩や、ゴミが交ざってるざらざらの塩を見て、私も我が家の食卓にいつも載っていた食塩がいかに高級品だったかを理解した。

「この中だと……岩塩って高いですか？」

岩塩ならゴミを取り除く手間がない。外側を削れば変なものが交ざっている心配をしなくて済むし、何よりミネラルが豊富で肉に合うはず。

「そうですね。この一袋で銀貨一枚」

「買います買います！」

大体一キロで銀貨一枚らしい。銀貨なら一杯持っている。喜んで購入して、袋をもらった。

「ナノハ様、ご入用のものがありましたらなんなりとお申しつけくださいませ。ルビーニのトッポがナノハ様のご要望にお応えしてみせます」

「わあ、ありがとうございます！」

「ぶう！」

私の腕の中にいたウリボンヌも、お礼を言うように鳴いた。それを見て、トッポさんが目を細めようとして——それ以上細くならなかった。

「大人しい、よい従魔ですね。今時、高位の貴族様でもそのように賢い従魔を手に入れることができるかどうか」

「ウリボンヌは生まれた時から賢いですからねー」

雑談を交えつつ、トッポさんの食糧倉庫を再び見学させてもらう。特に目ぼしいものは見当たらなかったので、今日のところは帰ることにした。

「ユージン、気になることがいくつかあるんだけど、聞いていい？」

「教えられないことはあるかもしれないが、一応聞くぞ」

「ルビーニって何？　ルビーニのトッポって名乗ってたよね？」

「それなら……ルビーニは町の名前だ。トッポの拠点がそこだということだな」

私が気になったことは、大体普通に答えてもらえた。

トッポさんの倉庫をよくよく見学すると、なんとなく品数というか、食品の種類が少ない気がしたのだけれど、その理由も教えてもらう。

神族によって清められた種子や特別な農地で育てられた食品だけが流通に乗っているらしい。マトたちのように外で暮らしていた人たちが、大地を耕《たがや》して作った作物は、闇の気で穢《けが》れているから町の人は食べないとか。

「それじゃ食糧危機にもなるよ……山の幸とか、海の幸とか、食べられない系？」

「基本食わないな。もっとも、遠征の時に仕方なしにそのまま口にすることはある。食えない味ではないんだが……」

「なら、食べればいいじゃん」

「いや……闇の気で穢《けが》れた食材を口にすると、気が昂《たかぶ》るんだ。しかも、よくない荒れ方をすることが多い。闇の気の影響だろう。遠征時には、些細《ささい》な争いですら命にかかわるというのに……」

「それが、心が穢《けが》れるってこと？　えーと」

ユージンが以前、闇に穢《けが》れるという意味を教えてくれたことを思い出そうとする。悩んでいるとユージンが補足してくれた。

「闇に堕《お》ちる、な。邪悪な思想を抱き、破壊衝動に身を委《ゆだ》ねたくなる……」

そんなことになるなんて、聞いていなかった。私がびっくりしていると、ユージンは言いたくなさそうではあるものの、さらに教えてくれる。

「そこまで堕《お》ちたことはないから実感はないが、非常に浅くなら思考が暗闇に偏《かたよ》る感覚はある」

「えええ……魔法が使えるってそんな感じなの？」

「そうだ。何度も言っているが、いいモンじゃない。力は得ると同時に、使いたくなるんだ」

ユージンが真剣な面持《おもも》ちで拳《こぶし》を握る。それは中二病というものじゃないだろうか。

闇の気を封印した右腕が疼《うず》くとか……ちょっと言ってみたい。

「採取物を清める方法はいくつかある。だから神族の加護の外で採取された作物は、流通に乗る時に清めるため割高なことが多い。時おり、神族の方々が外で採取したものを清めた状態で売ってくださることもある。十月になったらこの町にも神族が戻ってくるから、何か売られるかもしれない」

神の末裔《まつえい》を名乗る方々には会いたくない。でも海の幸や山の幸は食べたい。ちょっとぐらい闇に堕《お》ちて、中二病を発病してもいいんじゃないだろうか。

後で思い出した時に黒歴史にのた打ち回るだけの話だ。

そう考えているのを知られたらユージンに怒られそうな気がしたから、私は話題を逸《そ》らした。

「とりあえず……帰ったら、クリスチャンさんを説得できるといいね、ユージン」

「ああ！　あいつらがうまくやってくれているといいんだが……」

キリッとした顔をするユージン。顔はカッコいいのに、言ってることが食欲にまみれている。

それでも険《けわ》しい顔で闇だの穢《けが》れだのという話をされるよりずっといい。

私の食糧が確保された今、次なる美食のステージを上るために、平和で穏やかな毎日が続くように願う。

え？　元の世界に帰る方法？

探して見つかるようなものなら苦労しないし、私は食事に対する不満を解消することで手一杯だ。

ユージン……本当に、帰る方法を探してくれるかな？

ひそかに彼に期待をしながら帰路についた。

「あれ？　なんだか宿舎の周り、騒がしいね」

遠目に見えた宿舎の様子を口にすると、ユージンが立ち止まった。私も一緒に立ち止まる。

宿舎の周りにはいつもいる難民の人たち以外に、町の人と思われる服装の人が大勢集まり、何かを叫んでいた。なんとなく、抗議集会みたいだ。

恐る恐る何を言っているのか聞き取れる距離まで近づく。

「難民はこの町から出ていけーー！」

「難民を養う騎士団は愚かだ！　難民は不法滞在者だ！　犯罪者を匿《かくま》うな！」

口々に怒鳴っている。

私はこの世界の基準を知らない。だから、町の人の主張が正しいのかどうか判断できなかった。

横を見ると、ユージンが険《けわ》しい顔をして彼らを見つめている。

「あの、ユージン？　難民の人たち……この町にいられなくなったらどうなるの？」

「どこか、別の塀《へい》のある町を探さなければならないだろうな。碌《ろく》な装備もないのに、魔物の出る道をあてどもなく彷徨《さまよ》うことになる」

「それじゃ、死んじゃうんじゃないの？　あの人たち、難民の人たちを殺せって言ってるの？」

「そういうことだな。……彼らは穢《けが》れている。できればオレたちにも出ていってほしいところだろうが、オレたちがいなきゃ魔物がこの町までにじり寄ってきて襲撃を受けかねない。だから、その言葉は仕方なく呑み込んでるんだ」

「そ、そんなの、ひどい！　自分たちがマトたちと同じ立場だったら……。非難される立場だったら……！」

「そう考える人間は少ないな」

ユージンは私の肩を抱き寄せた。びっくりして見上げると、「目立たないように裏に回るぞ」と囁かれる。精霊の御守布をさらに目深に被らされたのは、私を守るためにしているのだとわかった。裏に回っても隙なく町の人と難民の人たちがひしめき、言い合いをしていた。すり抜けることはできなさそうだ。

「これは、落ち着くまでここにいたほうが……だが、オレはあれをどうにかしなくてはならないし」

「私、ここで待っていようか？」

あの興奮した人の波を突破するのに、私がいたら邪魔になるだろう。

ユージンもそう思ったらしく、頷《うなず》いた。

「ここを動くなよ？　応援を呼んですぐに戻る。何人かで囲めば問題なく中に入れるはずだ」

道の端に立った私は、ユージンが人を押しのけ中に入るのを見ていた。慣れている様子で、それがなんだか物悲しい。

大の大人が口汚く罵《ののし》り合ったり、小突き合っているのを黙って眺《なが》める。

けれど、その中にマトの姿を見つけてしまった。

彼が町の大人に突き飛ばされているのを見て、私は思わず駆け寄り、庇《かば》うように立ち塞《ふさ》がる。

「なんだよ、あんた！」

「子どもに手を出すのはどうかと思います！」

そう言っておく。

マトを突き飛ばしたのは町の人らしい。マトたちよりきれいな格好をしていて、騎士団の人よりボロッとしている。

「きれいごと言いやがって金持ちめ！　あんたみたいなのには、俺らの苦しみがわかんないだろう！」

彼には私が金持ちに見えるようだ。確かに今は金を持っているし、懐《ふところ》には塩もある。

今日は贅沢《ぜいたく》に美味《おい》しいイノシシの焼肉に塩をふって食べるはずだったのに、どうしてこうなってしまったのか。

「このガキが俺らになんて言ったか知ってるか？　貧しけりゃ魔物の肉を食えと言ったんだ！　俺らはそこまで落ちぶれてねえ！　侮辱もいいとこだ」

「侮辱なんてしてねえ！　おれたちだって魔物を食ってる！　おれたちが食えるなら、あんたらだって食えるだろって言ってんだ！」

町のおじさんは、一瞬きょとんとした後、怯《おび》えたようにマトから飛びすさった。

「穢《けが》れた作物食いだけじゃなくて、魔物食いかよ！　魔物食いが町の中に入りやがった！　追い出せ！　誰か、早くコイツをこの町から叩き出すんだ！」

周りにいる人たちの目つきが危なくなる。私は内心悲鳴を上げた。

その時、懐《ふところ》からウリボンヌが飛び出す。

「ぶー！」

「う、うわあ、魔物だ！」

あっという間に私たちを避けるように輪が広がる。石を投げられそうになり、私は慌てて叫んだ。

「従魔、従魔ですー！　触らないでくださいね！」

「じゅ、従魔……あ、あんた貴族様か!?」

私はトッポさんの言葉を思い出した。ウリボンヌは貴族も持てないほど貴重な賢い従魔だと。

それを持っているから私は貴族かもしれないって？　その勘違い、利用させてもらおう！

「ちょっと騎士団の人に治安について用があるので、道をあけてもらえますか？」

「ち、治安だと」

貴族の人間が治安について話があると言っている。邪魔しようとは思わないだろう。騎士団が守っているのはこの町の治安だ。

けれど、私がマトの腕を引っ張っていこうとしたら、町の人間に道を阻《はば》まれた。

私の腕を掴もうとする人までいたけれど、ウリボンヌが威嚇《いかく》してくれたから、手は引っこめられる。

この囲みをどうやって突破しよう。マトだけなら連れていけるかもしれないけれど、マトの後ろには仲間の子どもたちがいる。小さい女の子もいるのだ。強行突破はできない。

「そのガキはおいていってもらおうか！　悪魔の子だ」

「魔物を食べるのがそんなに悪い!?　食べるものがないから魔物を食べているだけでしょーが！」

むしろこの世界に来てからほぼ魔物しか食べていない私としては、魔物食いが悪魔呼ばわりされることにビビッと来た。恐怖で痺《しび》れそうだけど、平気な顔を取り繕《つくろ》う。ここで魔物食いが悪魔だなんて風評が立たないように、うまいこと印象を操作しないと、大変なことになる気がする。

「それより町の備蓄を分けてもらったほうがよかったっていうんですか？　この子らは町の人に迷惑をかけないようにって、魔物で我慢してたの！　頑張ってたのに‼」

「ナノハ。ち、違う……おれたちはただ、町のヤツに借りを作りたくなくて」

「だから、マトたちは頑張っていたんでしょ⁉　知ってるよ！」

みんなを引っ張るリーダー的存在で、大人びて見えるマトの空色の目がうるっと潤《うる》んだ。

バッと俯《うつむ》き腕に顔を埋《う》めて、目をゴシゴシとこする。けれど泣き止めないらしく、彼は細い肩を震わせた。そんな姿を見たら私の涙腺も緩《ゆる》くなって、目頭が熱くなる。

それなのに、町の大人たちは何も感じなかったらしい。

「だとしても、穢《けが》れてるのは間違いない！　穢《けが》れを町の中に持ち込むのはやめてもらいたいんだ！　俺らは敬虔《けいけん》な神灯教徒なんだ！　お貴族様、あんただってそうだろう？　早くそんなガキは俺らによこしてくださいよ。あんたまで穢《けが》れちまう！」

神灯教徒って何？

とてもじゃないが、聞ける雰囲気じゃないからスルーしておく。

この世界の人にとって、穢《けが》れを厭《いと》うのは普通のことなんだろう。ユージンも前は、穢《けが》れが穢《けが》れがってうるさかった。

もっとも、最近は前言を翻《ひるがえ》して魔物を食べるのに積極的だ。

何しろ、魔物はうまく調理できれば美味《おい》しい。それにユージンやクリスチャンさんたちの反応を見る限り、教義的に絶対に禁止されているわけではなさそうなんだけど。

「マト、ちょっと待っててね」

その黒い短髪の頭をぐりぐりと撫《な》でてから、私は顔を上げて町の人たちを見た。

服装が違う。階級が違う。それで諍《いさか》いが起こることは、焼肉パーティの時に難民と騎士団がもめたのを見てすでに知っている。

町の人たちからは難民のマトは魔物を食べていてもいなくても蔑《さげす》みの対象なのだろう。マトが何を言ってもイチャモンをつけられるに違いない。

しかし、私は違う。見た目だけは。

「――私も、魔物を食べたことがありますよ」

「は!?」

私を遠巻きにしていた人たちがザワザワし出した。

「身なりを見てもらえばわかると思うけれど、お金に不自由していないにもかかわらずです！」

嘘です。先日までお金にものすごく不自由していました。

けれど、格好からはそうは見えないはずだ。

ここにいる人たちは、私がなぜ誰も食べたがらない魔物を食べたのか、不思議に思うだろう。

実際、ポカンと信じられないものを見る目で見られている。どよどよと動揺が広がり、みんなの頭の上にハテナが浮かんでいるのがわかった。

「なぜ私が魔物を食べるのか……それは、私にすっごく勇気があるからです！」

美味《おい》しいからだとホントのことを言うか迷ったけれど、この場をうまくまとめられなくなりそうだったから、言葉を選んだ。

欲を建前でデコレーションして、大義名分を掲《かか》げる。後に続く人たちが、大手を振って自分の行いを正当化できるように！

いつの間にか顔を上げたマトがジト目で私を見ている。

そんな目で見ないで、私としても必死なんだ。

「外は魔物がひしめいていて、活性化しているんでしょう？　危険に囲まれたこの土地に食料が満足にあるわけないですよね。だからって困っている人を、魔物に襲われて家を失った人を、追い出す？　確かにそれは簡単な方法かもしれないし、他に選択肢がなければ選ばざるを得ないかもしれない……でも！　勇気ある人間だけが採れるもう一つの選択肢があるのに？」

自分で言っておきながら、きれいごとすぎてびっくりする。私の言葉に納得する人なんているんだろうか。そう思ったけれど、周囲を見る限り、疑い百パーセントってわけでもなさそうだった。

「そ、それが魔物を食うことだって？」

怯《ひる》んだようにおじさんが言う。

魔物肉の味を知ってしまえば、戻れなくなるから話は簡単だ。

日本の食事に慣れ親しんでいる私がほっぺたが落ちそうだと思うほど、魔物のちゃんとした肉は美味《おい》しいのだから。

「そうです！　私はその気になれば、騎士団で一番美味《おい》しい料理を出してもらえる立場です。でも、そこをあえて魔物の肉を食べているんです！」

「そりゃ……町のことを、俺らのことを考えて？」

私は町のおじさんに向かって頷《うなず》いた。視界の端に見えるマトのジト目がますますひどくなる。

やめて！　私は自分の見た目を有効活用しているだけなんだよ！

「か弱い私でも、魔物を食べて一週間、健康そのものです。今朝だって神殿にお参りして、自分の手で神殿の硬貨をもらってきています」

ウリボンヌを抱き上げて、その首にかけた硬貨を見せびらかしつつ言うと、ざわめきが一際大きくなった。私が神殿の神像のもとまで詣《もう》でられるということで、敬意らしき視線すら向けられる。

なんとなく、ここにいる人の大半は神像までたどり着けないいんじゃないかという気がした。

神像の足元には、硬貨がたくさんあった。失礼な話だけど、信仰があるとはいえ、この中の何人かはたどり着けさえすればその硬貨をパクりそうな風体《ふうてい》をしている。

「確かに今後、害が出ないとは限らないです。でも……穢《けが》れてはいても、魔物は、えーと、清めさえすれば、穢《けが》れているだけの哀れな獣じゃありませんか！」

ユージンは魔物のことをそんなふうに言っていた。清められている保証さえあれば、この世界の人でも普通に食べられるものなのだと思う。

そして……たぶん、たぶん、たぶんだけど！

あの黒いモヤが穢《けが》れじゃないかな？　白い光って、聖気だよね？

黒くすんだ肉は穢《けが》れているものだとして、くすんでいない肉は穢《けが》れていないお肉ということではないかと思うんだ。

だから、私たちが食べている肉は、魔物の肉とはいえ、清められている状態なんじゃないかな。確証がないから、この場では言いづらいけれど……

「私は魔物を食べます。自分の意思で。この子たちも魔物を食べます。他に食べるものがないからです。あったとしても、それをあなたたちに譲るために」

勇気があるからやっているだけだ。これは善意からの行動なんだ。

信仰を蔑《ないがし》ろにしているわけでも、バカにしているわけでもない。

「……もし魔物に毒があって死ぬ危険があるのなら、一番先に死ぬのは恐らく私になります」

ユージンに言われたことを繰り返すと、あちこちで息を呑む音が聞こえた。

自己犠牲って美しいよね。私の場合は誤解だけれども。一体私はどこの聖女なんだ。

私たちをそっとしておいてほしい——そう訴えようとした時、町の人たちが叫んだ。

「あ、あんたがホントに勇気ある人間なのか、俺らにはとても信じられねえ！　俺らを騙《だま》そうとしてるんじゃねえのか？　俺らに回す食料を削るために、貴族のヤツらは俺らに魔物を食わせようとしてるんじゃないのか！」

むしろ、魔物の美味《おい》しいお肉を独占して誰にも分けたくないくらいだよ。

それなのに、町の人だけでなく、難民たちまで声を上げた。

「あ、あたしたちに食事を分けるのがもったいないからって、魔物を食べさせて、もう施《ほどこ》しをしてくれないつもりなんじゃないだろうね!?」

なんであなたはキレてるんだ。元々それは騎士団の親切で義務じゃないだろうに。

貴族に見えるらしい私を前にしたことで、喧嘩《けんか》していた難民と町の人たちが一緒に抗議を始めた。

「俺らが魔法を使えるほど穢《けが》れたら、魔物との戦いの最前線に送るつもりなんだ。そうだろ⁉」

「あたしたちが邪魔なんだ！　あんたみたいな小ぎれいなのが魔物を食うなんて嘘だ！　あたしたちを騙《だま》す方便だってのはわかってる！」

私はげんなりしてきた。

そんなこと言うのなら、もういいよ。はっきりと見せつけてやる！

「私が嘘を言っていないということを、この場で証明してみせますよ――道をあけてください！」

不安そうに見上げてくるマトの肩を抱いて、子どもたちを伴《ともな》って歩き出す。

やっと割れた人垣の向こう、騎士団の正門の内側で、ユージンがしかめっ面をして私を見ている。

ごめんなさい、大人しく待っていられませんでした。

「ビッグボアの肉を用意してください！」

「はっ！」

けれど、お願いをしたら、ユージンは恭《うやうや》しく頭を下げてくれた。

わお！　私が偉い人のふりをして自己犠牲的聖女ごっこをしているこの芝居に、乗ってくれるらしい。

門が開かれ、宿舎の庭が開放された。

そこには、私が運び込んでもらった虹色肉のビッグボアの塊《かたまり》が手押し車の上にデーンと置かれている。この世界にこのサイズの家畜が存在しなければ、明らかに魔物だ。

見ていた町の人も、事情を知らない難民も、それを見てザワザワと雑談を始めた。

私を共通の敵にして、仲良く交流するといいよ。

「網、網で焼こうね！　炭火焼き！」

私は竈《かまど》の用意をしようとしているユージンたちに、ヒソヒソと要望を伝えた。

「はっ、かしこまりました――後で覚えてろよ」

ワキワキと手を動かしながら言ったら、ユージンに低い声でボソリと言われる。

落ち着いてよユージン。私だって、マトがいなかったら見て見ぬふりをしていたはずなんだよ。

炭を重ねて、火が焚《た》かれる。騎士団の人たちが手際よく手近な石で支えを組み立て、赤々と燃える火の上に網を渡した。

私を見ている町の人や難民たちが妙な疑いを抱かないよう、ユージンが彼らの目の前で肉を切り分ける。まずブロック状に切り落とし、そこから一口で食べられるように薄切りにしていく。

柔らかそうな肉を網の上に載せると、ジュウ、と空腹を感じさせる音が響いた。

私は慌てて懐《ふところ》から岩塩を出した。

「ユージン！　これをかけて！　削って！」

「……かしこまりました」

イケメンフェイスに羨《うらや》ましいという感情をにじませながら、ユージンはジュウジュウと音を立てて肉汁を落とすイノシシ肉の上に岩塩を掲《かか》げた。小さなナイフを取り出し、その背で岩塩を削り落とす。

脂《あぶら》のさしが入った赤い肉の上で、岩塩の粒が煌《きら》めく様《さま》は美しい。網目がつく程度に肉を焼くと、ユージンはナイフの切っ先で器用に肉をひっくり返し、もう片側にも岩塩を削り落とした。

どこからか、ごくりと生唾を呑む音が……って、見たらユージンだった。

お願い、もう少しだけ我慢してユージン。色々と台無しになるから。

「ナノハ様、こちらを」

「あっ、ありがとうございます」

ユージンの傘下《さんか》の人が、お箸代わりの棒を二本渡してくれる。

そのうち、本物のお箸が欲しい。ナイフと木があれば自分で作れそうだ。

それにしても、香ばしい匂いだった。立ち上る煙でごはんが食べられそう。見ているうちの何人かが、お腹を鳴らして慌てて手で押さえていた。

わかる、お腹が鳴る匂いだよね……！　白いごはんが欲しいけれど、今は我慢しよう。

「焼き上がったよね？」

「はい。もうよろしいかと」

ユージンの丁寧な言葉に頷《うなず》いて、私は箸を伸ばした。旨味《うまみ》の凝縮された脂《あぶら》が滴《したた》る肉を挟んで、ゆっくりと持ち上げる。

この肉は本当に肉汁がたっぷりだ。焼いているうちに網に零れ、滴《したた》り落ちたように見えたのに、今もまだ滴《したた》っている。少しフーフーと息を吹きかけてから、口に運んで私はそれを噛《か》んだ。

すると、口の中にじわっと旨味《うまみ》のたっぷり凝縮された汁が溢《あふ》れる。

「んん……！」

舌先に触れる久しぶりの塩の味。ざらりとした岩塩のかけらを奥歯で噛《か》みしめ、柔らかな肉を舌と口蓋《こうがい》で味わう。

あの獰猛《どうもう》そうなイノシシの肉なのに、柔らかくて簡単に噛《か》みきれる。ユージンは筋を切ったりしてくれなかったけれど、それも気にならない。

噛《か》むたびに旨味《うまみ》が口の中に広がり、それを味わうためにあっという間に呑み込んでしまった。

網の上を見れば、ユージンが心を無にしたような無表情で次の肉を焼いている。それにありがたく箸をつける。

口に運べば、上質な脂《あぶら》がじわりと溢《あふ》れた。熱く蕩《とろ》けて、しつこさのない甘い脂《あぶら》が喉《のど》の奥へ流れ込み、胃から細胞の隅々へとしみわたっていく。

頬を押さえて打ち震えていると、背後から「あ、あの」と控えめに声がかけられた。

振り返ると、町の代表を気取ってしゃべっていたおじさんと、逆ギレしていた難民らしいおばさんだ。私の姿を見て戸惑《とまど》いを隠せない様子で佇《たたず》んでいる。

「え？　何ですか？　私、魔物食べたでしょ？　嘘ついてないですよね？」

「は、はあ」

戸惑《とまど》い顔のまま彼らは頷《うなず》く。たぶん彼らは、私が魔物肉を食べていることが信じられないし、美味《おい》しそうに見えることも受け入れられなくて、茫然《ぼうぜん》としているのだろう。

「ナノハ！　お、おれも食いたい！　その肉！　食いたい！」

「いいよ。震えが走るほど美味《おい》しいから覚悟しな！」

マトが子どもたちを連れてきて、懐《ふところ》から皿代わりらしい葉っぱを取り出し、網を囲んだ。焼肉奉行ユージンの沙汰《さた》を待つ。ユージンは岩塩の袋をガサリと揺らした。

「ナノハ、おまえの塩を使っていいのか？」

「いいよ、どんどん使って！　最高に美味《おい》しい状態で食べさせてあげてよ！」

「お、美味《おい》しい？」

後ろで、町のおじさんたちが耳ざとく聞き咎《とが》めた。私はサラッと流す。

「あなたたちは魔物なんて絶対に食べない派ですもんね。別にいいんですよ、私は自分の考えを押しつけたいわけじゃなく、みなさんのためを思って――」

「ナノハ！　これ！　めちゃくっちゃ美味《うま》い！」

まずは毒見とばかりに、子どもの中で一番に肉に手をつけたマトが叫んだ。私の聖女的セリフはかき消える。けれど、マトの満面の笑みを見たら嬉しさが勝った。

「でしょう⁉　これ、ホント最高に美味《おい》しいよね⁉　ユージンも血の涙を流し出す前に食べてね」

ユージンがすごい顔をして肉を焼いていたので、声をかける。

子どもたちはナイフや棒切れで次々とユージンが焼いた肉を取り、無邪気に喜んで食べていった。美味《おい》しさのあまり泣き出す女の子もいる。

――とてつもなくいい匂いがあたり一帯に漂《ただよ》っていた。

町の人も、難民の人も、お腹をぐうぐう鳴らし出す。彼らを見て、私はボソリと呟《つぶや》いた。

「勇気ある者だけがこの美食を味わえる……そういうことですからね」

「ま、魔物が美味《うま》いはずがない……！」

町のおじさんが呻《うめ》くように言う。そう思いたければ思っているといい。

「私は、美味《おい》しく食べる方法を知っているんですよ」

フフフ、と笑っていると、「まさか、あんた魔族なんじゃないか」と恐ろしい疑いをかけられた。

宗教の影響が根強い国で、悪者側だと思われるとかシャレにならない展開だ。

私が慌てて否定しようとしたら、私が口を出す前に、マトたちが反論してくれた。

「ナノハは違うよ！　ナノハは、えーと、きっと神様がナノハに、清めの力を与えたんだよ。それで魔物でも食えるようにしてるんだよ」

「か、神の力を？」

マト、適当なことを言うのはやめよう。

おじさんも、そこはバカにしていいよ。真に受けないでいいんだよ！

「そう……彼女は特別な力を持っている。魔物の肉を清める力だ……だから悪《あ》しき者どもに狙われ、この町に逃《のが》れてきた。それを我々黒魔《くろま》騎士団がお守りしているのだ！」

宿舎の中からクリスチャンさんが現れて、変なことを言い出した。

や、やめてください……！　私は貴族のふりをするつもりはあったけれど、神様云々《うんぬん》に我が身をなぞらえるつもりはカケラもなかった。宗教ごとには巻き込まないでほしい。

後ずさりしてフェードアウトしようとしたら、ユージンに腕をがっしりと掴まれた。目に薄暗い怒りが浮かんでいる。

こ、これは私も知っている……食べ物の怒りだ！

なんで⁉　勝手に自分で食べなかっただけなのに！

「聖女ナノハによってこの魔物の肉は祝福された！　よって、オレもこの肉を食う！」

ユージンが肉を食いたいがために私を聖女とか言い出した！　バカだ！

唖然《あぜん》としている私の腕を放してユージンは遅ればせながら焼肉パーティに参加した。

ユージン傘下《さんか》の人たちも、歓声を上げて焼肉をつまみ出す。

人間、目の前で楽しそうにしていたり嬉しそうにしていたり美味《おい》しそうにしている人を見ると、自分もそこに加わりたくなるものだよね？

「お、俺にも勇気を示す機会はあるかな？」

「あ、あたしも……」

町の人や、難民の人の中から、おずおずと名乗りを上げる人が現れ始めた。

いいよ、分けてあげるよ！　この美味《おい》しい幸せを、みんなで共有しようじゃないか！　魔物食いなんて言うヤツみんな、私たちと同じ魔物食いにしてやるよ！

一度食べさせてしまえば舌は正直。この味を忘れることなんてできるはずがないしね！

網の前の最高の席を譲ると、みんなおずおずと手をつけ出した。

まあ、たぶん大丈夫だろうとは思うけれど、黒いモヤのない状態の肉が本当に清められているかどうか確証はないので、自己責任で食べてほしい……

それにしても、色んな意味でこの場にはすごくいづらかった。虹色肉のブロックを切る係になっている人から肉を受け取り、私は宿舎の中へこっそりと戻る。

厨房《ちゅうぼう》に向かうと、騎士団の人たちが酒樽《さかだる》を庭に運び出していた。今日は宴会になるようだ。

「聖女の祝福に乾杯！」

「乾杯！」

庭を見ると、ユージンが笑い交じりに音頭を取っている。マトがわりと真面目にその乾杯に続く。

マトはともかく、ユージンは後で絶対に足を踏んでやる。

私は静まり返った厨房《ちゅうぼう》で息を吐いた。

誰もいない時に改めて見ると汚い。掃除したい。

今は自分が使うあたりだけをきれいにして、まな板の上に巨大な重いブロック肉を載せる。

どう調理したものかと眺《なが》めているうちに、扉が叩かれた。

振り返ってみると、ユージンがいる。その手にはジョッキが握られていた。

なし崩しにクリスチャンさんから魔物食いの許可をもらったらしい機嫌のよさそうなその顔を見て、とてつもなくイラッとする。

「ナノハ、何か作るのか？」

「ユージンには関係ないから」

後ろからヌッと近づいてきたユージンを肘《ひじ》で押しやろうとしたけれど、ビクともしない。

「そんなにたくさん食えないだろ、おまえ」

「ウリボンヌがいるから食べられますー！」

「ぶー！」

足元をチョロついていたウリボンヌが任せろとばかりに鳴き声を上げる。

しかしユージンが「ほらウリ、おまえの大好きな魔核だぞ」と小さな粒のような石を鼻先に近づけると、ウリボンヌはその石を喜んで食べ、スッとユージンの軍門に下った。

「ま、まさかウリボンヌに裏切られるとは！」

「魔物は魔核が好きだからな。細かい屑核を持ち歩いて、何かあったら褒美にやるといい。あまり与えすぎると凶暴化することがあるから、加減に気を付けろ」

「え……この仔すでに母親の魔核を食べてるけど……」

「凶暴化した時は即討伐だから、注意してやれ」

注意しなくちゃいけないって、ウリボンヌ。討伐させたくないから魔核はしばらくお預けね。

そして、それを教えてもらった以上は、ユージンに借りを返さなくてはならないということか……仕方ない。ユージンも我が家の食卓に加えてあげよう。

「ユージン、ちょっとだけここの厨房《ちゅうぼう》の食材使ってもいい？」

「あーまあ、少しだけならな」

せっかくユージンがいるのなら、使ってもいいものは使わせていただこう。この狭い厨房《ちゅうぼう》には、壁の側に様々な食材が積み上げられている。竈《かまど》なんかは外にはみ出していた。

「薄力粉と、卵ある？」

「ああ、卵は確か朝、採れていたはずだ。誰も食っていなきゃ残ってる」

そういえば、厩舎《きゅうしゃ》の近くに鶏舎らしい、コケコケうるさい鳴き声のする檻《おり》があった。

「この町の中で育ててたら、食べてもいいの？」

「穢《けが》れのない餌を食わせているからいいんだ。だが、特に清めていない土から勝手に生えているような木の実なんかには手を出すなよ」

魔物の黒いモヤ、恐らく穢《けが》れと思《おぼ》しきものをどうにかできるのだから、他のものだってできてもよさそうだ。そのうちやり方を見つけてやる、と決意しつつ、私はキョロキョロした。

「揚げ物したいんだけど、油は？」

「こっちだ」

焼肉は美味《おい》しかったから、今度は油で揚げてみたい。しゃぶしゃぶもいいけど、それならつけダレを作らなきゃ。

「うっわ、使い回しの油じゃーん……なんの油？」

ユージンが竈《かまど》の横にあった壺を運んできてくれたけれど、明らかに古くなっている。

「これは確か……この領内で神族が治める農地で育てられた、植物か何かの油だと思うが」

「植物ならいいか。揚げかすを取り除くのに目の細かい網みたいなのがあると嬉しいんだけど」

においを嗅《か》いでみたけれど、使い回されすぎていて、元の状態が想像できない。

「なんだそれ？　そんなものはないぞ」

「ユージンが知らないだけじゃなーい？」

「そんなわけあるか。厨房《ちゅうぼう》の仕事は持ち回りでやっているんだ。オレにはあまり回ってこないが」

色んなものがなさすぎる。ここで暮らしていくならば、自費で揃えるしかないかもしれない。

網がないので自力で油の中からかすを掬《すく》った。きれいな布があれば漉《こ》したかったけれど、ユージン基準のきれいは信用ならない。

「……ユージンたちが作るからまずいのか、それとも食材が悪いのか」

「スープのことを言ってるのなら、恐らく食材の問題だろう。オレだけならともかく、誰も美味《うま》く作れないんだから」

外にある竈《かまど》の天井には、布が張ってある。

近くに大きな袋がいくつも積まれていて、そのうちの一つの口を開け、ユージンがマスに半分、薄力粉らしきものを分けてくれた。

これ本当に薄力粉かな？　薄力粉が欲しいって言ったんだから、たぶん合っているよね。翻訳機能さん頑張れ。

「お水は？」

「甕《かめ》に入ってるぞ」

「冷蔵庫は？」

「は？　氷室《ひむろ》のことか？　氷室《ひむろ》はないが……隣に地下の貯蔵室に繋がる部屋はあるぞ？」

ないものは仕方がない。

竈《かまど》に火を入れてもらい、その上に謎の植物油の入った鍋《なべ》を置いた。できる限り揚げかすは除いてある。油が熱くなるのを待ちつつ、肉を厚切りにした。

私が切りにくそうにしていると、ウリボンヌが何か魔法をかけてくれたようで、刃に薄緑色のモヤがまとわりついて切れ味がよくなる。

「ありがと、ウリボンヌ」

「ぶう！」

肉の水分をきれいそうな布でふき取って半分に分け、片方の肉には岩塩を削ってなじませておく。それから薄力粉と水と卵を混ぜた天ぷら衣を用意した。

粉がだまにならないように気を付けつつ、卵と水をざっくり混ぜて衣の完成だ。目の細かいざるが欲しい。

そして何より、得体のしれないものがこびりついていない、きれいな鍋《なべ》が欲しい……

「調味料を揃えつつ……同時に料理道具も探していきたい」

「おまえ、まだ満足してないのかよ」

ユージンに呆《あき》れたみたいに言われるけれど、飽食の国からやって来た私としては、この町にいながらにして世界中の美食が食べられるようにならないと満足できないのだ。

決心も新たに肉の天ぷらを揚げていった。ジュワジュワと泡だつ油を見つめ、より美味《おい》しいタイミングを見極める。小さな油の泡に囲まれる肉の天ぷらを、素早い動きで鍋《なべ》から掬《すく》った。

醤油《しょうゆ》が欲しいしマヨネーズも欲しい。胡椒《こしょう》も欲しいしみりんも欲しい。

でも、ないものは仕方がなかった。このビッグボアの虹色肉なら手間暇かけなくても美味《おい》しくなってくれるだろう。問題は並みの食材をどう料理するかだが、それは今後の課題だ。

「ナノハ、先に食べていていいか？」

「みんなで食べるに決まってるでしょ！　ウリボンヌ、ユージンが抜け駆けしようとしたらお尻を噛《か》んで！」

「おい、まだ幼いとはいえ魔物なんだぞ！　下手をしたら食いちぎられる！」

「食べ物の恨みは海より深い……食べなきゃいいだけの話でしょ！」

子どものように唇を尖らせて椅子にふんぞり返ったユージンを威嚇《いかく》しつつ、私は料理に戻った。

木のお皿の上に虹色肉の天ぷらを山盛りにして、厨房《ちゅうぼう》の机に置く。

「ああ……すごくいい匂いがしてるじゃないか！」

野菜がないのが辛いところだけれど、肉食系男子であるユージンは気にする様子がない。

「まあいいか。次はしゃぶしゃぶでもいいし……ほら、天ぷらは塩をつけて食べよう」

かぶりつこうとしていたユージンに、岩塩を削って盛った小皿を寄せてあげる。

ユージンは虹色肉にモサッと思い切り塩をつけて、ガブリと噛《か》みついた。

「からっ！」

「そんな塩つけたら、そりゃそうなるよ」

「だが、美味《うま》い！」

私も、食べやすいサイズに切った天ぷらにかぶりつく。すると、サク、と心地よい音が響いた。

残念ながら若干天ぷら粉のだまもあったけれど、その粗《あら》に目を瞑《つぶ》れるほど肉が美味《おい》しい。

ユージンが虹色肉の天ぷらを手に打ち震えた。

「甘い……こんなに甘い肉があるだなんて……塩辛さが甘みをより引き立てる！　それに、焼いた時より口の中に肉汁が溢《あふ》れてくるじゃないか！　衣に閉じ込められていた旨味《うまみ》が、噛《か》みしめるたびに口の中一杯に広がっていく……！」

「その分、ちょっと脂《あぶら》っこいけどね」

そして油の悪さがやはり気になるけれど、肉の美味《おい》しさが強引にそれを払拭してくれた。

「ぜんっぜん気にならない！　おまえもエールを飲むか？　ワインもあるぞ！」

「じゃ、ワインをもらおうかな」

私は生水を飲めないので、欲しい時はいつも煮沸消毒してもらっていた。

すぐに何か飲みたい時には赤ワインをもらっている。エールはすっぱくて料理に使うのはともかく、そのまま飲もうとは思えなかった。

ユージンはカップにワインを注いで渡してくれる。それを受け取り一口飲むと、口の中にやすっぽいワインの渋みが広がった。それでもアルコールはアルコールだ。

「美味《うま》い、美味《うま》いじゃないか！　ちくしょう、オレの妻にならないか、ナノハ！」

「びっくりするぐらい料理目当てだね！　まったくときめかなくて驚いた！」

「おまえの料理が毎日食えるなら、オレはおまえが異世界人でも二十二歳でもかまわないぞ」

私の言葉を信じているのかいないのか、笑いながら言うユージンに私は苦笑した。

ときめくべきか、元の世界に戻れないことを嘆くべきか、よくわからなくなる。

「それにしても……おまえは自分が二十二歳の異世界人だと信じているわけだよな。未婚なのか？」

「そうだけど。それがどうかしたの？」

ユージン的には言葉遊びみたいなものだろう。けど、私の言うことを信じている前提で話してくれるのが嬉しくて笑顔で尋ねた。そうしたら、ユージンは神妙な面持《おもも》ちで聞いてくる。

「二十二歳で、未婚とか……嫁《い》き遅れか？」

私は笑顔のままウリボンヌに命じた。

「ウリボンヌ、ユージンの皿の食べ物はすべて食べてよし！」

「うわあああ！　やめろ！　魔物め！　オレを本気で敵に回すつもりか!?　丸焼きにするぞ！」

ウリボンヌと格闘するユージンを眺《なが》めながら、私は美味《おい》しい食事に舌鼓《したつづみ》を打った。

食べたいものは一杯ある。そのうちの一つを作ることができたのだ。

久しぶりに食べる肉の天ぷら、ちょっと粉が固まっているところはあるけれど、カラッとしていて噛《か》みごたえが快《こころよ》い。旨味《うまみ》がギュッと詰まっている。

改善点はいくらでもあるが、大体の目途《めど》がついてきた。

私の覇道《はどう》を妨《さまた》げることは誰にもできないのだ！


魔物肉パーティから数日。魔物肉の偏見の解消と普及のために二十二歳にして聖女という風評を背負うことになった私は、いくつかの問題を抱えていた。

大半の人々を魔物肉の魅力に取りつかせることには成功した。それでも彼らは基本的にチキンなので、自分で魔物肉を確保しない。だから供給してあげる必要があるわけだ。

しかし、私の手引きで魔物肉を売ろうとしたマトが、この町の商人ギルドの抗議を受けて屋台を潰されてしまった。

ちゃんと事前にギルドの許可を取って屋台を開いたみたいだったのに、どういうことなのか確認するため、私はマトとユージンを連れてトッポさんの商店を訪れていた。

「ナノハ様。魔物の肉は穢《けが》れています。売ろうという人間がいれば誰でも反対しますでしょう」

「欲しがる人がたくさんいるのに？」

「まるで堕落を勧める悪魔の味だと噂になっていますよ。いえもちろん、神殿に自在に出入りされるほどに清らかなナノハ様が悪魔だなどと、私はよもや思っていませんがね！」

トッポさんはそう言いながら、新たに神殿からもらってきた私の首の硬貨にチラッと目をやる。

彼は気を使った言い回しをしてくれるけれど、何が何でも魔物食いに悪魔の印象は消えないようだ。悪評が変な広がり方をしたら異端審問官とかが出てきそうだから、今回は、魔物肉の販売は自重したほうがいいのかもしれない。

「うー、どうしようかな。せっかくだから高値で売り捌《さば》こうと思っていたんだけど……」

何しろ私には金がたくさん必要なのだ。欲しい調味料や調理器具は思いつくだけでかなりの量になる。大量生産品はなさそうだから、一つ一つに金がかかるに違いない。

魔物肉は腐りにくいらしいので——どういう原理かは知らないがここでは常識となっている——まだうちに残っている。

考えていると、トッポさんから視線を感じた。何やら、好奇心に満ちた視線だった。

「……まだ魔物肉は余っているんですけど、トッポさん、よければ食べに来ます？」

「よ、よろしいのですか!?」

私の言葉に反応してガタンと席を立ったトッポさんは、すぐにハハハと笑いながら座り直した。

私としては満足のいく反応である。

誰だって美味《おい》しいものは悪魔に魂を売ってでも食べたいはずだ。

「はあ、私としては、自分で食べる分だけでも売っていただきたいのはやまやまなんですが……今はやはり、みな様のためにも控えたほうがよろしいかと思います」

だからお招きいただき嬉しいです、と喜色を浮かべるトッポさんの言葉に、私は引っかかった。

「今は？」

トッポさんは心配そうにユージンを見やって言う。

「騎士団のみな様には敵が多すぎます。魔核の販売網や食糧の流通に許可を出すのは領主様でも、取り仕切っているのは弟のエスキリ様ですからね。急《せ》いてはことを仕損じますよ」

「やはり、商人のほうで魔核の買いつけがうまくいっていないわけではなく、オレたちに対して売り渋られているだけなんだな？」

ユージンの言葉に、トッポさんは暗い顔で頷《うなず》いた。

町を守ってくれている人たちがそのために魔核を必要としている。それなのに売り渋るなんて、どういう理由があるのか、私にはさっぱりわからなかった。

ユージンは「情報に感謝する」と低い声で言う。

「ひとまず……マト、魔物肉の販売は諦めたほうがいいみたい」

「ええっ、ナノハ！」

私の言葉にマトが非難の声を上げるけれど、同業者に睨《にら》まれるだけならばともかく、上に逆らうのはよろしくない。

「仕方ないよ、マト。きっと時機が悪いんだろうから、他のやり方でやるしかないね。大丈夫！　まだできることは残されているよ。私のためにも美食の町を作ってやる……！」

店を出て、しばらく歩いていると、マトが妙なことを言いだした。

「……神様がナノハに特別な力をあげたのは、きっとナノハが悪いことに力を使うぐらいなら美味《うま》いもんを食べたいって考えるからだと思うんだ。だからナノハは聖女なんだ」

「聖女っていうの、いい加減にやめようよ！」

私が頭を抱えていると、横からユージンが割り込んできて、私の表情を窺《うかが》った。

「ナノハ、おまえ、聖女の意味をわかってるか？」

「わかってるよ！　聖なる女って意味でしょ！　心の底からやめてほしい！　私は食欲にまみれた薄汚い人間だよ！」

「あ、聖女って言葉が普通に通じるから、わかっているのかと思ったら違ったのか」

ユージンがどういうわけか額《ひたい》を押さえた。

「あのな、ナノハ。聖女っていうのは魔法以外の不思議な力を使う人間の女のことを言うんだ。男の場合は聖者になる」

「……ま、魔法じゃない不思議な力？」

面食らう私に、ユージンは戸惑《とまど》った顔をして言葉を続けた。

「魔法というのは、闇に触れて体内の核の均衡《きんこう》がくるうことで使えてしまうようになる。核の内にある火、水、土、風の四つの精霊のうちのいずれかの力が強くなりすぎ、バランスが崩れて使われるものなんだ。だから魔法というのは、火か、水か、土か、風にかかわるものになる。それ以外のものに作用する力は魔法とは言わない」

「……あれ？　じゃあ、私の力は魔法じゃないんだ」

心の隅でこの黒いモヤや白い光を見分ける力を魔眼と名付けようかと思っていたけれど、保留にしておいたほうがいいのだろうか。

「そうだな。まあ、正式に聖女として認定されるには、神族に連《つら》なるものだと神族自体に認められる必要があるんだが、別に自称でもかまわない」

自称聖女とか痛すぎる。私はかまうんだけれど、そういう問題ではないようだ。

「聖女や聖者という名乗りは、血筋のどこかで神族と血が交わっていて不思議な力が使えるという主張というか、それを誇りに思うという意思表示になる。余計な面倒が省けるから、おまえの力は魔物の肉を祝福して美味《うま》く食えるようにするってことにしておけよ。マトの一族以外のヤツらには、くれぐれも他の力の存在を気取らせるな」

聖女というのはいきすぎた褒め言葉ではなく、ちゃんと意味のある言葉だったらしい。

うわあ……勘違いしていた事実は胸にしまって墓場まで持っていこう。

「トッポがオレたち騎士団に迫る危険を教えてくれたんだ。ナノハ、おまえはちゃんとあいつにビッグボアの特別な肉を食わせてやれよ」

「危機？」

「そうだ。ほら！　さっさと騎士団に戻って各々《おのおの》準備するぞ！」

「おー！」

マトが元気よく返事する。

……よくわからないけれど、トッポさんは騎士団のためになることをしてくれたみたいだ。

たぶん、うちの肉を食べたいからだろう。助けてくれた内容はわからなくとも理由はわかる。

色々疲れたけれど、美食にかける情熱ならば消えていない。私も意気揚々《いきようよう》と拳《こぶし》を握った。

「よっし、それじゃ、腕によりをかけて準備しなくちゃ。……今夜招いたら迷惑かな？　そもそも招いてもいいの？」

「かまわない。だがオレの分も用意しろ。トッポと二人きりにはさせられないからな」

「おれも！」

「おまえは関係ないだろう、マト」

「ずるいぞユージン！」

憤慨するマトを見下ろして、ユージンはフフンと胸を張った。

「ナノハの護衛をしている人間の特権だな」

「おれもナノハの護衛をするー！」

マトはそう言うけれど、それは無理なのではないだろうか。

だって、さすがにマトには勝てる自信がある。ただしウリボンヌを私の戦闘力に加算してだ。ハンティングナイフとウリボンヌを装備したことで、きっと私の戦闘力は百一ぐらいに上がっているに違いない。これで勝てる！

ふふんと笑うと、すぐにユージンに突っ込まれた。

「ナノハ、バカなことを考えてないできりきり歩け！」

どうして考えていることがバレているのか！

愕然《がくぜん》としてユージンを見上げると、生暖かい目で見つめられ頭を撫《な》でられる。子ども扱いから逃げるため、私は騎士団宿舎への道を急ぎ足で進んでいった。


騎士団宿舎の食堂兼会議室は今、騎士階級の人だけが集まって会議中だ。

なぜか私も会議に出席させてもらっている。

「トッポの情報は正確なのか？」

騎士のうちの一人が言うと、上座に座る団長のクリスチャンさんが苦笑した。

「現状に当て嵌《は》まっていることは確かだ。正確かどうかを確認している時間はあまりない」

わりと上座に座っている私は、隣に座るユージンを見上げた。

会議に集中したいだろうから解説してもらうのは無理かなあと半ば諦めていたけれど、ユージンは私の視線に気付くと声を潜《ひそ》めて教えてくれた。

「エスキリ様はこの町での魔核の流通を取り仕切っている方だ……エスキリ様は、魔法を使えるほど穢《けが》れた人間――つまり、魔法使いをとてつもなく嫌悪している。だから元々、オレたちは何かと嫌がらせを受けていたんだ」

「えええええ、だって、騎士団、この町を守ってるんでしょ？」

「理性と感情をうまく切り離せるのであれば、エスキリ様はこの町の領主になっていたかもな」

ユージンは皮肉げに言った。エスキリさんというのは、領主の弟だという。正妻が産んだ嫡子《ちゃくし》はエスキリさんのほうだから、本当ならエスキリさんが領主になっていてもおかしくなかったらしい。けれどお父さんである前領主が、お兄さんを領主に指名したそうだ。

「エスキリ様が指名した前騎士団は活性化する魔物に対応できず壊滅し、新しい領主様がオレたちを引っ張ってきた。そのことも気に入らんらしい。オレたちの邪魔をするようなことばかりやる」

「……すごく逆恨みじゃん」

「ナノハの言う通りだ。そして、トッポの情報から今、二つの可能性が浮かび上がっているんだ」

それは、問題なく買い付けられているはずの魔核の行方についてだった。

クリスチャンさんが難しい顔をして言う。

「領地の防衛予算で購入した魔核を私たちに売らずに、どこかに横流ししているのであればまだいい。……いや、よくはないが、そうであれば最悪の事態にはならないだろう」

魔核の買い付けと販売を直接行っている商人か、エスキリさんが横流しによって利益を得ているとしたら、魔核はこの町の外に流れている。

「だが、売り渋るだけ売り渋って、手元に魔核を溜め込んでいるとなると、まずいな」

「何がまずいの？」

解説してくれるユージンに尋ねる私の言葉に答えたのは、クリスチャンさんだった。

「……魔核は力の塊《かたまり》です。魔道具の原動力になりますし、魔物にとっても力になります。魔物は魔核を好むのですよ、ナノハ様」

ウリボンヌが好んでいるのは私も知っている。頷《うなず》いた私に、クリスチャンさんは深刻な面持《おもも》ちで言った。

「町の塀《へい》には魔物除けの魔道具が仕込まれていますが、その効力は絶対ではありません。ですから、未使用の魔核を一定数以上溜め込むことは禁じられているのです。なぜなら、溜め込みすぎた魔核は魔物を呼び寄せるからです。あまりにも多くの魔核は、魔物除けの塀《へい》を越えてでも手に入れたいと望む魔物を生み出しかねません」

「……あれっ!?　それってすごくまずいですね！　それじゃ、そんなことを偉い人たちがするはずないんじゃありませんか？」

この世界にとってそれが常識なら、厳しく数量は管理されているはずだ。

サルにでもわかる理屈だった。私にでもわかるんだからね！

「その許容量は一定ではないのです。周辺の魔物の活動の様子から、推測するしかありません。我々黒魔《くろま》騎士団は日々報告書を提出し、昨今の異変についてお知らせはしていますが……エスキリ様が我々の報告をどの程度真剣に捉《とら》えてくださっているかは、わからないのが現状です」

つまり全然報告書を見ていないし、危機感も覚えていないんじゃない？　っていうこと!?

こちらは報告・連絡・相談をちゃんとしているのに、それを見ざる、言わざる、聞かざるで大変なことになった時に責任だけ押し付ける系上司!?

封建制ブラック企業の上司がこんなんだなんて、最悪だ！

「近々、領主様にお会いしたほうがいいのではないでしょうか」

席についている騎士の人から意見があがる。

なんとなく、難しいことだけれどそうしたほうがいいんじゃないかという雰囲気の意見だった。

領主様というのは、簡単には会えないような人なんだろうか。

「そうだな、我々に与えられている緊急時の発言権を行使したほうがいいだろう。おまえたちはどう思う？」

クリスチャンさんの言葉に、みんな静かに頷《うなず》いた。軽々しく使える権利ではないらしい。

でも、使ったほうがいいぐらい、今は緊迫した状況みたいだ。みんなより事態がよくわかっていない私ですら、肌がピリピリする！

「横領してくれているのなら、まだマシなんだが……」

呟《つぶや》くように言うユージンに、万が一の時に最前線で戦うみんなが、重々しく頷《うなず》いていた。

会議が終わると、私は夕飯の準備に追われる厨房《ちゅうぼう》の隅を貸してもらった。

そのうえ、何をやるにも優先してもらえる。トッポさんの歓待は騎士団にとって大事らしい。

それを全面的に任せてもらえ、私としては嬉しかったが、なんとなく釈然としないことがあった。

「……前より話しかけてくる人が多くなった気がするんだけど、ユージン、どうしてだと思う？」

「それは、おまえが騎士団にとってどういう存在なのか、どう扱うのか、クリスチャンが方針を決めたからだろう」

「方針？」

「ああ、これまでは面倒な客扱いだったわけだが」

「私って面倒な客だったの⁉」

衝撃の事実が発覚した。驚愕《きょうがく》する私に、何を今さらという顔でユージンが説明する。

「そりゃあ、やたらと格好だけは偉そうで、舌の肥えすぎた、普通のメシが食えず、特別扱いしてやらないと空腹で死にそうな女だぞ？」

それは確かに面倒な客だ。

もてなしてあげているのに、出せるうちの最高の食べ物を与えてもまずいと言って吐き捨てるからね。最悪じゃないか！

「だが、魔核や魔物の肉のこともあるし……おまえを聖女ってことにして、騎士団で匿《かくま》うと、クリスチャンが決めたんだ」

「そうならなかったら、私ってどうなっていたの？」

「……身許《みもと》のわからない貴族と思われる女として領主に引き渡されていたかもしれないし、面倒事になるようであれば放り出していたかもしれない」

「う、うわー！　この町で放り出されたら、私、生きていけないけど⁉」

「かもな。まあ、二日目には正直おまえの印象は変わっていたし、そうなったら、オレが引き取って面倒を見てやっていただろうよ」

頭を撫《な》でられ、子ども扱いにムッとして見上げたら、そこには思っていたより優しい笑顔があってドキリとした。

「言っただろう？　オレはおまえを助けると。騎士団の決定は、オレでは覆《くつがえ》しようがないが……騎士団が守れなくとも、オレが個人的におまえを守ってやることはできる」

「な、なんでそこまでしてくれるの……？」

「おまえがいい娘《こ》だと思うからだ。大人になればいい女になるだろう。いや、もう大人だったか？」

不満を最大限に表した私の顔芸を見て、ユージンは苦笑しつつ言い直した。

「見ていて心配になるぐらい素直で単純なところが好ましい。教養は足りていないように見えるが、愛され大切に育てられてきたのがよくわかる」

「……うん、そうだよ。大切にされてたし、愛されてたと思う」

「オレは……いつかおまえを家族のもとに返してやりたいんだ」

私の家族は事故で亡くなってしまっている。だから、異世界にいるだなんておかしなことになってはいても、本当の意味で心配している人はあちらにいないと思うから、元気でやってこれた。

でも、ユージンの言葉が嬉しくて……待っている家族はいないだなんて、自分で口にしたくなくて、私は黙り込んだまま涙ぐんだ。

「泣くなよ、ナノハ。そのうち何もかも思い出せるし……元の世界、だったか？　そこへも帰れるだろう」

信じているのかいないのか、半分ぐらい信じてくれていそうな口調で、ユージンは私をソッと抱きしめる。その腕の中から脱出しようとは、思わなかった。

自分で言うのもなんだけれど、私は色んな人に愛されて大切にされて生きてきた。世界を超えても、大切にしてくれようとする人に出会えたことが、この涙の一番の理由だ。

「迷惑、たくさんかけたのに……今も迷惑かけてるのに……っ」

「メシが食えないっていうのは困ったが、おまえは自力で問題を解決しただろう？　それに、今は迷惑なんかかけられていない。逆に、オレたちとしてはおまえにいてもらえるほうが都合がいい」

「本当に？　ここにいても、邪魔じゃない？」

「邪魔なものか。騎士団のほうがおまえに見放されないかとヒヤヒヤしているぐらいだぞ」

「ユージンは？　私のことをどう思ってるの？」

「……オレはおまえを可愛く思う」

「えっ!?」

そんな回答が返ってくるとは思わなかった。

私がここに来て以来、ユージンは付き人のような役目をさせられている。きっと面倒な役目だと考えているだろうと思って尋ねたのだ。ポジティブな返答があるとしても、魔核採取人だとか料理人を護衛するやりがいを語られるぐらいだと思ったのに――

「ナノハ、顔が真っ赤だな？」

くつりと笑うユージンに、声が出なくてその胸に顔を伏せた。

「どんなふうに育てられたら、おまえのようになるのやら……誰かに悪意を向けられたことも、騙《だま》され意に沿わない形で利用されたこともないんだろうな」

ユージンが私の頭に頬をすり寄せ、後頭部を優しく撫《な》でる。その手つきがあまりにも丁寧で集中力を根こそぎ持っていかれ、耳元で囁《ささや》かれる言葉がうまく聞き取れない。

「オレなんかの腕の中に大人しく収まりやがって……」

不意に、ユージンの腕に力が込もり、強く抱きしめられる。悲鳴じみた声が漏れたけれど、ユージンは放してくれなかった。

「頼むから、警戒してくれ……騙《だま》されないよう、簡単に口説き落とされないよう――」

「く、口説く!?」

「はぁ……バカ、ナノハ」

ひっくり返ったような声を出す私の耳元で、掠《かす》れた声で悪態をつくと、ユージンはゆっくりと離れていった。苦笑を浮かべ、誤魔化すように私の頭をワシャワシャ撫《な》でる。

「き、きゃー」

「クリスチャンはおまえを聖女だと言った。まあ、そういう扱い方をするということになったんで、オレたちはそれに従い、態度を変えているというわけだ」

何に従って態度を変えたら、こんなユージンみたいな態度になるというんだ。

「わ、私……外で何か洗ってくる！」

「何かってなんだよ――」

熱い顔を隠しつつ庭に逃げ出す私に、ユージンが疑問を投げかけてきたけれど、知るか！

外に逃げ出し、隠れるところを探した。とても人様《ひとさま》に見せられない顔になっているに違いない。

これほどの羞恥《しゅうち》を味わったことが、かつてあっただろうか。

私はあたりを見回し、こんもりとした茂みを見つけた。幅広の葉がよく茂った隠れ心地のよさそうな灌木《かんぼく》もある。

そこに飛び込んだら、懐《ふところ》で「ぶ」と衝撃に驚いたウリボンヌが鳴いた。

ウリボンヌが空気を読みすぎて大人しくしてくれていたのが逆に辛い。

けれど、そこには先客がいた。

「あれ……見られちゃった？」

騎士団のチュニックを着ているから、騎士団の人だろう。

その青年は腕に鷹《たか》に似た猛禽類《もうきんるい》を乗せていた。

その鳥の足にくっついた小さな筒状の入れ物にくるくる巻いた紙を押し込み蓋《ふた》をしめ、腕を振る。

すると鳥は音も立てずに飛び立った。

「見られたからには、計画を前倒しするしかないかな」

計画？　と首を傾《かし》げた私に、青年はにっこり笑うと、片手で自分の口を覆《おお》いつつ手を振った。

甘い匂いを感じた直後、私は強い睡魔に襲われて崩れ落ちた。

金持ちの部屋だ。目が覚めてまず思ったのはそれだった。匂いからして違う。

騎士団の宿舎はいつも土の匂いがしていたけれど、ここは香水のような花の匂いがした。

「ベッド……秘密基地？」

私は壁の窪《くぼ》んだ場所に作られた寝台の上にいる。フカフカの毛布もシーツも毛織の掛布団もとても触り心地がいいけれど、不安を和らげてはくれない。

「ユ、ユージン？　いないの？」

ベッドから下りようとしたところ、結構高くて転げ落ちた。

色硝子《いろガラス》のモザイクがむき出しになった床に打ちつけた腕が痛かったけれど、私は痛みよりもここがどこなのかのほうが気になった。

「ま、また別の世界に来ちゃったとか？　……そんなあ」

ノリと勢いでなんとか異世界に順応しようと努力してきた。傍目《はため》にはわりと元気に見えただろう。だけど、これでも落ち込んだり悲しんだりすることはあるのだ。どこの誰だかわからないが、何をされても平気だとは思わないでほしい。

「ぶう！」

「ぶう？　わあ、ウリボンヌ！」

朱色の毛玉がベッドの中から這《は》い出てきた。ウリ坊の魔物、ウリボンヌだ。胸に飛び込んできた魔物を抱いて、私は泣いてしまった。

「会いたかった、よかった……ウリボンヌがいる世界なんだね」

「ぶうぶう」

「泣いてるけど、大丈夫だよ。元気出たよ……」

地面に座り込んでウリボンヌの温かくフワフワのお腹に顔をぐりぐりこすりつけ、涙を拭く。そうしてウリボンヌに嫌がられていると、不意に扉が叩かれ、特に返事もしないうちに開かれた。

慌てて顔を上げ立ち上がる。入ってきたのは金髪に黒い目をしているおじさんだった。

「目が覚めたか——聖女殿?」

聖女というのをやめろ、という言葉が喉元《のどもと》まで上がってきたけれど、堪《こら》えた。

目の前の人はきっと偉い。社長とか役員クラスの偉そうなオーラを感じる。

何しろ、服の生地からしてユージンたちの服とはくらべものにならないほどよさそうなのだ。光沢のある波線の模様が描かれたチュニックの下には、シャツとズボンを着ているみたいだった。

「多少強引な招待となったことをお詫《わ》びさせていただけるかな、聖女殿? あなたがどのような身分の方なのかわからないのでね」

どんな身分の人間なら攫《さら》ってもいいと思っているの?

そういえば……私は攫《さら》われたのだった。なぜなのかはわからない。

なんだっけ、計画の前倒しとか、犯人がそんなことを言っていた。

「聖女殿に聞きたいことがあり、こちらまで来てもらったのだよ」

おじさんは目でついてくるよう促《うなが》しつつ、寝室らしき部屋から出ていった。

大人しくついていくと、隣の部屋で女の人がお茶の用意をしている。地味な黒いチュニックに白いエプロン姿でメイドといった雰囲気だ。

おじさんは椅子に座ると、「かけたまえ」と私に椅子を勧めた。

「訳あって騎士団に身を寄せているそうだが、彼らに騙《だま》されているのではないかね？」

「だ、騙《だま》されている？」

「記憶喪失だと聞いている。そして、君は騎士団の人間とは違って、穢《けが》れていないとも」

クリスチャンさんが作った私の公式設定は一体どこまで広がりをみせているんだろうか。そして、それをどうして知られているのか。

「君は騎士団の人間に誘拐されたのではないのかね？」

誘拐したのはあなたです。

だけど、もしかして、私をここに連れてきたのって、この人の親切心だったんだろうか？　私は救出されていたの？　知らなかった。

「あの、黒魔《くろま》騎士団は悪くないです。えっと、気付いたらこの町の外にいました……騎士団に保護されたのが二週間ほど前のことです」

そこで、魔物に襲われていたところを助けてもらい、それからもとてもお世話になっているんだと力説したが、おじさんはフンと鼻で笑った。

「どうもうまく君は思い込まされているらしい。魔法使いらしい卑劣なやり口に吐き気がするね」

いやそんなことないってば。私の言葉を信じてください。

そういえば、騎士団の人たちも私の言うこと信じてくれないよね。同じだね。ユージン以外は――それにしても、このおじさん誰だろう。

「……私は、ナノハと申します。あなたは一体？」

「ん？　ああ、私はエスキリ・アイリ・ドローラズと言う」

「……エスキリ、さん？」

「ああ、この町の領主の弟だよ」

そう言って、この町ドローラズの食糧の流通と魔核の販売網を一手に管理しているという領主の弟さんは、忌々《いまいま》しげに顔を歪《ゆが》めたのだった。


「――君が家族に会いたいのであれば、騎士団よりも私のほうが君の役に立てるだろう」

そう言って、エスキリさんは私をおいて部屋から出ていった。

騎士団宿舎から私が連れ出されて、すでに一晩経過しているらしい。

連絡を取りたいと主張したけれど、騎士団の人たちにはエスキリさんが報《しら》せてくれているので、何も心配することなくここで過ごすように、と言われる。連絡を取るのは結局許されなかった。

エスキリさんは私の保護を申し出てくれた。二週間前なら飛びついていただろう。何しろ騎士団の食事はまずくて食べられないし、ベッドは藁《わら》の上にシーツを敷いただけ。おまけに宿舎の周りには大勢の難民がいて、落ち着かない。

けれど、私はエスキリさんの申し出を受けるのを躊躇《ためら》ってしまう。だって、ユージンたち騎士団と、いい関係が築けていたから……

対してエスキリさんとの関係は、決して良好ではない。救出したつもりなのかもしれないが、権力者の横暴と言っていいほどの強引さで連れてこられた。それに、彼の質問に対して私がほとんどわからないと答えていたら気分を害したようだ。

聞かれたのは、騎士団の情報だった。誰が誰と仲がいいとか、どこの商人と繫がってるかとか。知ってるけど、教えないよ。最近怪しい行動が多いのも、コソコソ隠れて何かやっているのも、魔物食いのことも、大体私のことだから言わない。私自身のためにね。

「どうしよっかな」

「ぶう！」

私がお茶を飲みながら今後の身の振り方に悩んでいると、ウリボンヌが鳴いた。

ウリボンヌもお茶を飲みたいのかな？　薄味すぎてあまり美味《おい》しくないよ？

そう思っていると、ウリボンヌが鼻先を向けている扉がノックもされずに開いた。戸惑《とまど》っているうちにメイドさんらしき女の人が音もなく入ってきて、「湯浴みのご用意ができました」と言う。

色々疑問が湧いたけれど、湯浴みという言葉ですべて吹っ飛んだ。

「湯浴みって、お風呂？　お風呂に入らせてもらえるんですか？」

「エスキリ様より、ナノハ様のお世話を申しつかっております。何不自由なくお過ごしいただけますように、ご要望がありましたらなんなりとお申しつけくださいませ」

「お風呂！」

約二週間ぶりのお風呂に入る好機だ。色んな疑問はとりあえず放って、身体を洗いたい。

それから、私は至れり尽くせりの好待遇を受けることになった。

周囲の目線が若干気になる開放的なお風呂は、大理石的な石で作られた大浴場で、お湯はぬるかったけれど、たくさんの色の花弁が浮かんでいて心地よい。お風呂から出ると傍《そば》にあった台の上で、女の人三人がかりでマッサージをしてもらい、香油を塗ってもらった。最高級のスパというのはこういうものなのかもしれない。

服も新しいヒラヒラしたドレスをきれいに着せてもらう。帯のところに襞《ひだ》を丁寧に作ってくれたので、身動きの時に気を付けないとすぐに乱れてしまいそうだった。帯は、ない胸を強調するかのようにアンダーでギュッと締められている。髪の毛も複雑な形に結《ゆ》われ、花飾りをつけてもらった。久しぶりのお化粧もしてもらえそうだったけれど、食用にもできる赤い花の露《つゆ》で作られたという口紅はともかく、原料の判然としないおしろいは断固として拒否する。

その後、エスキリさんに朝食に招かれた。まだ早い時間らしい。

「身支度を整えると、さすがに見違えますな」

「……どうも、ありがとうございます」

とりあえず、愛想よくお礼を言っておく。

何しろ、驚くくらいの好待遇により私の心は彼に保護されたいほうに少々偏《かたよ》っている。

だってお風呂だよ？　井戸の側で頭から冷水をかけられ続けた騎士団との落差で、お風呂は最高に輝いて見えた。ピカピカに磨き上げられてもいたしね。

（でも、騎士のユージンはともかく、ここでお世話になったらマトには会えなくなりそう……）

身分社会っぽいこの世界で、エスキリさんがマトと会うシチュエーションがまったく想像つかない。

「……妙なマナーですな」

エスキリさんは私の手元をじっと観察している。それだけでも食べにくいのに、食事は期待していたほど美味《おい》しくなかった。

「私の屋敷で使用している食材はすべて一度、神殿に預けられ、清められているので、品質は高いと自負している」

自慢するように言われた。白い光を纏《まと》って見えたのは、気のせいではないらしい。神殿の水槽につけられて、淡い白の光を帯《お》びるようになった硬貨のように、食材も白い光を帯《お》びている。

それなのに、ベーコンらしき肉も、硬いパンも、木の実やジャムも、どれもこれも気の抜けたような味をしているのはなんでなのだろう。

まあ、食べられなくはないので、エスキリさんの話に微笑んで相槌《あいづち》を打ちつつ食べ進めていく。

魔物肉が恋しくなってきた時に、まるで私の心を読んだかのようにエスキリさんが切り出した。

「そろそろ心は固まっただろうか？　悩むだろうし、時間を与えたい気持ちはあるが、私も忙しい身なのでね。……あのような魔物食いどもといると君の品位が下がるだろう？」

その魔物食いブームのトップを走るのが私だと、まさか知らないのだろうか？

私を攫《さら》ったあの男は、騎士団にもぐり込んでいたエスキリさんのスパイじゃないのだろうか。だとしたら、知っていないとおかしいのに、エスキリさんは畳みかけるように言う。

「汚《けが》らわしいことだと思わないかね？　すでに穢《けが》れているので魔物を食おうと彼らにとっては変わらないのかもしれないがね。……ナノハ殿は魔法使いではないのだろう？」

「まあ……」

「軽蔑に値する集団だ。傍《そば》にいて伝染《うつ》ってしまっては困る。今後は彼らに近づかないほうがいい」

エスキリさんは魔法使いを痛烈に侮辱した。中二病を発病した時の自分自身をも揶揄《やゆ》されたかのような怒りと羞恥《しゅうち》を感じ、私の笑顔は強張《こわば》る。

「君は難民のために魔物を食べると言ったそうだね。心映えは見事だが、それもヤツらが君を自分たちと同じような穢《けが》れに落とすために、口車に乗せた結果だろう。騙《だま》されたと気付きなさい」

むしろユージンたちには食べると穢《けが》れるからやめなさいと止められた。そこを強行したのは私だ。

何か、一言言ってやりたくて、強張《こわば》った笑顔のまま私は口を開いた。

「でも、たとえ魔物でも、美味《おい》しければ――」

「たとえ美味であろうと、あんなものを口にする人間の気が知れないね」

エスキリさんは敵である、と私の脳内裁判は即座に審判を下した。

もし魔物肉の、特に虹色肉の味を知る前であったなら、私はエスキリさんの保護を喜んで受け入れていたかもしれない。いや、受け入れていたに違いない。

何しろ餓死の危険性があったからね。というか、騎士団で出された食事はやっぱりどう考えてもひどすぎた。

人間には三大欲求があると言われているけれど、私にとって、最も優先すべきは食欲なのである。しかも、量よりは質派だ。ただそこまでの高品質を欲しているわけでもない。ファストフードのバーガー程度の美味《おい》しさを要求しているのだ。

この要求水準ですらわがままと言われる騎士団だったが、聖女という立場を手に入れたことによって、改善されていくかもしれない。

逆に、エスキリさんの魔物蔑視《べっし》は恐らく今後も改善されることはなさそうだ。

私は魔物肉が食べたい。絶対に食べたい。

エスキリさんと別れ部屋に戻された後、私は自分の気持ちを再確認していた。

「まあ、ナノハ様……どちらへ行かれるのです？」

気持ちが固まったので、部屋を出ようとしたら、メイドさんに止められる。

「騎士団に帰ろうと思います」

監禁されているわけじゃないなら、帰れるだろうと思ったけれど、そううまくはいかなかった。

「それでは、まずはエスキリ様にお伺いを立てなくては」

「すぐに帰りたいんですけど」

「勝手にお帰りになられては私どもがお叱りを受けますので」

少々お待ちくださいと言われ、待つことになる。

けれど待ち続けて翌日の昼頃になっても、待てと言ったメイドさんが再び現れることはなかった。

「あの、ごはんを用意していただいてもいいですか？　お昼ですけど、お腹が減ってて」

「かしこまりました」

部屋に待機していたメイドさんに、お昼ごはんの用意をお願いする。

朝夕の二食が普通のこの世界、騎士団では昼食を食べようとすると変な目で見られたけれど、この屋敷ではそんなこともないようだ。不自由させるなとエスキリさんから命令が出ているんだろう。

人がいなくなったタイミングで、私は窓にとりつく。けれど、硝子窓《ガラスまど》は完全に嵌《は》め込まれていて開けられるようなものではなかった。仕方なく廊下から出ようとしたものの、三歩も歩かないうちにメイドさん二名に止められる。

「どうなさいました？　ナノハ様」

「……エスキリさんに連絡を取ってくれると言っていた人が見当たらなかったので、探そうかなと」

「まあ、それでは私が代わりにお探しさせていただきます」

そう言うと、メイドさんその二は私を部屋に押し戻し、肩に手を置いて優雅な仕草でお辞儀して、去っていく。入れ替わるようにお昼ごはんが運ばれてきて、私はそれを食べながら待つことにした。

けれど、メイドさんその二も戻ってくることはなかった。

（まさか、何不自由なく軟禁しておくように命令が出てる感じ……？）

エスキリさんは私を騎士団に返すつもりがないのだろうか。しかし、私はここにいたくない。

魔物肉のことを考えていたら、あの虹色のビッグボアの肉の味を思い出してしまった。舌が勝手にあの味を思い浮かべて、口の中に唾が湧く。

ただ、エスキリさんがいなくて、本当に連絡が取れないのかもしれない。だとしても、その報告ぐらいしてくれてもいいのに。

私は最後の手段として、エスキリさん本人に直談判することにした。

「すみませーん、エスキリさんにお会いしたいんですけど、取り次いでもらえますか？」

薄いミカンジュース味をしたスワモの角切りを食べながらメイドさんにお願いすると、メイドさんがスッと出ていく。しばらくして戻ってくると「申し訳ございません、エスキリ様はただ今外出していらっしゃいます」と言った。

いないのなら仕方がないのかな？

帰りたい気持ちが膨らんでくると、ここがどこなのかが気になってくる。もちろんエスキリさんのお家なのはわかっている。知りたいのは、騎士団宿舎との距離だ。

「外の空気が吸いたいので、散歩してきていいですか？」

「外の空気ですね。バルコニーにご案内いたします」

散歩したいって言ってるのに、ここのメイドさんはあまり言葉が通じないようだ。

連れていかれたのは、部屋を出て廊下を少し歩いたところにあるバルコニーだった。高さにして三階ぐらいか。せり出した白い装飾的な手すりの根元には、色とりどりの花の植木鉢が置かれている。

この屋敷の正面に、見覚えのある神殿の円柱のような大理石の白い塔と、その周りの広い庭園が見えた。この距離だと、騎士団宿舎も私の足でたどり着けるだろう。この近さだと、一般市民はエスキリさんの家がどこにあるのか常識として知っているだろうから、私に見られてもかまわないのだと思われる。

バルコニーから逃走経路を探《さぐ》っていると、下のほうからざわめきが伝わってきた。

何か事件が起きたのかと、身体を強張《こわば》らせた、次の瞬間――

「ナノハはオレたちと共にあることを望んでいる！」

ユージンの声だとすぐにわかった。

腹の底から横隔膜《おうかくまく》を震わせて出したようなその大声に応えたのは、エスキリさんだ。

「ナノハ殿は黒魔《くろま》騎士団のもとでの暮らしに憔悴《しょうすい》しきっていた。今はお休みになっている。たとえ起きられたとしても、騎士団の輩《やから》とは会いたくないと言っていた！」

エスキリさんは嘘をついている。私は起きているしユージンに会いたくて仕方がない。

「おまえたちの言い分はわかった！　乱闘をするのであれば私は帰るぞ！　話に食い違いがあるので、誤解があるのか、どちらかが嘘をついているということになるが――そもそも、魔核の販売についての話ではなかったか！」

知らない男の声が叱りつけるように言うのも聞こえた。嘘をついているのはエスキリさんだと伝えるために、すぐさま駆け出そうとしたら、きれいなメイドさん一号に腕を掴まれ押さえられる。

何、この馬鹿力。

叫ぼうとしたら、メイドさん二号に口を塞がれた。凄《すご》みのある笑顔で「お静かに」と言われる。怖すぎて私は抵抗をやめた。

私に付けられているこの二人はメイドではなく戦士的な何かだ。

私が大人しくしていると、怒鳴り声はやみ、後はボソボソ言い合う声が僅《わず》かに聞こえてくる。声が小さいのか、遠くて聞き取れないけれど、ユージンが探しに来てくれたことだけはわかった。

それにしてもエスキリさん、いるじゃんか。やっぱり居留守だった。私が帰りたいと言ったところで取り合うつもりがないんだろう。

しばらくすると、どこかの部屋に入ったようで、扉が閉じるキイという音と共に人の声がしなくなる。

私は部屋に戻されそうになったが、「もう少し風に当たりたい」と涙声で訴えた。涙は演技だ。いや、メイドさんにマジビビリしたというのもあるけれど。

二人のメイドさんは意外なことに、私一人をバルコニーに残して見えない場所に下がっていった。とはいえ、バルコニーから廊下に入ってすぐのところに立っていらっしゃるけどね。

「……ウリボンヌ、私、今夜の夕食は魔物肉を食べるって決めたんだ」

フラグじゃないよ。絶対に食べるよ。

私の足元でチョロついていたウリボンヌは、私を見上げて「ぶっ」と高い声で鳴いた。

たぶん、この仔は賢いから、私がやろうとしていることをわかっている。

バルコニーの下に、薔薇《ばら》か何かの灌木《かんぼく》が植えられていた。あそこにボスッと落ちることができれば死にはしないだろう。うまいことい けば無傷だ。

飛び下りてメイドさんたちから離れた後なら、泣き叫んででも騒ぎを起こして衆目を集め、近くにいると思《おぼ》しきユージンと接触さえできればいい。

エスキリさんとユージンがどんな話をしているのか知らないが、話題の渦中《かちゅう》の人物が庭の生垣に刺さっていれば、どうしてそうなったのか聞きにくるだろう。

「ふう……震えが走るよ」

「ぶう？」

「私は基本的には小動物のように臆病だからね。すぐにプルプルしてしまうんだよ」

ウリボンヌを落としたりしないよう、厳重に腕に抱え込み、バルコニーに置かれた椅子の上に立って、片足をバルコニーの手すりにかけた――その時、遠くの空に奇妙なものが見えた気がする。

チキンな私はそれが何なのか確認してから飛び下りることに決めた。

「なんだろう……燃えてる？」

不謹慎な言い方で申し訳ないけれど、火を噴いて墜落していく一機の飛行機に見えた。

見れば見るほどそんな感じだが、この世界の文明水準を身をもって知る私としては、飛行機があるなんて断じて許さない。

日が傾き、遠くの空に夕暮れの気配が漂《ただよ》い始めていた。青にうっすらと混じる橙色《だいだいいろ》の輝きが、一粒空から抜け出して、ゆっくりとこちらに近づいてくる。

燃えるような赤と橙色《だいだいいろ》の何か。ていうか、どう見ても絶対にアレは燃えている。

「ナノハ様？　このようなところで何を――ヒッ」

メイドさんが手すりに足をかけている私に気付いて近づいてきたが、私が見ているものを認識すると悲鳴を上げた。そして、私を放置してバルコニーからものすごい速さで走り出していく。

しばらくすると、屋敷は騒然とした。先ほど、ユージンの声が聞こえた時の比ではない。

「ファイアーバードだ!!」

誰かが恐怖に駆られたような声で叫んだ。なんとなくその単語に聞き覚えがあり、私は手すりから足を下ろし、椅子からも下りて首を傾《かし》げた。

「ファイアーバード、火の鳥……焼き鳥！」

思い出してポンと手を打つ。

「うわ……本当に塀《へい》の中に入ってきちゃったんだ」

私がこの世界に来て初めて出会った魔物が焼き鳥という名前だった。名前からして美味《おい》しそうな魔物だ。

そんなことを考えたせいか、お腹が減ってきて、小さな音が鳴る。しかし、私のお腹の音に気付いて食事を持ってきてくれそうなメイドさんたちの姿はなかった。

屋敷中のあちこちから、悲鳴と走る足音、指示を飛ばす声が響く。とてもごはんを用意してもらえそうな雰囲気ではない。

監視が消えたのをいいことに、私は普通に廊下を歩いて、階段を下りていった。すれ違う人はいたけれど、みんな必死の形相をしていて、私をスルーしてくれる。

ユージンたちがいる部屋はすぐに見つけられた。一階にあるその部屋の様子を窺《うかが》う人たちがドアの前に溜まっていたからだ。

「ユージン！」

中にはユージンとクリスチャンさんがいた。あとはエスキリさんと、見知らぬ男性だ。

みんな険《けわ》しい顔つきだったけれど、壁際に立っていたユージンは私を見て「よかった、無事だったか」と言って安堵《あんど》の表情を浮かべた。手招きされたので寄っていく。ソファに座るクリスチャンさんのほうは怖い顔をしたまま私をチラ見もしない。

「魔物除けの塀《へい》を飛び越えて、このような場所までファイアーバードがやってくるということは、魔核を規定以上に溜め込んでいるということですね？　……こんなことになるのであれば、横領されていたほうがやはりマシでした」

クリスチャンさんはエスキリさんを鋭く見据《みす》え、辛辣《しんらつ》に言う。

横にいるユージンが小声で流れを説明してくれた。私が救出という名の誘拐をされたのをきっかけに、クリスチャンさんは領主様に働きかけたそうだ。領地の危機が迫っている可能性があると――あれ、私のことは関係なくない？

「ドサクサにまぎれて助けるつもりだったさ」

ユージンが囁《ささや》く。領地の危機レベルの理由がないと、エスキリさんに文句をつけることもできないらしい。

エスキリさんに色んな文句をつけるために、魔核の貯蔵量を確認していただくという名目で、領主様にご足労いただいたという。ということは、見知らぬ男の人は領主様ということだ。

私のお父さんが生きていればこれぐらいの年齢かもしれない。茶色い髪を長く伸ばし、後ろで括《くく》っている。緑の目でヒタとクリスチャンさんとエスキリさんを見据《みす》えていた。

「な、何が悪い。横領をしていた商人を摘発しただけだ……魔核の貯蔵量だって、問題なかった！」

エスキリさんが狼狽《ろうばい》した様子で叫んだ。

「これまではそうでした。ですが昨今は状況が変わってきていると、私どもは常々《つねづね》申し上げてきたはずです。報告書は間違いなくあげております」

クリスチャンさんは領主様に向かって自分たちに非はないと主張した。

エスキリさんは、クリスチャンさんを睨《にら》む。

「おまえたちが買わなかったのが悪いのだ！」

「商人が売買に応じてくれませんでした。我らの責任とは言えません」

クリスチャンさんは冷静に、だが強く主張する。

責任のなすりつけ合いをしている場合なのだろうか。そして私に対する反応が薄くないだろうか。

まあ、放置は甘んじて受け入れようと思う。そんな場合じゃないと感じているから。

ユージンは不意に壁から離れると、クリスチャンさんの背後に近づき、耳元に口を寄せた。しかし耳元に口を寄せた割には、ヒソヒソ話とは思えないぐらいよく通る声で言う。

「団長、ファイアーバードはこの屋敷に引きつけて戦うということでよろしいのでしょうか？」

「なんだとっ、私の屋敷から引き離して戦え！」

エスキリさんは偉そうに命じるが、クリスチャンさんもユージンも冷めた目でエスキリさんを見た。二人とも、エスキリさんの言葉に従うつもりはないようだ。

クリスチャンさんは淡々と事実を指摘する。

「もう間に合いません。たとえ魔核を運び出したところで、運搬の途中でファイアーバードに追いつかれるでしょう。ここに溜め込んでいると思われる魔核を取り込まれ、強化されてしまったら、私どもでも対処できません。最悪、神族の神殿が傷つきます」

神殿が傷つくのは絶対にあってはならないことらしい。エスキリさんは悔しそうに黙ったし、領主様も「クリスチャンの言う通りだな」と頷《うなず》いた。

「領主様、ファイアーバードはここを目指して飛んでいるのです。今から進路をずらせばどこに被害が出るかわかりません。かくなるうえは、この場所までファイアーバードを引きずり込み、用意できる魔道具を総動員してこれ以上の侵入を食い止めるしかありません」

クリスチャンさんの提案を、誰も拒否しなかった。

「しかし、我ら騎士団では、魔核が不足しております。魔道具を満足に動かすことができません」

クリスチャンさんは何かを強請《ねだ》るわけでもなく、平坦な口調で言った。それに対して、領主様が静かに応える。

「それでは、この屋敷に溜め込んでいるらしい魔核を自由に使うことを許そう。費用については気にするな」

「兄上！　なんてことを！　ここにある魔核はすべて私が管理しているものですよ！」

「エスキリ、そんなことを言っている場合か？　神殿の塀《へい》が一カケラでも傷つけば、私の首もおまえの首も、物理的に飛ぶぞ？　話を聞く限り、魔物を町まで呼び寄せた責任はおまえにあるように思える。追加調査はするが、神族が出張ってきた時にはおまえを矢面《やおもて》に立たせる」

エスキリさんが息を呑み、顔色を青くしていく。

そんな弟の顔を冷静に見据《みす》え、領主様であるおじさんは静かに言った。

「神族の方々を騒がせることなく、この事態が収まることを神に祈るんだな」

「領主様、私どもがこの事態を収めてみせます」

クリスチャンさんの言葉に、領主様は落ち着き払った様子で頷《うなず》く。

「そうなることを願っている。行け、黒魔《くろま》騎士団団長、クリスチャン。この戦いが無事に終わった暁《あかつき》には、今後の魔核の売買について、おまえの希望を聞きたいと考えている」

「はっ、ありがたく。ご前を失礼いたします」

クリスチャンさんは退室し、ユージンがその後に続いた。私も当たり前のような顔でついて行く。

特に呼び止められることもない。

領主様は終始声を荒らげることなく、その言葉の内容も冷静だったけれど、一瞬合ってしまった緑色の瞳は、爛々《らんらん》と怒りに燃えているように見えた。

私はとりあえずユージンたちの後について歩いた。不意に振り返ったユージンが、私がついてき

ている と初めて気付いた様子で叫ぶ。

「ナノハ、なんでついてきてるんだ⁉」

「え⁉　だって、エスキリさんたちといるわけにはいかないでしょ？」

また軟禁されて鉄人メイドさんを監視につけられたら嫌だ。

「オレたちの傍《そば》にいるのは別の意味で危険だ。正直、厳しい戦いになると思う」

「魔道具とか、なんか便利道具があるんじゃないの？」

「便利道具って……他に言い方があるだろう」

ユージンは早足で歩きながら、説明してくれた。

どうやら、塀《へい》の外でファイアーバードと接敵する分には、倒しきれなくとも追い払うという方法があるらしい。

「だが、塀《へい》の内側まで入り込まれてしまった以上、追い払うと町を荒される危険がある。神族の領域である神殿を傷つけられた日には——」

「なんか、みんなそれだけは避けなくちゃって雰囲気だったね？」

私が軽く言うと、ユージンは小走りになってついていく私をじろりと睨《にら》んだ。

「そりゃそうだろう。町ごと消されてもおかしくはない」

「……消される？」

「神族の大半は、人間を気分次第で虫けらのように殺すことを躊躇《ためら》わない。あいつらが好む清浄な空間で、穢《けが》れたオレたち人間は苦しむからな……害虫のようなものだと思っているヤツもいる」

害虫駆除ぐらいの気持ちで消されてしまうようだ。

町が壊され、そこで暮らしていた人間は運がよければ他の神族が支配する領域に移される。だけど、領主などの支配者層は責任を取って首チョンパがデフォルトらしい。

「ひえええ……」

怯《おび》える私を見て、「だからクリスチャンは神族との伝手《つて》を欲しているんだ」とユージンは言った。

「神族は同族には甘いからな。神族との伝手《つて》があれば、他の神族とのやり取りが一気に楽になる」

「綱渡りから平均台渡りぐらいの難易度になる感じ？」

「油を被《かぶ》って火の輪をくぐる難易度から、火の上で綱渡りをするぐらいの難易度になるかもな」

なんにしても、神族とかかわるのは曲芸らしい。どんだけ怖い人たちなんだ。

「ナノハ、裏からこの屋敷を出て神殿へ行け。オレたちはどんな手を使ってもあの神殿を守るために動く。この町の他の場所は、どこであっても、あの神殿を守るための囮《おとり》になる可能性がある」

領主様の屋敷でも、必要であれば魔核を並べてファイアーバードを誘導する囮《おとり》にするらしい。

「おまえなら神殿の奥に入れるだろう？　――そこへ行け！」

険《けわ》しい表情のユージンに、半ば怒鳴るような語気で命じられ、私は叱られた新入社員のようにビシッと頷《うなず》きピュンと彼から離れた。ユージンは、隣を走る私に合わせて歩いていたらしく、離れるとすごい速さで走り出し、すぐに見えなくなる。

「……ウリボンヌ、裏口ってどこだろう？」

薄暗い廊下に放置された私は、ユージンの言葉に従うために出口を探した。この広い屋敷のどこに自分がいるのかよくわからないし、周辺には人の気配もない。

「ぶう！」

私の腕から飛び下りたウリボンヌは、任せろとでも言うかのように鳴くと、廊下を走り出した。

きっと、ウリボンヌの鼻ならにおいで裏口の場所がわかるのだろう。

ユージンたちのことは心配だけれど、私のような非戦闘員にできるのは邪魔をしないことぐらいだとわかっている。大人しく逃げて、神殿に立てこもりたいと思う。

ウリボンヌはちゃんと道がわかっているのか、迷うことなく走っていく。時おり私がついてきているか振り返る以外は、まっしぐらだ。心強く思いながらついていくと、次第に人のざわめきが大きくなってきた。避難しようとしている人たちが集まっているに違いない。

——そう思ったのに、私がたどり着いた薄暗い廊下には騎士団のチュニックを着た人たちがいた。

「ナノハ様!?　このようなところで何をされているのですか？」

騎士団の厨房《ちゅうぼう》で顔を見たことのある男の子に聞かれるけれど、私もよくわからない。

「……ここは裏口？」

「裏口はまったく反対方向です。ここは倉庫ですよ。魔核を運び出しているところです」

騎士団の人たちが、倉庫から薄ピンク色の袋を運び出している。あれが魔核の入った袋らしい。

ウリボンヌは「ぶう！」と嬉しそうな鳴き声を上げると、暗い部屋の一つに突進していった。そして、中に積み上げられた袋の一つに穴を開けそうな勢いで鼻先をスリスリする。

「ウ、ウリボンヌ……まさか、魔核が食べたくてここに向かってた？」

「ぶう？」

「わからないふりをしても騙《だま》されないよ！　私はこの数日でおまえがどれだけ賢いかわかっているんだからね!!」

涙目で叫ぶ。

どうやら私は、ファイアーバードの目的地にいるらしい。この戦いの最前線ではないか！

「に、逃げようウリボンヌ。本当にここは危ないと思う」

「ぶーっ！」

「駄々をこねないの！　ちょ、袋を放しなさい！」

袋をガッチリと噛《か》んだウリボンヌ。その力が強くて持ち上げてもまったく引き離せない。そして袋は重くて、それごと運ぶことはできなかった。

その時、建物が揺れた。

「グキャアアアア!!」

獣の咆哮《ほうこう》が、たぶんすぐ近く、具体的にはこの建物の真上あたりから聞こえ、私は悲鳴を上げた。

「に、逃げ遅れた……!?」

ドタドタと複数の足音が廊下に響き、次々に倉庫へ人がなだれ込んでくる。

「全体に通達！　ファイアーバード一羽と会敵《かいてき》！」

「魔核を即時に補充できるよう準備し待機せよ！」

伝令の後ろからやってきたユージンが私の姿を見て、なんでこんなところにいるんだ、と責めるような目をした。けれど、もう何も言わない。魔核の袋を開かせ、魔核を両手で持てるだけ持つと、走り去っていく。

私だって好きでこんなところにいるんじゃないと、この戦いが終わったら弁明する必要がある。

「ぎゃあっ」

騎士団の人が突然叫ぶ。私はみんなと同じように何事かとビビってそちらを見た。

ウリボンヌが魔核の袋に食らいつくのをやめ、その人に膝裏《ひざうら》アタックを決めたらしい。崩れ落ちたその人の腕からボロボロと様々な色の魔核が落ちた。そのうちの一つ、薄緑色のビー玉のような魔核をウリボンヌがヒョイパクする。

「こらっ、もう、こら！」

叱りつつ、慌てて抱え上げ、ウリボンヌの口を無理やり開かせる。だが、その小さな口の中にはもう魔核はなかった。呑み込んだらしい。

「ぶー」

ウリボンヌは満足気にケプッと息を吐く。私はその頭の、人間でいうつむじに当たるであろう場所をぎゅうううと強く押してやった。

「この、この、今度やったら……ここからカチ割って捌《さば》くからね」

「ぶ!?」

私に覚悟を決めさせるなよ、と脳天を押しながら脅し、せめて騎士団の人の邪魔にならないよう壁際に寄った。

断続的に獰猛《どうもう》な獣の鳴き声が響き、時おり建物が激しく揺れる。騎士団の人たちが忙《せわ》しなく出入りした。怒鳴り声のような命令が響く中、ウリボンヌがごめんなさいと謝る暇もない。

それに建物が揺れると、パラパラと天井から埃《ほこり》や石ころが落ちてくる。私はとても不安になってきた。

ファイアーバードも怖いが、建物の倒壊も怖い。この世界の建築基準はどうなっているんだろうか？

私はここにいるだけ邪魔だろうし、ウリボンヌがいつ悪さをするかと思うと気が気じゃなかった。普段ならともかく、今は些細《ささい》な悪戯《いたずら》さえ許されない雰囲気だ。いくら聖女ということにされていても、誰しも我慢の限界というものがある。

「私……神殿へ逃げまーす」

勝手な行動は迷惑だろうと、一応控えめに宣言してからフェードアウトを開始する。傍《そば》にいた騎士団の人たちは目礼してくれた。報告・連絡・相談――今は相談する余裕がないのでとりあえず報告だけしておく。誰かがユージンかクリスチャンさんに連絡してくれることを祈る。

しかし、逃げるのは簡単ではなかった。ファイアーバードがすぐ外にいるのだ。攻撃に巻き込まれないように立ち回りつつ、ファイアーバードに気付かれないようにする必要がある。

「とりあえず、建物から離れよう……倒壊したらたぶん助けてもらえない」

開《ひら》けた場所を目指して早足で進んだ。騎士団の男の子は、裏口は反対方向にあると言っていた。倉庫を背に歩いていけばいいだろう。

他の人はとっくに避難完了したようだ。薄暗く人気《ひとけ》のない廊下を歩いていく。不安で背筋がゾクゾクした。

ぶうぶう鳴くウリボンヌが何事かを訴えかけてくるが、無視してギュッと抱きしめる腕に力を込める。おまえに騙《だま》されて魔核倉庫に連れていかれたこと、いくら私だって今日一日は忘れないよ！

建物が揺れるたびに胃がヒュンとする。早く開《ひら》けたところに行かなくちゃ。

地震大国で生まれ育った私にとっては、建物倒壊の危険のほうが、ファイアーバード襲撃よりも身近な恐怖だ。具体的に想像できてしまうだけによほど恐ろしい。

迷いながら歩いていると、やがて視界が開《ひら》ける。恐らく建物を挟んで倉庫の反対側まで出られたようで、中庭らしき場所にたどり着いた。

「やった……」

開《ひら》けた場所を歩いて行こう――そう思って中庭へ足を踏み出そうとした私の上に影が落ちた。空に開《ひら》けているはずの中庭が暗くなる。

見上げると、そこには二週間ほど前にも見た懐かしい焼き鳥さんの姿があった。

ファイアーバードが、下りてくる。

これは、夢ではない――わかっていたけれど、身体が動かなかった。

次の瞬間ズシンと衝撃が走った。

斜めになって着陸したファイアーバードの姿には、墜落と言ってもいいような雰囲気がある。

「そ、か……疲れたから開《ひら》けたところで休みたかったんだね」

ビビリ度数が限度を超えたせいで逆に笑えてきた。ファイアーバードは少し弱っている様子だ。騎士団の攻撃を受けたのか、ボロボロで、火でできた羽根がプスップスッと音を立てている。それを維持するガソリンが足りないとでもいうように。

すぐに、ファイアーバードの右の翼の付け根が光り、その光が広がっていく。光の届いた場所から、羽根がみるみるうちに新しく生え変わった。

「あの光は――」

呟《つぶや》きが聞こえたかのように、ファイアーバードが重そうに首をもたげて私を見た。無残な羽根のせいでハゲタカみたいに見えるその巨大な鳥に睨《にら》み据《す》えられ、私は硬直する。そんな私の腕からウリボンヌが飛び下りた瞬間、ファイアーバードが口を開いた。

口の中から火の玉が飛び出すのと同時に、ウリボンヌが私の横腹にアタックを決める。強力なボディブローによって、私の身体はなすすべなく廊下に投げ出される。

先ほどまで私がいた場所にあった彫刻が私の代わりに被弾し、砕け散って燃え上がった。

「げほっ、ありがとウリボンヌ……うえっ」

ウリボンヌが私を助けてくれたのはわかる。命の恩人ならぬ恩イノシシだ。だが、その命の恩イノシシのアタックのおかげでちょっと動いただけで吐きそうになる。

そんなグロッキーな私のところへ、ファイアーバードを追ってきたらしいユージンたちがやってきた。

「ナノハ、おまえは一体何をやっているんだ!?」

ユージンが怒鳴り声を上げたくなるのも無理はない。私だって自分の間の悪さに絶望している。後で叱られるだろうと憂鬱《ゆううつ》な気持ちになりつつ、息も絶え絶えに助言した。

「右の翼の……付け根が光ってる」

確か、私が魔核を見る目を持っているということは、騎士団の全員が知っているわけではない。小さな声で言う私の口元に、ユージンは顔を近づけた。

「光る？　……そうか、そこに魔核があるんだな⁉」

「ダメージを受けても、その魔核が働いて回復してるみたい……だから、狙うならそこだと思う」

「情報感謝する！　後はオレたちに任せて、ナノハ、ここから逃げろ」

「私はもう、動けない……」

「ファイアーバードにやられたのか？　負傷の度合いは⁉」

「打撲程度だけど、衝撃でちょっと動けない」

ウリボンヌにやられたとはあえて言うまい。言葉を濁《にご》した私に、ユージンは険《けわ》しい顔に僅《わず》かに安堵《ど》を滲《にじ》ませつつも、厳しく言った。

「そうか……ならば仕方ない。大人しく隠れていろ」

足手まといですみません、と思いつつも動けずにいると、ウリボンヌが私の袖を噛《か》んで、ずりずりと引きずって建物の陰に連れていってくれた。この屋敷で着つけてもらったきれいな衣装は台なしになったが、緊急事態ということで、許してもらいたい。

「――おまえたち、用意はいいか！　火の守りに魔核は嵌《は》めたか？　水の剣の用意はいいか？　精霊のご加護を祈ろう。我らに勝利を与えよと！」

クリスチャンさんの声が聞こえる。

左脇腹が非常に痛んで気持ち悪いのだけれども、すぐそこで騎士団と激闘を繰り広げているファイアーバードのことを思うと、とてつもなくお腹が減ってきた。

何しろ、もう夕食の時間が近い。日が落ちたら就寝時間になるこの世界の夕食は、日本よりもかなり早い時間になる。

「……焼き鳥」

あれは大別すれば鳥と言っていいはずだ。燃える羽根の下には、クリーム色の鳥肌があるように見えた。すぐに魔核が光を帯《お》びて羽根が復活してしまったから、チラッとしか見ていないけれど。

「焼き鳥、食べたい」

怖い目に遭《あ》ったせいか、日本のことが思い出されて胸に迫ってくる。

もう二週間近くも前、会社帰りに行くはずだった居酒屋で、食べる予定だった。

それなのに、思えば遠くまで来たものだ。まさか毎日の食事にさえ苦労することになるとは思わなかったし、魔物に殺されかけるだなんて夢にも想像しなかった——

「今夜は、魔物のお肉を食べるって決めてるし……」

それが焼き鳥だったら、なおいい。より嬉しい。

私はだんだんと痛みの引いてきたお腹を押さえて、身体を起こした。ウリボンヌが心配そうに鳴いているから、大丈夫だよと言って頭を撫《な》でてやる。

立ち上がると、私は建物の陰から顔だけ出して、戦況を窺《うかが》った。

クリスチャンさんがファイアーバードの右の翼に攻撃し、ファイアーバードの注意を引きつけている。その隙に、ユージンがファイアーバードの横に回り込み、伸びきったファイアーバードの首に向かって剣を振りかざしていた。

剣には黒いモヤのようなものがまとわりついている。私は思わず目を閉じそうになったけれど、マトやユージンに言われた注意が脳裏によぎり、頑張ってその瞬間を見守った。

活きのいい食材の断末魔が、橙色《だいだいいろ》の空に響く。

ちゃんと首が斬り落とされて身体から離れたのを確認した直後、私は耐えきれず目を閉じた。しばらくして目を開くと、首のない巨大な鳥の死骸がそこにある。お腹が空《す》いている今、グロテスクな光景が美味《おい》しそうに見えてくるから、空腹というのは不思議なものだ。

「ぶうぶうぶうぶう!!」

ウリボンヌが元気に鳴いている。そうだね、ウリボンヌは命の恩イノシシだからね、ご褒美に魔核がもらえないか聞いてあげるよ。

「ぶうぶうぶうー！」

「うんうん……ファイアーバードの肉も分けてもらえないか聞いてみようね」

「ぶーぶーぶーぶー！」

なぜかウリボンヌが抗議の声らしきものを上げる。たくさん働いてくれたから、疲れているのかと抱き上げてやったらジタバタ暴れる。下ろしてやると、今度は私の足をタシタシする。

「……どうしたの？」

必死に何かを訴えかける様子のウリボンヌ。魔核のある右の前足の黒い爪で指さすように、ファイアーバードとそれを取り囲む騎士たちを示した。

「何？」

見てみると、ユージンたちはファイアーバードを取り囲んでいたけれど、右の翼の付け根にある魔核を取り出そうとしていなかった。

あのままでは肉が悪くなってしまう！

私は慌てて近づいた。私を見て、ユージンはホッとしたような顔をしつつ、ピシャリと言った。

「ナノハ、今回、魔核は諦めることになったんだ。……肉も諦めろ」

「ええーっ！　なんで！」

私が抗議の声を上げると、羽飾りのついた兜《かぶと》を被《かぶ》っていたクリスチャンさんがそれを脱いで、やってきた。

「お許しください、ナノハ様。ファイアーバードの羽根だけでも十分な戦利品なのです。魔核は魅力的ですが……ファイアーバードほどの魔物の魔核ですと、我々のような弱小の騎士団が持っていても厄介事の元にしかなりません」

「それなら、魔核はいいから！　肉を！　肉を採りましょう！」

私は必死に訴えたが、クリスチャンさんはうっすらと微笑みつつ遠回しに拒否した。

「羽根の採取の後でよろしければ……」

「それじゃ間に合わない、って……え？」

ユージンがファイアーバードの首を斬り落としてから、数分は経過しているはずだ。騎士団の人たちは楽しげに羽根を採取している。穢《けが》れを気にするお年ごろのはずなのに、それに目を瞑《つぶ》れるほどいい素材なんだろう。

その間、魔核入りで放置されていたファイアーバードの肉が、未だに悪くなっていない。

通常、魔物は倒すと、魔核から黒いモヤが溢《あふ》れ、そのモヤに肉が染まり、くすんでしまう。

しかし、それどころか――見間違いかと思って、私はクリスチャンさんを迂回《うかい》してファイアーバードに近づき、確認してから叫んだ。

「肉が虹色に……ッ！　なんで首斬り落としてるのに復活しかけてるの!?」

落とされた首のほうを見たら、ファイアーバードの目がギョロリと動いて私を見た。まるで余計なことを言うなと言わんばかりだ。

ホラーな光景に何かしらのメーターが振り切れそうになっている私を押しのけて、同じものを見ていたらしいクリスチャンさんが叫んだ。

「ファイアーバードはまだ生きているぞ！」

「はあ!?　とんでもない生命力だな。魔核を取り除くしかないか!?」

ユージンがちょっと嬉しそうに叫んだ。同志ユージンもファイアーバードの肉を得られないことを歯がゆく思っていたに違いない。

ユージンは羽根の採取用の袋を放り投げた。ファイアーバードを囲んで座り込んでいた騎士たちも慌てて立ち上がり、臨戦態勢を取る。

「仕方がないな、魔核を取り除く！　おまえたち、至急ファイアーバードの右翼の解体に取りかかれ！」

クリスチャンさんは、ファイアーバードの首を蹴り飛ばして指示を飛ばした。先ほどまで死んだフリをしていたファイアーバードが、首だけで「グケエ」と鳴く。

とんでもない生命力……本当にユージンの言う通りだった。魔核と切り離されているからそのうち首のほうは死ぬはずだと思うんだけれど、胴体はどういう仕組みで生き返るんだろうか。

胴体だけで生きるんだろうか、首を探して彷徨《さまよ》うのかも。なんかそんなアニメを見たことがあるな。

「ナノハ様はファイアーバードの状態を逐次《ちくじ》お知らせください。最悪の事態を回避するためにも」

クリスチャンさんに小声で言われ、頷《うなず》いた。

「ナノハ！　ファイアーバードの様子はどうなってる？」

ユージンに聞かれ、私はファイアーバードに目を凝《こ》らした。

「ファイアーバードは相変わらず、美味《おい》しそうな虹色をしているよ」

「虹色は別に、美味《うま》そうな色じゃないだろ」

「虹色の肉は美味《おい》しいって、あのビッグボアの件で私の中には刷り込まれているんだよ！」

確かにアレは美味《うま》かった、と同意しユージンは頷《うなず》いてくれてから、顔を上げて指示を飛ばした。

「縄を持ってこい！　いつファイアーバードが蘇《よみがえ》ってもおかしくない！」

ユージンが指示を出した途端、ファイアーバードの翼がバサリと動き、輝きを失っていた羽根にボツボツと火が灯《とも》り出す。騎士団の人たちは混乱する様子もなく、その翼を盾で押さえ込んでいった。

ユージンの指示を受けた人が縄を持ってやってくると、彼らは危なげなくファイアーバードを縄で縛り、その翼を斬り落とす。

私は細かく光の位置情報をユージンに伝え続けた。そして、翼の付け根から、ルビーのような赤く輝く拳《こぶし》大の丸い石が取り出される。騎士団の人たちはそれを見て息を呑んだ。ユージンもヒュッと喉《のど》を鳴らし、オッドアイを見開く。

けれど、私はあまりそちらには興味がない。

ウリボンヌも、魔核をチラチラ見てはいたけれど、私と一緒に虹色肉のほうへ向かっていった。

じっと見ていると、肉に宿る虹色が質を変えたのがわかる。今度こそファイアーバードは死んだ。揺らいでいた色が落ち着き、肉の時間が止まった。

肉が黒くなるのは、もう治らないものを治そうとして、魔核が魔力を流しすぎるのが原因のような気がする。魔力が肉の内部で飽和するとまずくなるのではないだろうか。

「虹色のままだね、ウリボンヌ」

「ぶーぶぶ〜♪」

ウリボンヌが喜びのあまり、鼻歌のような鳴き声を出しながら、その場でくるんと回ってみせた。とても可愛い。

その姿にほんわかした気持ちになりつつ、羽根を毟《むし》っていた騎士の誰かのものと思われる、落ちていたナイフをお借りして、どこから切り分けようかと巨大な鳥の死骸を観察した。

とりあえず、首を斬り落としたから、復活した後の血抜きも自動的に済んでいるようだ。

羽根に灯《とも》っていた火は消えて、くすんだ色になってしぼんでいる。

「ナノハ様、あの、羽根はいただいてもよろしいでしょうか……？」

「あ、毟《むし》ってくれるのなら、お願いします！」

別に私の肉ではないし、許可なんていらないのに、恭《うやうや》しく接してくれる騎士団の人に、私のほうからお願いする。

先ほども羽根を採取していた騎士団の人たちが、引き続き処理を担当してくれるらしい。

私はありがたく場所を譲り、ウリボンヌと共に下がった。

みるみるうちに羽根がなくなっていく。これはもう捌《さば》くのもお願いしたほうがいいかもしれない。

「ナノハ、虹色肉だな？」

ユージンが後ろに下がった私に近づいてきて、確認するように聞いた。

「うん！　……このまま持っていくのは難しそうだね？」

「切り分けて、荷車を借りよう」

ユージンが命じると、従者の人たちが動き出した。

ユージンは私が手にしているナイフを取り上げて言う。

「それじゃあ、帰るぞナノハ」

「でも、まだ肉が……」

「そんなもの、あいつらに任せておけばいい。宿舎で待とう。おまえも色々あって疲れただろう」

そう言われてみると、ドッと疲れが押し寄せてくるような気がした。

「それに……おまえには色々と聞きたいことがあるし、言いたいこともある」

眉を吊り上げたユージンにじろりと睨《にら》まれ、ひえっと肩が跳ねた。

これは絶対に怒っているし、叱られる。色んなアレコレで叱られ慣れている私ではあるが、今回は自分でも本気で反省しているため、怒られる前から胸が痛い。

……でも、ファイアーバードとの接触は、心から不本意な事態だったんだよ。ユージンに言われた通り、全力で逃げようとしていたんだよ。

それに、魔核と魔力が見える私がいなかったら、きっと大変なことになっていたに違いないし、終わりよければすべてよしってことにならないかな？

「宿舎に戻ったら覚悟しておけよ、ナノハ？」

「……はい、ごめんなさい」

仰せの通りにいたしますという気持ちを込めて、項垂《うなだ》れる。

悪いと思ったら、一切反論しないのが私の反省スタイルだった。

宵闇《よいやみ》焼き鳥パーティ

寝返りを打とうとしたところ、邪魔された。

ムッとして重たい瞼《まぶた》を開いたら、ユージンが私の顔を覗き込んで言う。

「……寝返りを打ったら落ちるぞ？」

「あれ？　ハッ……肉は!?」

「肉は無事だ……目を冷やしておけ、腫《は》れている」

肉が無事なら問題ない。

私は固い木のベンチの上で起き上がると、ユージンに渡された濡れタオルを受け取り、目に押し当てた。ヒンヤリと冷たくて、熱を持っている瞼《まぶた》がスーッとする。

あれから、一足先に騎士団宿舎に戻った私は、着替えを終えると、食堂にてものすごい勢いでユージンに叱られた。非戦闘員が戦場にいることの危険性と、それによって引き起こされる不慮の事態によって、どれだけ戦闘員が迷惑するのかを、荒い口調で説明される。

ユージンは手こそ出さなかったけれど、声は大きいし、時おり机をダンッと叩くし、私は大泣きして謝りまくった。

「ナノハ、大声を出して、悪かった。だが……」

「うん、私のことを心配してくれたんだよね。わかってる」

ユージンは少し黙った後、低い声で言った。

「……オレが怖いか？」

「怖くないよ」

タオルから顔を上げて、なんでそんなことを聞くんだろうと小首を傾《かし》げながら答える。謝りつつワンワン大泣きして、泣き疲れて寝て起きた今の私の気分は、すっきりしている。

気持ちが顔に出ていたのか、ユージンは苦笑した。

「まあ、起きて早々肉の心配をするおまえの図太さなら、そんなもんか……クリスチャンたちには、絶対に不興を買ったに違いないと言われたんだが」

不興どころか、私のことを心配して大声で怒ってくれたユージンには感動している。そんな人は正直、元の世界に戻ってもいないと思う。

そのせいで、未だにごめんなさいという気持ちが続いていた。

大抵のことなら寝れば忘れる私が、これほど反省の気持ちを引きずるなんて、前代未聞《ぜんだいみもん》だ。

「今夜は、クリスチャンにも魔物の肉を食わせてやるつもりなんだ」

仲間を増やすぞ、とユージンは話題を変えるように明るい声を出した。

開け放たれたままの窓の外はすでに薄暗いが、眠ってからそれほど時間が経ったわけではないらしい。厨房《ちゅうぼう》の騒がしい調理の音に気付き、いてもたってもいられなくなって私は立ち上がった。

「焼き鳥を作らなきゃ！」

「何か作りたいものがあるのなら、好きにしていいぞ。肉なら山ほどあるからな」

くつくつと笑い、ユージンも立った。

「トッポも呼んでやろう。オレたち寄りの貴重な商人だ。今後は特に世話になるだろう。それに、マトも呼ぶか？」

「うん！」

「さっきまで大泣きしていたくせに、元気だな、ナノハ」

たぶん、まだ腫《は》れているだろう私の赤い目元にそっと触れると、ユージンは食堂を出ていった。

その姿をしばらくぼうっと見送った後、私は自分のお腹が鳴る音で気を取り直す。

「肉だ。そうそう、焼き鳥の準備をしないと！」

呆《ほう》けていた自分の頬を叩いて、いそいそと厨房《ちゅうぼう》へ向かった。

厨房《ちゅうぼう》は戦場のようだった。私が顔を見せるとサッと場所を譲ってくれる。

「厨房《ちゅうぼう》の隅をお借りしますね」

「必要なものがあったら、どうぞおっしゃってください。用意しますので」

友好的な人たちに挨拶をしつつ、場所とまな板とナイフと肉を譲ってもらい、私は肉の塊《かたまり》と向き合った。それは十センチ四方の四面体に切り取られた肉で、一面に皮がついているから外側の肉だというのはわかるけれど、はっきり言ってどこの部位だかさっぱりわからない。

「これは……どこの部位ですか？」

「確か、ももの肉だったかと」

「もも肉ですね。なるほど、それじゃとりあえず皮を剥《は》いで〜」

焼き鳥といったらまずは皮だ。羽根を毟《むし》られ、つるりとしている皮と肉の間にナイフを入れて、筋を切っていく。

「……ハッ、ネギマが食べたい」

こちらへ来てしばらく、マトから提供を受けた食べられる雑草シリーズの中に、ネギに似ているものがあった。外で採取された植物は食べてはいけないと騎士団の人たちに取り上げられたので、味が似ているかはわからないけれど。確か、あれはポロという名前だったはずだ。

「ポロはありませんか？」

「購入はしておりません。……庭には生えていますが、食べられませんよ」

「これからトッポのところに使いを出すが、買ってこさせようか？」

「ユージン、お願い！」

厨房《ちゅうぼう》にひょっこり顔を出したユージンが申し出てくれたから、お使いを頼む。

「あと、ユージン、すっぱい果物って知らない？」

「リモーなら、ものすごくすっぱいぞ」

「それも欲しい！」

ユージンは頷《うなず》くと、薄暗い庭に戻っていった。どうやらユージンは現場監督として指示出しをして、バーベキューの準備を着々と進めてくれているようだ。

「ポロで作るんだから、ネギマじゃなくてポロマなのかな」

私のささやかな疑問に答えてくれる人はいない。

「何か必要なものはございますか？」

だが、要望を控えめに聞いてくれる人はいた。

「肉を刺す串が欲しいです」

私が最近、お箸として使っている鉄の串を出してもらった。

全長二十センチとそこそこ長いけれど、竹串なんてないそうなので仕方がない。

「手元が熱くなりそう。木の串とかあればよかったんだけど。まあ、熱が伝わって中まで焼けそうだからいいや」

あとは肉の各部位を一口サイズに切って串に刺して焼けばいい。

私が肉を慎重に切り分けていると、手伝ってくれる人が現れた。けれど、かなり豪快な切り方だったのでそっと注文をつける。

「熱が均等にいきわたるように、肉の厚さが一定になるようお願いします。串に刺す時には、側面から刺して、肉が歪《いびつ》な形をしているのなら、互い違いになるようにしてください」

岩塩はあるので、肉に最低限の下味をつけることはできた。

あと、足りないのはタレだろう。

「砂糖ってありますか？」

「さ、さとう？　あの、金貨と同じ重さで取引されるという甘味料のことですか？」

そんな価値があるものなら、騎士団においてあるわけがないよね。

目を見開き、私の無茶ぶりがあるかもしれないと怯《おび》える料理番の少年を宥《なだ》め、ひとまず今できる作業をせっせと進めた。厨房《ちゅうぼう》にいる忙しそうな人たちに協力してもらいつつ、一口サイズの肉がいくつも刺さった大きめの焼き鳥串を五十本ほど作成する。

皮、もも、ポロマの完成だ。

塩と、途中搬入されたポロを使用して、当初の予定の通りポロマを作った後、すっぱい果実——青いレモンのような見た目のリモーを使用した、塩レモンならぬ塩リモーの薬味を作った。ポロが余っていたので、ネギ塩ならぬ、ポロ塩の薬味も用意する。

騎士団の当番の人はといえば、上等な肉が手に入ったので、今夜は高級な料理を作ると張り切っていた。ただ、その手順は傍《そば》で見ている私には謎の多いものだ。肉を茹《ゆ》でた後、竈《かまど》でその肉を焼き、戻ってくるとさらに茹《ゆ》で、肉から汁を思い切り絞り出して、布で拭く。

なんの料理を作ろうとしているのか知らないけれど、もう肉汁も何も出ないぜ……！　って感じのあの虹色肉は果たして美味《おい》しい料理になるのだろうか。心なしか虹色も褪《あ》せている気がする。

とりあえず、茹《ゆ》で汁は使わないらしかったので、ポロ塩の薬味を作るのに使わせていただいた。

砂糖を始め、ニンニクとかゴマとか醤油《しょうゆ》とか胡椒《こしょう》とか、その他もろもろ欲しいものはたくさんあるけれど、今は諦める。

味にパンチが欠ける気がするが、虹色肉はそのまま食べても美味《おい》しいから素晴らしいのだ。

鉄串に刺した焼き鳥を、次々と外にある竈《かまど》で焼いてもらった。他にも作りたいものは色々あるものの、今夜はもう疲れたので、焼き鳥だけで満足しようと思う。

何しろ、私の今夜の目標はこのファイアーバードの焼き鳥だけで十分に達成されるのだ。

「ナノハ、大変だ……！」

「どうしたの？　ユージン」

庭で現場監督をしていたユージンが、血相を変えて戻ってきた。

「ポロ塩の焼き鳥が、ものすごく美味《うま》い……！」

両手に焼き鳥の串を構えた二刀流のユージンは味見を担当しているらしい。羨《うらや》ましさからジト目で見ていると、両手に持った串のうち、片方を私にくれた。ま、まあ、他の人に食べさせる前に、料理をした人が味見をしなくちゃね。

「うん……美味《おい》しい！」

鳥の脂《あぶら》だからか、あまりしつこくはないけれど、さらりとした旨味《うまみ》が舌に残る。

ポロは私の知るネギよりだいぶ硬いけれど、食べられないほどじゃない。それに、ネギよりサクサク感が強くて噛《か》むのが楽しい。

「草なんて貧乏人が食うものだと言われているのに、これは美味《うま》い。むしろ草だからいいんだな。シャキシャキとした食感が肉の歯ごたえを強調している。これ、塩だけじゃないよな。何か入れているのか？」

「ファイアーバードの茹《ゆ》で汁を入れてるよ。お肉の旨味《うまみ》がたっぷり染み出しているよね」

「肉の旨味《うまみ》……そうだな。だからこの焼き鳥ともよく合っているんだな」

私たちはあっという間に鉄串一本をペロリと平らげてしまった。

「ファイアーバードの焼き鳥、ポロ塩を添えて、虹色肉バージョン、って感じだね」

「ポロ塩を添えて、な」

よっぽどポロ塩が気に入ったらしく、ユージンは強調した。

空いた鉄串を厨房《ちゅうぼう》に置いて庭に戻ろうとしたユージン。作った焼き鳥を全部食べてしまいそうな気がして、私は一応念を押した。

「食べてもいいけど、他の人にもあげてよ？　マトたちもちゃんと食べられるように見てあげてね？」

「そ、そうだったな。オレはクリスチャンにも食わせないといけないんだった……」

しょんぼりした顔をしつつ、ユージンは肩を落として庭に出ていった。

仲間は増やしたいけれど、自分の取り分は減らしたくないってことだね。その気持ちはよくわかるよ。

ちなみに、リモー塩はものすごくすっぱい。とにかくすっぱい。だから少し塩を多めにして、ちょっとだけつけて食べたほうが美味《おい》しいだろう。レモンに似た爽《さわ》やかな酸味だ。

「……そろそろ、私も食べに行こうかな」

「いってらっしゃいませ、ナノハ様」

「ありがとうございます。みなさんも交代で休んでくださいね！」

皮を串に巻き付けている人がいたので、うねらせながら串に刺すように、とお願いしてから、後は任せて庭に出る。すると、マトが友達を連れて駆け寄ってきた。

「オマネキイタダキ、ありがとう！」

誰かに言えと言われたまま言いました、という感じだったけれど、ありがとうの言葉はしっかりしている。

「こちらこそ、ありがとう。色々あったけれど、私が飢え死にしなかったのはマトのおかげだね」

「へへ！　串を持ってきたら肉を刺してくれるんだろ？」

どこかで伝言ゲームが歪《ゆが》んだらしい。私は、焼き鳥は串に刺した肉を焼く料理だと厨房《ちゅうぼう》で主張しただけのはずなんだけれど、マトと子どもたちの手には自作と思われる木の串が何本もあった。

串は元々足りていなかったので、持ってきてくれたのならちょうどいい。

「そうだね、串に肉を刺してもらって、焼いて持って帰るといいよ」

何しろ、ファイアーバードは巨大な鳥で、食べられるところは大量にある。

「ナノハ様！」

名前を呼ばれて振り返ると、トッポさんが私に向かって手を振っているのが見えた。

「トッポさん、こんばんは！　どうしたんですか、それ」

「お招きいただけると聞きまして、こちらを土産《みやげ》に、よろしければと」

トッポさんは、後ろにいる護衛らしき体格のいい人に持たせていた木箱の蓋《ふた》を開けてみせる。

中にはスワモがたくさん入っていた。

「浄化された農地で育てられたスワモです。どうぞ、ご賞味ください」

「わあ、ありがとうございます！　スワモって高いんじゃありませんか？」

「いいんですよ。とてつもなく美味《おい》しい晩餐《ばんさん》に与《あずか》れるのですから……」

トッポさんは、高くないとは言わなかった。たぶん、ポロやリモーとはレベルが違うんじゃないだろうか。

砂糖は高価らしいし、天然の甘味である果実だって高くないわけがない。

だからこそ、私は遠慮なく受け取ることにした。これを逃《のが》すといつ食べられるかわからない。たとえ気の抜けたオレンジジュース、果汁十パーセントの水割りみたいな味とはいえ、うっすら甘いのは確かだ。

私は木箱を厨房《ちゅうぼう》へ運ぶよう騎士団の人にお願いしてから、このバーベキューの注意点を説明した。

「トッポさん、改めて説明しますけど、ここにあるのは魔物のお肉ですからね。美味《おい》しさは保証しますけど、安全かどうかはわかりませんからね」

「美味《おい》しいのであればかまいませんよ。このご時世、美食のためなら多少は冒険もしませんと」

トッポさんから言質《げんち》を取ったのでひとまず安心。

騎士団の人たちと、マトたちと、私は知らないけれど騎士団と親交がある様子の町の人たちが宿舎の庭に集まってきた。眺《なが》めていると、刑務所で会った青髭《あおひげ》のジョゼッフォさんもいて、クリスチャンさんと何やら話している。クリスチャンさんはすぐにジョゼッフォさんと別れて、トッポさんのほうに出向き、二人は少し会話した後、固く握手していた。

仲良しなのかな？　と思って眺《なが》めていたら、ユージンがこんもりと塩リモーの盛られた焼き鳥を手にやってくる。塩リモーは少しつけるだけのほうがいいような気がするけれど……

「今後の魔核の管理は、エスキリ様から委任を受けるという名目で、トッポがやることになったらしいぞ」

ユージンの言葉に、エスキリさんの屋敷でのやり取りを思い出す。領主様は、確か、ファイアーバードの騒動が収まったら、魔核の商売についてクリスチャンさんの希望を聞くと言っていた。クリスチャンさんは、黒魔《くろま》騎士団に好意的なトッポさんを、商売の窓口にしてもらったようだ。

「私にはあまりよくわからないけど、ユージンたちが少しでも楽になるといいと思うよ」

ユージンは私の頭をくしゃりと撫《な》でながら、焼き鳥を齧《かじ》り……吐き出した。

「ぐはっ、すっぱ！」

「ユージンはすっぱいのが好きなのだとばかり……もったいないなあ。リモーの味はユージンなら知ってるでしょ？」

私はリモーの味を知らなかったので、作りながら舐《な》めて様子見したが、正解だった。

「ポロ塩みたいな感じだと思ったんだ……！　まずい、トッポとクリスチャンに薬味を多めに載せるよう勧めてきてしまった！　止めてくる！」

初体験がガッカリだと、悪いイメージがついちゃうかもね。クリスチャンさんには万全の状態で美味《おい》しい魔物肉を食べてもらいたいんだろう。

若干の抵抗があるらしく、まだ食べていなかったらしいクリスチャンさんは、ユージンに素のままのもも肉の串を手渡されていた。トッポさんの手前、クリスチャンさんは意を決した表情で、目を閉じて肉を一片口にし……その後は速いものだった。口の周りを汚すことなく、すごいスピードで串一本完食する。そして、次の串を求めて視線を彷徨《さまよ》わせた。

魔物肉に魅了された人が増えた。トッポさんもそんなクリスチャンさんを見て、渡された串に一度口をつけると、後はガツガツと食べている。

「ナノハ様！　これは一体なんなんですか！」

「ファイアーバードの焼き鳥、虹色肉バージョンです！　お好みでポロ塩や、塩リモーの薬味をちょっとつけてください」

トッポさんの叫ぶような質問に、私は元気に答えた。

トッポさんは「そういうことではなく」と何やらモグモグしながら言っていたけど、モグモグパクパクし続けているせいで、何を言っているのかわからない。

口の中にあるものを呑み込むと、トッポさんは不思議そうな面持《おもも》ちで言った。

「うーん、先ほど、騎士団の方が調理したという、清め焼きをいただいたのですが、それよりこちらのほうが美味《おい》しく感じられますね……」

「清め焼き？」

「はい。非常に手間暇《ひま》をかけて、人間が自力で穢《けが》れを抜く料理手法です。どう見ても、あちらのほうが手が込んでいるはずなのですが……肉が非常にパサパサしていましたね」

なぜでしょう？　とトッポさんが首を傾《かし》げるのを見ていた私は、厨房《ちゅうぼう》で高級料理を作ると言っていた人たちの謎調理を思い出した。あの肉の旨味《うまみ》をこそげ落すことを目的としていると思われた調理は、穢《けが》れを抜くための手法だったらしい。

「そりゃあ……あれだけやればパサパサになると思いますよ」

私が手順を思い浮かべながら言うと、トッポさんは目をパチクリさせた。

「そういうものですか？　私は料理のことはまったくわかりませんので……ナノハ様はお詳しいですね。まさか、ナノハ様が料理女だとは思いませんが……」

トッポさんは不思議そうに言いながら私の手を見た。以前、クリスチャンさんも言っていたように、手がきれいすぎるというのだろう。井戸で水を汲んで、キンキンに冷えた水で料理をしたり皿洗いしたりする人と、私の手を比べられても困ってしまう。最近ハンドクリームも塗っていないけれど、騎士団では甘やかされていたので、今のところまだ大丈夫そうだ。

「魔物を美味《おい》しく食べたことは自慢になりますよ。中央都市の塀《へい》の中に引きこもっていては食べられない味ですからね」

トッポさんは本気か冗談かよくわからない調子で笑った。

再び散り散りになると、ユージンが私に小さな声で聞いてくる。

「ナノハ……椅子を持って来させようか？」

「えっ、どうして？」

「疲れているだろう。顔色があまりよくないぞ」

疲れてはいるけれど、それに勝る空腹と焼き鳥の美味《おい》しさで忘れていた。

こんな薄暗い中なのに、ユージンはよく気付いたなあと思って見上げると、「中に入ろう」と言い私を厨房《ちゅうぼう》へ押し戻す。

厨房《ちゅうぼう》では引き続き作業に追われる人たちがいたけれど、作った端から味見と称して一番にお肉を賞味し楽しそうにお酒を飲んでいるので、今夜の料理番は貧乏くじでもなさそうだ。

ウリボンヌがまだ食事を続けたがり、中に入るのを嫌がったので、厨房《ちゅうぼう》の人たちが預かると申し出てくれた。間違ってもウリボンヌを調理したりしないようにお願いしつつ、動物を厨房《ちゅうぼう》に入れていいのかなあと内心、心配になる。この世界ではありなんだろうけど。

厨房《ちゅうぼう》を通って、宿舎の中に入った。食堂にいる人の気配を避けるように、ユージンは私を応接室に入れる。中に入り、手にしていた魔核燈を壁にかけて扉を閉め、焼き鳥の皿を机に置くと、ユージンは重い溜息をついた。

「昨日、今日と、色々あったからな……守ってやれなくて悪かった。おまえを攫《さら》った男は、もう気付いているだろうが、エスキリ様の間者だったようだ」

エスキリさんと、鷹便《たかびん》でやり取りしているところを偶然目撃してしまったため、口封じも兼ねて私は攫《さら》われてしまったらしい。

「騎士団の動きを見張っていたんだろう」

「私の魔核を見分ける目のこと、バレたのかな？　あの鷹便《たかびん》の人、計画を前倒しするって言って、私のことを連れていったんだけど」

「あいつはまだ見習いだった。見習いにはおまえの魔核に関する能力については知らせていない。……エスキリ様はおまえを救い出すためだと言っていたが、それがオレたちを本気で危険視しての言葉なのか、オレたちを侮《あなど》って足を掬《すく》うための妨害なのか、よくわからないところだ」

エスキリさんは、親切心で私を誘拐したような気がする。魔法使いを毛嫌いしているのは確かだけれど、そんなに悪い扱いはされなかった。

魔核がたくさん集まってしまったのは、横流ししようとした商人を摘発したことが原因だったみたいだし、なんだかとてもついていない人だ。

「ナノハ――何か、飲むか？」

「うん、それじゃ、ワイン飲みたい」

ユージンは頷《うなず》くと立ち上がり、棚からワインとグラスを取って、私の隣に座った。

「……ナノハ、おまえをエスキリ様の屋敷から連れて帰ってきてしまったが、よかったか？」

「え？　エスキリさんのところにおいていかれても困るよ？」

「おまえには、エスキリ様のもとに身を寄せる選択肢もあったんだぞ」

脳裏によぎるのは、鉄人メイドさんの姿。エスキリさん自身は、偉そうであまり感じはよくなかったが、押しつけがましいものの親切心を感じられた。けれど、彼のメイドさんからは、あまり情が感じられない。

私はぶるりと身を震わせて、ユージンに注いでもらったワインを飲んだ。

「私、あのままだとたぶん、軟禁されてたよ？　屋敷から出してもらえなかったと思う。そんなの耐えられないよ……ごはんはここの百倍はマシだったけど」

すると、頭を撫《な》でているのかグリグリ痛めつけているのか微妙な感じでユージンに指圧された。

ワアワア言いながら、私はユージンの手を払い除けて付け加える。

「でも、魔物の肉は絶対に食べさせてもらえなさそうだったから、プラマイゼロかも」

「ああ……エスキリ様の魔法使い蔑視《べっし》や穢《けが》れに対する嫌悪はひどいものだからな」

「だよね？　魔法使いを目指している私としては、エスキリさんとは仲良くなれないね」

「まだ言ってたのか、ナノハ」

いつまでも言い続けると思う。魔法使いに、私はなる！

「何度も言うが、魔法使いになってしまうのは不名誉なことなんだからな？」

本当にわかってるんだろうかコイツ、という目で見られ、私はとぼけるためにワインをぐっと呷《あお》った。

この二週間で、ちょっとこの世界のことがわかってきたと思う。

わかってきた今、それでも改めて、最初に私を拾ってくれた黒魔《くろま》騎士団に、許されるのであれば、明日からもお世話になりたいなと願っている。

「でも、お屋敷のお風呂は捨てがたかったなー」

「風呂、か。そんなものは貴族の屋敷にしかないからな……町にある湯浴み場は混浴だし」

混浴の風呂ならあるらしい。でも、混浴は嫌だ。

「ユージン、貸し切りにしてください！」

「贅沢《ぜいたく》か。そんな金は——まあ、魔核を売った金はおまえに配分されるから、せいぜいそれを貯めて自分で貸し切りにしろ」

「一体どれぐらい貯めればいいのやら……」

元の世界に帰れるようになるのとどちらが早いのだろう。

むしろ、私は帰ることができるんだろうか？　私のことを本当に心配してくれる人が、どれだけいるのかもわからない世界へ――

半ば元の世界への帰還を諦め、私が遠い目をしていると、ユージンは肩を竦《すく》めた。

「ファイアーバードの魔核に買い手がつけば、すぐに金は入るんだが」

私は首を傾《かし》げる。ファイアーバードの魔核は、ユージンの拳《こぶし》か、それより一回りぐらい大きいものだった。そのルビーに似た輝きには、魔核でなくとも価値があるように考えられる。

「えっと、買いたい人がいないの？　大きな魔核はいいものなんじゃないの？」

「あまり良すぎると価値が高すぎて買い手がつかない。……面倒事になる前に、王か、神族にでも献上してしまったほうがいいだろうな」

それだとお金が入らないじゃないですか、ヤダー。

でも、ユージンたちがそうしたほうがいいと思ったのなら、そうするべきなのだろう。

喉《のど》のあたりまで出かけたわがままをぐっと呑み込む。

「……なあ、ナノハ？」

「なあに、ユージン？」

「おまえ、自分の立場を本当にわかっていないよな」

妙にしんみりした様子のユージンに言われ、バカにされているのか心配されているのか咄嗟《とっさ》に判断がつかなくて困った。

私の横でワイングラスを眺《なが》めて、存分にきれいな横顔を見せつけていたユージンは、急にピリッとした表情になると、グラスを机に置いて、私のグラスも取り上げる。

「ユー——？」

どうしたんだろう、と思って見ていたら、ユージンが私の腕を取ってソファの上に重ねられたクッションに押し付けた。倒れた私の上に乗りあがって、見下ろしてくる。

ユージンの陶磁器のように白い頬に、サラサラと金色の髪の毛が流れるのが、まるで映画のワンシーンのようにゆっくり見えた。

青と緑の瞳が、壁にかけられた魔核燈の光を反射し、キラキラと輝いている。

「……オレが怖いか、ナノハ？」

「え、怖くはない、けど」

「じゃあ、何を考えている？」

「何をって——」

一体どこで何のフラグが立ったんだ、と思っていたら、お腹が鳴った。

……疲れていると、いくら食べても無性にお腹が空《す》いてくるよね？

私の上でキリリとした表情をしていたユージンは、眉尻を下げてハーッと深い溜息をついて脱力した。私の上にぐったりともたれかかってくる。ちょ、重い！

「色気もクソもない……」

「だ、だって！」

「わかったわかった。大方オレの目玉が飴《あめ》か何かに見えていたんだろ？　舐《な》めたいなら舐《な》めさせてやってもいいぞ。ん？」

「いやいやいや、美味《おい》しくないのはさすがにわかってる……！」

顔を近づけてくるユージンから逃《のが》れるためにジタバタしていたら、ユージンが低い声で言った。

「オレたちがおまえに正当な対価を払っていると本当に思っているのか？」

唸《うな》るような、不機嫌な声で言われる。

むしろ、私がここにいることでみなさんにかけている迷惑はプライスレスですか、と聞きたくなる。異世界人である私を保護していることで、彼ら騎士団に今後どんな苦労をかけるか、想像もできなくて怖いくらいだ。

先ほどからコロコロと気分の変わるユージン。彼は何を思っているのか。異世界から来たという私の言葉を、ちゃんと受け止めてくれているのだろうか。それとも酔っ払って適当なことを言っているのだろうか。見極めるためにじっと見つめていると、デコピンされた。

「痛い！」

「あのな、おまえは、おまえ自身が思っている以上に利用価値があるんだ。魔核を見て、魔力の流れを理解する目なんて、神族でも持っているヤツがいるかどうか。お前のその目があれば大金が稼げるし、ある程度の地位なら思いのままに得られるだろう。オレたち黒魔《くろま》騎士団は、おまえを利用したいと思っている」

何度か言われているので、私を利用したいという騎士団の思惑《おもわく》はわかっているつもりだ。うんと頷《うなず》くと、ユージンは苦々しい顔つきをした。

「本当にわかっているか？　幼いおまえを騙《だま》すのは本当に心苦しいんだ」

「立派なレディに対していい加減に失礼だよ！」

私が憤慨して抗議すると、上に乗っかったままのユージンは目を鋭く細め、酷薄《こくはく》な表情で睨《にら》みを利かせる。

「……あのなあ？　立派なレディは、日が落ちた後に男と二人きりになったりはしないんだよ。おまえが立派なレディだって言うのなら、オレはこの状況を、誘われたって判断するぞ？　このまま抱かれたいのか？　あ？」

「私は幼く何もわかっていない十六歳の小娘です」

「それでいい」

何もよくはない。

ユージンが私の上から大儀そうにどく。異世界の肉食系男子、すごい。日本に生きる草食系男子たちは、ちょっとはユージンを見習うべきだ。何しろ噴き出す色気がはんぱない。

私の感心したような視線を受けて、ユージンは頭を抱えた。

「本当におまえは……少しは恥じらうとかないのか？」

「えっと……どっちかというとびっくりして……」

「男としての魅力がないのかと自信をなくすぞ」

それはお気の毒だ。けれど、ユージンにはすごく魅力があると思う。ただ、変な空気になるのは嫌なので、あえては言わない。

「クリスチャンの調べによると、特に貴族や神族から捜索の届け出がされていることもないそうだ」

「ふーん」

異世界から来ている私を探す届け出が出ていたら、そいつが私をこの世界に喚《よ》び寄せた犯人に違いなかったが、そう簡単に黒幕判明とはいかないらしい。

「つまりおまえが、合意のうえなら抱いても、神族や貴族に睨《にら》まれる身の上ではなさそうだということでな……騎士団に繋ぎとめておくために、一番仲のいいオレが、おまえを籠絡《ろうらく》できないかと命じられているわけなんだが」

「う、うわー、そんなフラグが立ってるだなんて知りたくなかった」

「知らなきゃ困るだろうが。警戒しておけ」

「えっ、でも、なんで色々教えてくれるの？　ユージンは」

企《たくら》んでいるユージンからしたら、私が無知なのは好都合なんじゃないかと考えられる。教えてもらえなければ、私は自分の力を魔物の肉を食べる用の力だとしか思わないだろう。今もほとんどそう信じているし、魔核そのものにはあまり興味がない。宝石みたいで美味《おい》しそうだと感じるぐらいだ。ちなみに宝石を食べたことはない。

「……おまえのことが嫌いじゃないからだ、ナノハ。オレはこの騎士団の副団長として、クリスチャンの命令を遂行するためには、なんでもするつもりでいる。けれど、おまえを傷つけたいわけじゃないから、おまえには自衛してもらいたい。できたらすべてを知ったうえでオレに惚れてくれると助かるんだが……こんなことを言われて好きになるはずもないな」

そんなことないよ、と反射的に言いそうになって、私は自分で自分の考えに驚き息を呑んだ。

それって、変な意味で捉《とら》えられかねない。そんなつもりじゃないんだけど、でも、そういうつもりが少しもないわけでもなく。ええっと、どうしよう、自分の気持ちもわからなくなってきた。

私が口を噤《つぐ》んで内心ワタワタしているのをどう思ったのか、ユージンは苦笑を浮かべて言った。

「もし、いつかオレのことが好きになったら言ってくれ。その時には、おまえがオレの傍《そば》で騎士団と共に生きていく覚悟ができるよう、全力で籠絡《ろうらく》してやるから」

私には利用価値があって、騎士団としては利用したいけれど、ユージンは、私にできうる限り誠実であろうとしてくれているらしい。

顔が熱くなってきて、手をパタパタ振って自分の顔を扇《あお》ぎながら、なんとか抗議した。

「……そ、そういうのは、ユージンが私を好きになった時にするべきだよ」

「女に現《うつつ》を抜かすつもりはないが、おまえを籠絡《ろうらく》した暁《あかつき》には妻に迎えると約束する。毎日オレのために料理してくれ」

「食欲全開すぎて面白い」

面白すぎて、噴き出したら、変な空気も飛んでいってくれて助かった。

……けれどそれも、悪くないかもしれない。

神様の悪戯《いたずら》か、落ちてきてしまったこの異世界で、前向きに生きていく目標ができた。

「ユージンが、お願いだから結婚してくださいって縋《すが》りついてくるぐらい、美味《おい》しい料理をたくさん作ろうっと」

「な、なんて恐ろしいことを考えるんだ……確かにポロ塩を載せたファイアーバードの肉を焼いたあの串料理はエールにぴったりで、オレの胃袋を掴んで離さないが……！」

わりと、あともう一押しかもしれない。少なくとも元の世界に帰るより簡単そうだ。

慄《わなな》くユージンを見て笑いつつ、私はファイアーバードの焼き鳥の串をヒョイと取り上げ、その肉を噛《か》みしめた。口の中にじわっと広がる肉汁。イノシシ肉のものより味はさっぱりとしていて、余分な脂《あぶら》が焼いた時に落ちているのがわかる。

「はぁ、ファイアーバードの焼き鳥、ホントに美味《おい》しい……！」

香ばしく旨《うま》く柔らかいお肉をゆっくりと咀嚼《そしゃく》する。そして、これからもこの世界で生きていく覚悟を決めつつ、この夜私はワインのアルコールを思う存分味わった。

Regina COMICS
大好評
発売中!!
異世界でカフェを開店しました。
1〜3
原作
甘沢林檎
Ringo Amasawa
漫画
野口芽衣
Mei Noguchi
アルファポリスWebサイトにて
好評連載中!
異世界クッキングファンタジー
待望のコミカライズ!
突然、ごはんのマズ〜い異世界にトリップしてしまった理沙。もう耐えられない! と食文化を発展させるべく、カフェを開店。噂はたちまち広まり、カフェは大評判に。精霊のバジルちゃんや素敵な人達に囲まれて異世界ライフを満喫します!
B6判・各定価680円+税
シリーズ累計31万部突破!
アルファポリス 漫画
検索

山梨ネコ（やまなしねこ）
2012年よりweb上で小説を連載開始。2013年に「精霊地界物語」で出版デビュー。

イラスト：漣ミサ

美食《びしょく》の聖女様《せいじょさま》

山梨ネコ（やまなしねこ）

2016年12月31日初版発行

編集ー黒倉あゆ子・羽藤瞳
編集長ー塙綾子
発行者ー梶本雄介
発行所ー株式会社アルファポリス
〒150-6005 東京都渋谷区恵比寿4-20-3 恵比寿ｶﾞｰﾃﾞﾝﾌﾟﾚｲｽﾀﾜｰ5F
TEL 03-6277-1601（営業） 03-6277-1602（編集）
URL http://www.alphapolis.co.jp/
発売元ー株式会社星雲社
〒112-0005東京都文京区水道1-3-30
TEL 03-3868-3275
装丁・本文イラストー漣ミサ
装丁デザインーansyyqdesign
印刷ー中央精版印刷株式会社

価格はカバーに表示されてあります。
落丁乱丁の場合はアルファポリスまでご連絡ください。
送料は小社負担でお取り替えします。

ISBN978-4-434-22773-8 C0093